BESTSELLER

Sofía Segovia nació en Monterrey, México. Estudió Comunicación en la Universidad de Monterrey, creyendo que sería periodista. Allí descubrió lo que en realidad siempre había sabido: que contar historias, construirlas desde la nada y dar voz y dimensión a personajes era lo suyo. Ha escrito guiones de comedia y comedia musical, y colaborado en otros para el teatro local *amateur*. En Lumen ha publicado *El murmullo de las abejas* (2015), que vendió más de 100 000 ejemplares, *Huracán* (2017) y *Peregrinos* (2019). Vive en Monterrey con su marido, sus hijos y sus tres mascotas, sin cuyo alegre barullo no podría concentrarse para escribir.

SOFÍA SEGOVIA

HURACÁN

DEBOLS!LLO

El papel utilizado para la impresión de este libro ha sido fabricado a partir de madera procedente de bosques y plantaciones gestionadas con los más altos estándares ambientales, garantizando una explotación de los recursos sostenible con el medio ambiente y beneficiosa para las personas.

Huracán

Primera edición en Debolsillo: marzo, 2024

D. R. © 2016, Sofía Segovia

D. R. © 2024, derechos de edición mundiales en lengua castellana:
Penguin Random House Grupo Editorial, S. A. de C. V.
Blvd. Miguel de Cervantes Saavedra núm. 301, 1er piso,
colonia Granada, alcaldía Miguel Hidalgo, C. P. 11520,
Ciudad de México

penguinlibros.com

Diseño de portada: Penguin Random House / Laura Velasco Borrero
Imagen de portada: © iStock

ISBN: 978-607-384-165-8

Impreso en México – *Printed in Mexico*

Para José,
por compartir su vida conmigo

Para mis hijos

1

El Regalado

El tiempo entre cerdos
(1938-1950)

Aniceto Mora era regalado. No era hijo, ni huérfano, ni adoptado. Soy regalado, decía siempre.

Que es un borracho, es que soy regalado. Que anda con viejas, es que soy regalado. Que es un arrastrado, que anda perdido, que anda solo: es que soy regalado. Lo decía como respuesta mágica para todo, por cualquier motivo, por cualquier excusa. Era algo que de niño le había funcionado muy bien y que probaría ser de utilidad el resto de sus días.

Aniceto Mora no había nacido regalado, claro que no. Había nacido de madre y padre, como cualquiera; había nacido hijo. ¿Que cómo había dejado de ser hijo para ser regalado? Ésa es la pregunta que se haría hasta su último suspiro. Pero no habían hecho falta trámites para que el niño Aniceto, de seis años, pasara de un estado a otro, de un día a otro.

Cuando resultó evidente el nuevo embarazo de su mujer, el señor Mora había tomado la decisión de deshacerse de alguno de los tragones que ya tenían. En la casa ya no había espacio ni comida suficiente para todos. Los dos grandes no eran opción porque

9

le ayudaban a completar el gasto y todavía recordaba el gusto que había sentido cuando nacieron. Luego estaba la niña, y ésa tampoco era opción porque era la que cuidaba a los tres menores. Así que el padre había decidido escoger entre esos tres.

Que hubiera sido Aniceto el elegido, no fue más que su pura mala suerte. Un buen día el padre lo encontró solo, entretenido en su búsqueda de lombrices, y así, sin explicación alguna, se lo llevó a Cedral de Cozumel como regalo a una pareja que sólo tenía hijas.

Cuando vio que su padre se alejaba, Aniceto pensó que su madre o tal vez su hermana lo recogerían más tarde para regresar a su casa en San Miguel de Cozumel. Era la primera vez que se alejaba de ellas o de su casa.

Le tomó varios días aceptar que lo habían olvidado.

Los señores Nayuc no sabían qué hacer con él. Habían aceptado la propuesta de Mora de regalarles uno de sus hijos, aunque se lamentaban por no haber insistido en reservarse el derecho a escoger cuál de todos. Ellos imaginaron que les mandarían al mayor o al segundo, uno que les sirviera de ayuda con los puercos, que les diera de comer y los cuidara de noche; pero no: Mora les había dejado a ese que no servía para nada.

Este mocoso muertodiambre no tiene ni fuerzas para llevar la comida a los puercos.

Era verdad.

Además, lloraba todas las noches para que lo dejaran entrar a dormir a la casa con la familia, porque tenía miedo a la oscuridad, a los ruidos y a estar y dormir solo en el cobertizo a un lado de la porqueriza. Cada vez que entre sollozos decía que quiero a mi mamá, que me quiero ir de aquí, con firmeza le recordaban desde adentro que su familia lo había regalado, que ya no llorara, que los hombres no lloran, niño. Aniceto Mora creció regalado entre los puercos, las gallinas y los constantes recordatorios de los señores Nayuc. Solo. Sin poder llorar, sin poder entrar.

Ni de aquí ni de allá.

Ni el paso de los años logró que a Aniceto lo recibieran como un hijo más. Él sólo era el cuidador de puercos y no lo requerían para nada más. Por eso fue que, al crecer, conocía más de puercos que de gente.

Puercos iban y puercos venían, pero las tres de siempre eran La Flor, La Prieta y La Gorda. Nadie más sabía sus nombres. Ésos eran idea de él, porque las puercas le recordaban a las tres niñas Nayuc, y era así como sus padres las llamaban.

A las niñas las veía de lejos. Sabía que todas eran mayores que él: unas más, otras menos. A veces salían a darle comida o a decirle que dice mi papá questo y quelotro, pero nada más: ni un saludo, ni un buenos días y menos un cómo te ha ido. ¿Por qué habrían de hablarle a él, cuando no lo hacían entre ellas mismas?

Si algo recordaba de la familia que lo regaló era el ruido; no siempre feliz, pero ruido. Si no eran llantos infantiles, eran gritos de pelea por ganar el último taco o la única pelota ponchada que debían compartir todos; si no era el ruido de la radio encendida y a todo volumen, era su hermana que cantaba, desentonada y sin saberse la letra, las canciones de la radio; si no era el padre que llegaba de mal humor o la madre que vociferaba que no le alcanzaba, que nunca le alcanzaba y cómo me va a alcanzar si te lo chupas todo en la cantina, eran los hijos entre risas, mientras se quitaban los piojos unos a otros y luego se los echaban encima los unos a los otros, o entre gritos, cuando se arrebataban algún tesoro, basura de alguien más, que habían encontrado tirado por ahí.

En la familia Nayuc todos eran muy callados, y más cuando el padre estaba en la casa. Si a la hora de la cena había ruido, era sólo el que hacían los utensilios al golpear contra la sartén o los platos. Si acaso platicaban, ese sonido no llegaba por la ventana abierta a los oídos del *Regalado;* si acaso contaban algún chiste por lo bajo, nadie se reía; si acaso las niñas se pellizcaban o rasguñaban, lo hacían en completo silencio, pues Aniceto nunca se enteró.

Y si salía Nayuc a darle una instrucción a su porquero, la daba y ya. Tampoco había saludos ni anécdotas en esos intercambios.

Todas las familias del poblado conocían el caso de Aniceto. Nunca se acercó a ningún niño para invitarlo a jugar, y él creía que era porque lo veían como poca cosa por ser regalado. De vez en cuando le daban un pedazo de pan dulce o unos zapatos viejos porque les causaba lástima un niño tan solo, pero a nadie le parecía extraño que lo estuviera y ninguno hacía nada por remediarlo.

La realidad era que no había quien aguantara el olor a puerco, y *el Regalado* olía más a puerco que los mismos puercos. Si lo veían caminar por la vereda con alguna de las puercas que se había escapado, rápido le abrían paso, aguantaban la respiración y, como refuerzo para proteger el olfato, desviaban la cara para alejar la nariz de la pestilente estela que el niño dejaba a su paso. Y con la cara, desviaban la mirada, así que pocos había en el pueblo que fueran capaces de hacer una descripción del porquero al que eludían.

Los del pueblo, así como la familia Nayuc y el propio Aniceto Mora, sabían que todo lo que le sucediera en el presente o en el futuro sería resultado de ser regalado. Lo sabían y lo aceptaban como un hecho: no aprende porque es regalado, anda en harapos porque es regalado, nadie lo ayuda, nadie habla con él, nadie lo oye, nadie lo escucha. Casi no existe mas que cuando hay que rehuirle en algún encuentro accidental por la vereda, cuando su presencia se nota, pero sólo por su aroma. Fue, es y será regalado.

Por eso los adultos del pueblo no se cuidaban en su presencia como lo hacían frente a otros niños. Ante él hacían y decían de todo: el roce, el desnudo, la sugerencia, los golpes, el hecho consumado. Y Aniceto, en silencio, observaba, absorbía y aprendía.

A sus doce años había llegado a la conclusión de que los puercos no eran muy diferentes de la gente. Comían, defecaban y se apareaban. Entendía muy bien a qué se refería el señor Nayuc al decir que las viejas no sirven más que pa una cosa, mientras ambos observaban cómo el puerco montaba a las puercas. Para un puerco muchas puercas. Para un hombre muchas viejas.

De vez en cuando la familia Nayuc iba a San Miguel de Cozumel a llevar puercos al rastro, después a misa y luego a la plaza. A Aniceto no lo llevaban.

—Alguien tiene que quedarse a cuidar a los marranos.

Y eso era lo que hacía sin descanso: les daba de comer y esparcía aserrín para cubrir un poco el lodo mezclado con heces en el que con placidez yacían las puercas con sus camadas. Retiraba los desperdicios de comida podrida que habían despreciado y los bañaba según instrucciones de Nayuc, pues había que poner atención especial a las caras y a las tetas para quitarles las costras secas de caca y lodo.

Por él que se quedaran así: las moscas y los tábanos molestaban menos con esa capa protectora. A veces él mismo se embarraba brazos y piernas con esa mezcla para poder pasar el día sin tantos piquetes y molestias. Nayuc era el único que se atrevía a acercársele para revisar el resultado de sus esfuerzos y decirle, una y otra vez, que lo más importante, niño, óyelo bien o te va mal, lo más importante es echarles baldes de agua varias veces al día para que no se les suban los calores a la cabeza.

Además, no podía alejarse de la porqueriza porque a La Gorda, la puerca, le había dado la maña de abrir la reja de alambre de púas. Fue mientras la rastreaba por una vereda entre la selva, un día que los Nayuc se habían ido a San Miguel, cuando Aniceto Mora llegó al mar después de tres años de no verlo. En su vida anterior no le había prestado mucha atención por tenerlo como parte del paisaje diario, pero, al verlo luego de tanto tiempo, descubrió cuánto había extrañado ese espacio abierto; comprendió que la pequeñez de cuatro paredes, el encierro de una selva que no permitía ver más allá de unos cuantos metros y la prisión de ser regalado se desvanecían ante el mar. Ante el mar, Aniceto Mora se sintió libre.

A partir de entonces, si la familia iba a San Miguel, él aprovechaba la oportunidad para escaparse al mar a refrescarse los pies y la cara, a pescar con su camisa algún pez distraído y a admirar los barcos a lo lejos. No podía adivinar adónde se dirigían, pero imaginaba que era él quien navegaba. Aniceto el marinero.

Por eso, cuando la familia visitaba el otro pueblo, Aniceto no se quedaba tan dolido por ser el único que no iba. En el mar pasaba los únicos ratos de su vida en los que se sentía libre, sin encierros, sin supervisión, sin quien le encargara un nuevo quehacer, sin que nada ni nadie le recordara que era regalado, que no lo querían.

En el mar era donde olvidaba los pesares, los abandonos.

No era que no le interesara San Miguel. Él hubiera querido ir también, aunque sacrificara su visita privada al mar. No le importaba si no iba a misa ni a la plaza. Tampoco le importaban las tiendas, porque ni dinero tenía. Lo que quería era encontrarse con su familia.

Mientras cuidaba a los marranos imaginaba que su familia se había arrepentido de haberlo regalado y que, al verlo, sus padres correrían a abrazarlo y a darle la bienvenida de nuevo al seno familiar.

En esas fantasías de vez en cuando se colaba la duda de por qué si me extrañan tanto no han regresado por mí. Pero en su mente infantil había respuesta para todo y aceptaba el precepto de que el que da y quita con el diablo se desquita. Ése era el único motivo por el que él seguía lejos. Pero si se encontrara con ellos, estaba seguro, no tendrían más remedio que arriesgarse a enfrentar la venganza del demonio. Lo querrían de nuevo. No te vuelvas a perder, le dirían.

Algún día lo llevarían los Nayuc; algún día vería a su familia. Pero se preocupaba: no sabía si los reconocería. Ya no recordaba sus caras.

Un día de esos en que la familia se iba a San Miguel, un día de suerte, el vecino degolló a La Gorda. La puerca se había escapado de la porqueriza mientras Aniceto ayudaba a La Prieta a parir; se topó con el vecino en medio de su vereda favorita y la puerca, que era medio salvaje, lo atacó. El vecino traía su machete de la leña a mano y lo usó bien en la única oportunidad que La Gorda le dio.

14

Al oír los chillidos, Aniceto abandonó lo que hacía y llegó a tiempo para ver a La Gorda correr en círculos vaciando su cuerpo por el cuello a borbotones.

Adiós, Gorda.

Por un momento Aniceto sintió ganas de llorar por su puerca favorita, la más terca, la más exigente; pero sabía que los hombres no deben llorar porque dejan de ser hombres. Así que rio mientras La Gorda daba sus últimos soplidos sin entender qué le sucedía, y rio cuando la puerca, antes de desplomarse, lo miró con tal agudeza que le pareció que le preguntaba qué me pasó y de qué te ríes.

El ataque de risa terminó de súbito al cesar la puerca sus contorsiones de muerte. De la puerca más necia y rezongona ya no salía más que silencio. El vecino y Aniceto se miraron; también se quedaron en silencio. Los dos tenían miedo: uno por haber dejado que la puerca se escapara y el otro por haberle matado la mejor puerca a su vecino Nayuc, al que se le conocían algunas historias de venganza.

Aniceto propuso enterrarla lejos; de ese modo Nayuc nunca conocería su fin y pensaría que se había escapado para siempre. Sin embargo, al ver el alivio en el rostro del vecino, de inmediato cambió de opinión. Era como echarse la culpa él solo, y eso sí que no. De haberse escapado la puerca, y nada más, Aniceto la habría buscado hasta encontrarla y La Gorda estaría ahora tan feliz como un puerco es capaz de ser, de vuelta en la porqueriza. Pero no: la puerca se había topado con el vecino armado y ahí había quedado.

Aniceto era niño, mas no tan inocente.

El vecino propuso entonces cargar a la puerca de vuelta a la porqueriza y colocarla entre el alambre de púas, como si, al tratar de huir, se hubiera atorado y degollado sola. Ese plan habría funcionado muy bien de no ser porque toda la sangre de la puerca se había vertido en la vereda. No podían esconder una evidencia tan clara y no tenían de dónde sacar sangre para derramar alrededor del reubicado cadáver de La Gorda.

Nayuc podía ser ignorante, pero no era tonto.

El vecino y Aniceto aceptaron su parte de culpa, pero decidieron señalar a La Gorda como la principal causante de su tragedia. No podían esperar a que los Nayuc regresaran de San Miguel: para entonces no habría forma de aprovechar a La Gorda porque las moscas y la temperatura habrían empezado a descomponerla. Sabían que la buena carne no se puede desperdiciar y, aunque la carne de La Gorda estuviera medio dura por ser de puerca vieja y correteada, sería ya la última ganancia que de ella sacarían los Nayuc. Así que la subieron al carretón que usaba el vecino para recolectar papel, cartón y periódicos viejos, y se la llevaron a San Miguel para dejarla en la carnicería.

Aniceto sintió que emprendía un viaje al fin de la tierra. No había vuelto a San Miguel, y, como todos saben, las distancias son larguísimas si no se conoce el camino.

Al señor Nayuc lo encontraron al salir de la cantina. No estaba de tan mal humor: se notaba que le había ido bien con sus tragos. Pero al ver a Aniceto donde no debía estar, supo que algo malo había pasado.

—¿Y los puercos?

—La Prieta ya tuvo. La Gorda está en la carnicería.

A Nayuc no le causó gracia el fin de su mejor puerca.

—Ya me arreglo contigo después.

Sin disculparse ni agradecer al vecino, se dio media vuelta para ir a la carnicería a reclamar su dinero. El vecino también dio media vuelta, subió a la carreta y marchó en dirección contraria.

Y ahí quedó Aniceto, solo. Tenía mucho tiempo de desear llegar al pueblo de sus primeros días, pero ahora no sabía adónde ir. ¿A la derecha? ¿A la izquierda? La calle le pareció larguísima y sintió que, si la seguía, se perdería en el fin del mundo.

Además, se sintió asediado por la sobrecarga sensorial.

Había ruidos que hacía mucho no oía. Ruidos lejanamente familiares. El taconeo de la gente al caminar en la banqueta y el

16

rugido de los motores; los comerciantes al vender y sus clientes al regatear; las pláticas entre amigos de camino al mercado, la risa ocasional; el aroma bueno y malo de pueblo de mar. La ausencia del olor a puerco vivo.

Todos eran detalles olvidados de su niñez.

Se vio en marcha sobre suelo plano a un lado de su hermana, cuando su madre los mandaba a comprar el pan o las tortillas. Era todo lo que recordaba. No se acordaba dónde quedaba la casa de su familia.

No sabía qué hacer, así que se sentó en la banca de una plaza a ver gente pasar.

—Tú tienes cara de Mora.

La mujer había detenido su marcha al verlo. Aniceto no entendió lo que la señora desconocida, que lo miraba a los ojos, le decía.

—Que si eres pariente de los Mora.

Él sólo sabía que se llamaba Aniceto, no sabía de apellidos: es que soy regalado, señora, y no me acuerdo. Fuera o no fuera Mora, la mujer le tuvo lástima por ser regalado. Nunca había conocido a nadie así, y le pareció muy triste. Además se veía perdido, y parecía que tenía años de estarlo. Olía a algo que la mujer no supo identificar. El olor a pescado podrido lo conocía muy bien porque su marido y sus hijos eran pescadores, pero no sabía por qué ese niño olía a podrido si no olía a pescado.

—Ven conmigo si tienes hambre.

Y fue.

La señora Carmela lo llevó a su casa, donde le ordenó que se bañara y luego que se volviera a bañar. Le dio de comer y enseguida le hizo un puré de tomate para que se volviera a meter a la regadera y se lo untara en todo el cuerpo, pues dicen que el tomate quita todo tipo de mal olor.

—Y tú hueles peor que zorrillo, niño.

Luego hizo que Aniceto le contara bien ese asunto de ser regalado.

—Te llevo con los Mora porque tienes cara de Mora.

Les tomó mucho tiempo llegar. Por todos lados la señora se detenía a platicar. Varias veces Aniceto llegó a pensar que se había olvidado de él, pero, al alejarse, ella le preguntaba adónde vas, niño, y seguían el camino. Caminaron mucho, aunque menos de lo que Aniceto andaba mientras perseguía a La Gorda por las veredas de la jungla.

La señora Carmela tocó a la puerta de la casa más pobre de la vecindad. Cuando abrieron, Aniceto tuvo la impresión de que se miraba en un espejo. Sus mismos ojos lo miraban; el mismo mentón, nariz y pómulos. Ese niño que tenía enfrente parecía su doble aunque no estuviera tan flaco y harapiento como él. Hasta la señora Carmela permaneció callada un momento, sumida en su contemplación: el parecido era innegable.

—Niño, háblale a tu mamá.

Aniceto había imaginado esa escena miles de veces y sabía de memoria qué le diría a su madre al tenerla de frente. Pero la mujer que llegó a la puerta parecía cansada, avejentada, de mal humor, así que le fallaron las palabras. Se limitó a mirar para tratar de recordarla y ver si ella lo reconocía a él, si lloraba, si lo abrazaba. Permaneció callado mientras la señora Carmela decía que lo encontré y se lo traje porque parece su hijo.

—No. Lo regalamos hace mucho.

La expresión de la madre no cambió y el hueco en la mirada no se llenó por el gusto de ver a su hijo. Así, nada más: lo regalamos hace mucho, y con eso dijo todo. Para Aniceto no hubo abrazos, disculpas ni besos. Lo regalado, regalado se quedaba.

Por la señora Carmela se enteró de que, después de regalarlo, sus padres tuvieron dos hijos más. Que su padre había muerto de apendicitis, y dos de sus hermanos, en un contagio de difteria. Que su madre había tenido un hijo más después de la muerte del marido, pero nadie sabía de quién. Que su hermana mayor había salido a misa un domingo y nunca más la habían vuelto a ver. Su hermano

18

mayor, el trabajador, se había ido a Mérida. Así que ahora su madre estaba sola con cuatro hijos menores y lavaba ropa ajena para mantenerlos. Y por su cara, por su mirada, a Aniceto le quedó claro que no quería ningún hijo más.

Ese día su fantasía cambió. Ya no imaginaba que lo buscarían, arrepentidos por haberlo regalado. Ahora fantaseaba con que algún día lo necesitarían, que le rogarían, que no podrían vivir sin él. Toparse con sus hermanos le dolía, porque lo miraban con desprecio sin pensar que el destino de Aniceto pudo haber sido el de cualquiera de ellos. Por eso, vivir en San Miguel era una punzada entre los dos ojos, una punzada que no lo dejaba en paz.

De todas maneras, ahí se estaba mejor que en Cedral. Ahí se veía el mar casi desde cualquier lado, aun cuando no era el mar de olas, que era el que más le gustaba. Observaba los barcos chicos y los grandes zarpar a algún lado. No sabía adónde porque desconocía otros lugares, pero quería irse con ellos. Antes, en Cedral, él había creído que Cozumel era enorme; que era el mundo entero. Pero desde su regreso a San Miguel había distinguido en el horizonte otra tierra; podía ver que había más mundo donde vivir. Y quería conocerlo, aunque no sabía cómo o si tal vez se perdería.

Pasó varias semanas en casa de la señora Carmela. Ella lo llevaba a todos lados vestido con la ropa que le había comprado y lo presentaba como *el Regalado* de los Mora. La gente le sonreía con un poco de lástima y le regalaba raspados de limón, refrescos o dulces de piloncillo, pero no le decían ven que te voy a dar un abrazo o ven y cuéntame más, te presento a mi hijo, quédate a jugar.

La señora Carmela lo llevaba temprano por las mañanas a la orilla del mar a recoger conchas y caracoles que, por la tarde y ya limpios, compraban los pescadores, los cuales, a su vez, los revendían para el turismo de Veracruz y Tampico. Le prestaba un cuarto con cama de verdad, pero no podía dormir: estaba acostumbrado a descansar en su catre de lona, arrullado por los ruidos que hacían los puercos. Era generosa: le daba de desayunar, comer, merendar y cenar. Aniceto nunca había comido tanto, tan seguido y tan sabroso, así que consumía todo, a pesar del dolor permanente en la barriga y la diarrea que lo atacaba después. Hacía tanto que sufría esos síntomas que no recordaba lo que era no tenerlos y pensaba que era lo normal. Sin embargo, iban en aumento y se tornaban insoportables. A él no se le ocurría decirle a la señora Carmela que me duele la panza y que ya no aguanto, habituado como estaba a guardar silencio por el desinterés de los Nayuc. Pero como la señora Carmela se enteraba de todo, llevó a Aniceto con el doctor que visitaba la isla los viernes de cada quince días para que lo revisara.

—No engorda, doctor, y se la pasa en la taza.

—¿Desde cuándo tienes diarrea, niño?

Aniceto no contestó. Comprendía que la consulta se trataba de él, pero no había imaginado que tendría que participar. No estaba acostumbrado a que alguien le hablara, menos que le preguntara. Solo doña Carmela, pero ella no necesitaba respuesta de su interlocutor, pues se respondía sola.

—Contesta, Aniceto: te habla el doctor.

—¿Eh?

—¿Qué desde cuándo andas suelto?

—No sé.

—¿Desde cuándo te duele la barriga?

—No sé.

—¿Pues qué sabes, niño?

Aniceto pudo detectar el tono burlón del médico, pero no lo comprendió.

—No sé.

—Es que es regalado, doctor. No sabe nada.

—A este niño hay que desparasitarlo —dijo el médico después de una pausa.

Compraron las medicinas contra las lombrices y las amibas, aunque batallaron para erradicarlas porque quién sabe hace cuánto que las traes, niño. Poco a poco Aniceto empezó a sentirse mejor y a acostumbrarse a la rutina de no hacer gran cosa. Cuando la señora Carmela, harta de tenerlo de vago ya que estaba sano, le sugirió ir a la escuela a aprender las letras, él se negó:

—Como soy regalado nunca he ido a la escuela y no me sé las letras. ¿Ya pa qué?

No tuvo que decir más. La señora Carmela se dejó convencer muy rápido.

—Cierto. Mejor te quedas conmigo todo el día. Yo te enseño a contar conchas.

Aniceto no estaba acostumbrado a tener compañía humana, y la señora no tenía nada que hacer, sola, sin esposo y con hijos que sólo la visitaban una vez cada dos meses por andar de pesca en el mar. Eso cuando se acordaban de ella. Carmela ya estaba cansada de que nadie la necesitara. Ahora lo tenía a él y lo aprovechaba cada minuto: hablaba tanto y a tal velocidad que su interlocutor no entendía ni la mitad de lo que decía, pero Aniceto aguantaba, un poco atolondrado, que le diera órdenes y recomendaciones sin cesar o que le contara chismes sobre gente que no conocía y no le interesaba, con tal de tenerla contenta y que no lo regresara con los Nayuc y sus marranos.

Y es que ella le había mejorado la vida a Aniceto tanto como él se la había reformado a ella; pues mientras Aniceto pudo haber muerto víctima de sus parásitos, ella pudo haber muerto de aburrimiento y soledad.

Cuando pensaba en los Nayuc, a Aniceto le regresaban los retortijones. Trataba de evitar esos recuerdos pero a veces no podía eludirlos. Ahora que se había alejado de la suciedad, no imaginaba cómo había podido aguantar tanto tiempo esa vida. Y ya que se había dado cuenta de que San Miguel no quedaba tan lejos de Cedral, se recriminaba por no haber escapado antes.

Pero ni siquiera la distancia libera a nadie de los recuerdos de una vida entera. Cuando Aniceto se relajaba un poco, le venían recuerdos de miedo, de hambre, de peste. Sobre todo de peste. Por eso aún se untaba el tomate, pues algunas mañanas despertaba con la sensación de tener el cuero impregnado del olor de los puercos.

—Huelo a puerco —decía, mientras esperaba a que la señora Carmela le hiciera su puré.

Ella le aseguraba que ya no olía mal, y de adulto, sus mujeres y sus hijos, ya cansados de la obsesión, le dirían lo mismo.

—Tal vez tienes el olor guardado en tu nariz, porque yo no huelo nada.

Tal vez. Pero no le importaba. Él seguía oliéndose a los puercos en la piel.

—¿Me hace mi tomate?

De los Nayuc no supo nada por varias semanas. No lo buscaron o, si lo buscaron, no lo encontraron. Tampoco él hizo nada por ponerse en contacto con ellos ni avisarles que estaba bien, que no se preocupen, que no me regreso, que acá me quedo.

Pero gracias a las habladurías de la señora Carmela de que éste es *el Regalado* de los Mora, y a que su madre las corroboraba, se esparció su historia más rápido de lo que se escurre el agua. Aun así, pasaron varias semanas antes de que el chisme llegara con el carnicero, y otras más antes de que el señor Nayuc regresara a vender puercos y se enterara, por ese medio, del paradero de Aniceto.

Disgustado por la muerte de la puerca, el señor Nayuc había abandonado a Aniceto en San Miguel para que regresara a Cedral solo y como pudiera. Era un justo castigo, decidió. Pero al pasar los días y no tener noticias del niño, había empezado a inquietarse. No pasaba un día sin que pensara en Aniceto, seguro que estaría muerto por ahí, que encontrarían su cuerpo algún día en el camino o en la selva, comido por animales carroñeros. Pero mientras no fuera así, mientras no hubiera evidencia de la muerte del *Regalado,* quedaba la esperanza, por lo que Nayuc ansiaba su regreso. No era que echara de menos su compañía: lo extrañaban los puercos. Y como Nayuc tenía seis años de no encargarse de ellos, ya no tenía la práctica necesaria, y lo peor: había perdido el ánimo. Y es que me dejó a los puercos muy chiqueados, el canijo.

Tras recibir el chisme de la buena vida que se daba su regalado como arrimado de la vieja Carmela, salió de la carnicería sin esperar a que le pagaran. Furioso, se fue directo a casa de la Carmela, donde no encontró a nadie. Los vecinos le sugirieron que los buscara en la playa, en la plaza o por las calles. Y lo hizo. De sitio en sitio aumentaba su enojo, seguro de que se le escondían a propósito.

Aniceto pasó la mañana en la playa, sin sospechar que ese día su vida daría otro vuelco. Al regresar a casa de la señora Carmela, el vecino salió de la suya en cuanto lo vio.

—¿On tabas? Te vinieron a buscar.

No hizo falta preguntar quién. Ya sabía. ¿Quién más podía ser? Con el corazón comprimido por el miedo, Aniceto corrió a la plaza en busca de la señora Carmela, pero, cuando llegó, Nayuc ya la tenía acorralada. No supo qué hacer. No quería ver cómo su dueño maltrataba a la señora que había sido tan buena con él, pero menos quería quedarse ahí a esperar a que lo lastimaran a él.

No tenía a quién acudir. La única persona que lo había ayudado no podía enfrentarse a Nayuc para defenderlo, así que Aniceto decidió huir. Regresó a la casa a recoger toda su ropa nueva y el dinero para los gastos de la semana que la señora Carmela guardaba en el cajón de sus calzones.

No titubeó: se iba al mar.

Para huir de la isla encontró un barco pesquero que iba a Campeche. Necesitaban un asistente de cocina.

—¿Le sabes a la cocina?

—Le sé —dijo.

Y le creyeron.

Era la primera vez que subía a un barco. El aroma ahí era distinto del de los puercos, distinto incluso del de las calles de San Miguel. Olía a trabajo, sudor y muerte. Olía a redes, gasolina y grasa. Pero, sobre todos esos aromas, regía fuerte el olor del mar.

Me gusta, pensó. Ahí pertenecía. Rodeado de mar descubriría la vida.

Bajo sus pies, los tablones resbalosos de la cubierta crujían y rechinaban. Nunca había caminado sobre madera, y se quitó los zapatos para sentir también la vibración de los motores. Cosquillas. Al zarpar el barco de pesca, miró hacia atrás para ver su tierra alejarse, hacerse pequeña, convertirse en recuerdo. Aniceto Mora se sintió parte de ese mar de oleaje suave y cristalino que lo mecía.

La felicidad le duró una hora.

Tanto tiempo de admirarlo y nunca se había fijado en que el mar no nada más se mueve en la orilla con las olas. En mar abierto, el agua se le movía a Aniceto para arriba y para abajo, de un lado a otro. Se moviera poco o se moviera mucho, al niño le daba lo mismo: el mar lo había traicionado. Y él se quería morir. En algunas partes del cuerpo tenía calor, pero frío en otras. Y sentía una presión terrible en el cogote que trató de controlar lo más que pudo, temeroso de que, si se relajaba, terminaría por vaciarse. Y si en ese momento alguien le hubiera facilitado una pistola, se hubiera dado un tiro en la cabeza sin pensarlo. Ese mareo era peor que los retortijones causados por las lombrices y las amibas. Era constante, permanente, terrible. Era peor que los Nayuc y sus marranos. Casi peor que su peste.

Contempló la posibilidad de tirarse al mar a morir, pero pensó que mejor no porque no sabía nadar. Y además, ¿de qué serviría? Si se echaba al mar, seguiría el vaivén. Y perdió el control y aflojó el cogote y se vació, aunque mientras más vacío se sentía, más difícil era controlar las arcadas. Fue una tortura que duró días, no supo cuántos. Entre vómitos y burlas de los pescadores se dio cuenta de que nunca podría ser marinero.

Llegó verde a Campeche y más flaco que como cuidador de puercos.

Ya en esa tierra desconocida, el dinero robado se acabó pronto. Aniceto tenía hambre, tenía sed, tenía sueño y, lo peor, tenía miedo.

24

Se había acostumbrado a lo bueno y sin invertir mucho esfuerzo. Nunca se había sentido tan a gusto y tranquilo como en los días y las noches que pasó en aquella casa. Se había acostumbrado a la señora Carmela, y la echaba de menos. Extrañaba su incansable voz, incluso. Y el tomate. ¡Cómo extrañaba el puré de tomate! Cómo le hacían falta los ratos de descanso del aroma a puerco que ni en esa nueva tierra le daba cuartel.

A veces miraba el mar hacia donde creía que estaba Cozumel y deseaba poder regresar adonde la gente tenía tiempo de compadecerse de un regalado. Ahora se encontraba lejos y en esa parte del mundo a nadie le importaba que fuera regalado. No volvió a encontrar otra como la señora Carmela que lo acogiera. Pero con sólo pensar que para regresar a Cozumel tendría que atravesar de nuevo el mar, se le esfumaban las ganas de volver. Por eso y por el miedo a Nayuc.

En tierra firme, presionado por el ruido de sus tripas, Aniceto Mora se dedicó a la ratería. El asalto al cajón de los calzones de la señora Carmela fue el primero de muchos, pero el único que le dejó mal sabor de boca. Era robar o morirse de hambre. Empezó por hurtar lo que podía: algo de fruta o la bolsa de compras de algún descuidado, si la suerte lo favorecía, aunque pronto se dio cuenta de que eso no le quitaría el hambre con la que vivía ni lograría domar el vacío que se apoderaba hasta del más pequeño de sus pensamientos. Después de tanto tiempo de vivir escondido en el puerto, de dedicarse a observar y aprender, había descubierto que mucha gente se llevaba cosas que no le pertenecían. A ninguno le importaba; nadie los perseguía. A diario llegaban tantas cajas a ese puerto que Aniceto pensó que nadie notaría si tomaba una, y en cambio él podría cambiar su destino de hambre. Así fue como se animó a cometer robos más grandes.

Y todo iba bien hasta el día de la caja maldita.

Hasta entonces, Aniceto había tenido la suerte de robar sin ser aprehendido.

Como ya era su costumbre, observaba todos los cargamentos que llegaban al puerto. Las cajas grandes no las tomaba en cuenta, pues sabía que no podría huir con su contenido, aunque pudiera abrirlas. Sólo seguía con interés el movimiento de las cajas pequeñas o medianas. En ésas encontraba siempre algo portátil y fácil de vender, como telas estampadas, manta o semillas. Con tan sólo dar unos pasos y sin ningún esfuerzo o cuestionamiento, encontraba un comprador dispuesto a pagar por la mercancía. Aniceto sabía que no le pagaban lo justo, pero no era exigente: con eso le alcanzaba para comer y para taparse de la brisa fresca por las noches.

Vivía conforme entre las cajas del puerto y, en su inmadurez pueril, imaginaba que podría seguir así para siempre. No tener hambre era su única ambición.

Con el paso de los días, Aniceto descubrió que lo más excitante del proceso del robo era escoger una caja desde lejos, seguirla hasta donde los trabajadores del puerto la acomodaran, esperar a que éstos se alejaran y acercarse con sigilo. Luego, lo mejor: la abría con un fierro que había encontrado por ahí tirado y que conservaba siempre a su lado.

Destapar la caja y descubrir su contenido se convirtió en la gran meta, una vez saciado el estómago. Y es que, como no sabía leer, no había mucho que le delatara con antelación los tesoros que ahí encontraría. Algunas traían dibujos, como las de semillas, y era así como Aniceto lograba dar con ellas cuando le hacían un pedido especial. Pero al *Regalado* de los Mora lo que le gustaba era la sorpresa. Lo emocionaba saber que tenía el poder de abrir una caja para sorprenderse y deleitar sus ojos con los colores brillantes de las telas o de los zapatos que había dentro. Para tomar lo que deseara y dejar atrás lo que no. Comprendió que había algo de seductor en esos actos, pues por primera vez en su vida tenía el poder de decidir entre éste o aquél; monocromático o multicolor; sí o no; dos o tres, no: cuatro o cinco. Cuatro o cinco siempre era mejor que dos o tres.

Para alguien como Aniceto, que nunca había tenido nada, era un deleite ver tal abundancia. Sabía que no podía salir de ahí con el cargamento completo, pero llenaba su costal. Después cerraba la caja lo mejor que podía y se alejaba tranquilo y sin prisas del lugar para cambiar mercancía por pan o monedas. Lo que volvía a guardar lo consideraba suyo también, aunque lo dejara atrás para siempre, por el simple hecho de que sus ojos habían tocado los colores; sus manos, las texturas; y su olfato, los aromas, antes que nadie.

El día que lo atraparon, Aniceto ya había determinado no tomar nada de las cajas que tuvo la mala suerte de seguir y abrir. Las cajas no eran muy grandes, aunque pesaban mucho. Debió haber tomado eso como señal para abandonar la mercancía y salir de ahí. Antes de abrir el paquete, Aniceto ya había decidido que el contenido no serviría para sus propósitos, pero la curiosidad fue tanta que no pudo resistir.

No había nada adentro. Nada que a Aniceto le sirviera, lo deleitara o lo sorprendiera. Puros fierros; puros fierros sin color. Así que abrió otra caja y otra más. En esa empresa se encontraba cuando sintió que unas manos lo tomaban de los hombros con rudeza.

Abrir cajas de herramienta y piezas de la maquinaria para el proceso del chicle, que habían llegado desde Tampico, no había sido muy buena idea; ni siquiera sabía para qué servían los fierros esos ni a quién se los podría vender. Trató de explicarse, pero sin éxito. Los seis hombres que lo rodeaban no le dieron oportunidad. Nadie robaba a los chicleros de Campeche sin pagar las consecuencias, le informaron. No se molestaron en llamar a la policía. En esa parte del mundo el chicle era rey y los chicleros hacían obedecer su ley.

Soy regalado y nunca nadie me había dicho eso, y ni sé siquiera lo que es el chicle, les dijo a modo de disculpa; pero después de algunos golpes se dio cuenta de que no le tenían ni un poco de lástima. Entendió que no detendrían la golpiza hasta que lo vieran muerto. Sin embargo, Aniceto no se había pasado buena parte de su vida en carreras tras La Gorda, la puerca, para nada: era rápido y mañoso. Logró escabullirse de una muerte segura por entre las cajas del puerto. Como en un laberinto, siguió hasta encontrar la salida hacia la ciudad, que nunca antes se había animado a pisar.

De esa experiencia debió haber aprendido que hay gente con la que uno no debe meterse, pero no: tan pronto se borró su último moretón, se olvidó del episodio.

Los años siguientes deambuló sin meta ni objetivo. En esa tierra nueva todo era enorme: distancias, árboles, pueblos, avenidas, hombres y mujeres, y le pareció lejano el día en que creyó que se perdería en aquella calle de Cozumel.

El mundo era mucho más grande de lo que había imaginado. Todo le era ajeno y extraño, y sólo se sentía reconfortado al ver su mar. Y trataba de no alejarse, pues al ver el agua pacífica del Caribe volvían la calma y la certeza de que no había dejado el mundo que conocía y que lo reconocía. Los distintivos colores del mar le decían: todo está bien; no estás perdido, Aniceto.

La mayoría de las personas que encontraba en esa nueva tierra eran muy pobres, pero vio con asombro gente rica de piel blanca que se paseaba en sus autos, que presumía sus buenas ropas y su buena compañía. Las casas a las que entraba esa gente le parecían palacios; Aniceto no se explicaba para qué podían necesitar tanto espacio, tantas ventanas o techos tan altos. Escuchaba lo que decían y comprendía poco de lo que hablaban entre ellos o de lo que le decían —si acaso le dirigían la palabra para exigirle que se retirara—, pues hablaban con más prisa y desdén que la gente de su isla.

Todos los días Aniceto se sorprendía de lo que sus ojos veían, de los paisajes y de la tecnología que antes ni siquiera había imaginado que existía: carros con motor e imágenes móviles en una pantalla de cine.

Lo único que no lo sorprendió fue la manera de ser de la gente: todos eran iguales en todos lados. Ricos o pobres, los hombres miraban a las mujeres y si podían las tocaban, y si se ellas se deja-

ban, se las llevaban a un lugar privado. Y si no se dejaban, tal vez
también.

Igual en todos lados.

Creció convencido de que lo único que diferenciaba a las personas de los cerdos era que los cerdos eran un poco más confiables
que las personas, y que mientras los cerdos sólo aspiraban a ser
cerdos, los hombres aspiraban a ser reyes. Aunque fuera de algo
insignificante, pero reyes para regir encima de otros.

Eso lo comprendió un par de años después, cuando vivió en
Veracruz con un grupo de muchachos vagabundos y ladrones como
él. No eran regalados, pero todos eran huérfanos de hecho o por
voluntad propia. Al principio, Aniceto se sintió agradecido por la
seguridad que sentía al ser parte de algo por primera vez, de pertenecer, aunque sólo fuera uno más del montón.

El líder de la banda, al que apodaban *el Callao,* había dejado a
su familia porque pa eso, pos toy mejor solo, obligaba al resto de la
banda a darle parte de lo que robaban, y a cambio los dejaba vivir
y dormir bajo la protección del grupo.

El Callao se aseguraba de que nadie los molestara ni de día ni
de noche. La policía no se atrevía a meterse con ellos. Son los del
Callao, se decían al reconocerlos cuando se cruzaban por el camino
y entonces apartaban la vista y doblaban la esquina aunque tuvieran que desviarse de su ruta. Sería por miedo, y su razón tenían. O
sería que policías, *Callao* y bandoleros, todos servían al mismo jefe,
conocido y temido por todos en la ciudad y enfrentado por nadie.
De día, los bandoleros del *Callao* lo sabían con absoluta certeza:
estaban a salvo de la ley y de las venganzas de otros grupos con
aspiraciones criminales. Iban y venían con impunidad. Con la sola
mirada de su líder, las multitudes del mercado o de las calles se
apartaban. Y callaban. De noche, no había habitante de las sombras que tuviera las agallas de atacarlos.

Pero al caer la oscuridad, sin cuatro paredes y sin una puerta
entre ellos y el mundo, y aunque nadie lo admitiera, a los secuaces

del *Callao* les costaba más fiarse de la fuerza o de la fama de un solo hombre como escudo protector. De noche los asaltaba el miedo, veían vengadores entre las sombras, o al padre golpeador unos o a la madre que los vendía otros, o el aroma acosador de los puercos, sólo uno. De noche, por más cansados que se sintieran, nadie podía conciliar el sueño sin gritar. De noche el miedo se contagiaba y galopaba. A oscuras, la imaginación y los terrores se hacían colectivos. Y *el Callao* no estaba ahí para ser santa madre de nadie. No los proveía de consuelo: sólo de mezcal.

—Duérmanse, cabrones.

Duérmanse quería decir: beban. Y bebían los tragos de mezcal que su jefe les concedía para poder cerrar los ojos, para envalentonarse o evadirse. Para olvidar. Para creer.

El Callao hablaba poco, pero lo que decía iba siempre cargado con tal aire de autoridad que era obedecido de inmediato y sin cuestionársele nunca nada. Comían cuando él decía, callaban cuando lo exigía con la fuerza de su mirada, dormían y despertaban cuando él lo disponía, iban adonde él deseaba. También robaban donde y cuando su líder lo ordenaba.

Aniceto pronto se cansó de esa asociación: no estaba acostumbrado a tanta gente, tanta orden y tanto orden, pues a pesar de ser bandoleros callejeros, desaseados y malolientes, *el Callao* regía a su grupo con disciplina y mano dura. Formaban un pequeño ejército de delincuentes y él, como jefe, no toleraba la insubordinación. Los demás miembros de la banda, que habían sido criados por humanos, ya fuera en sus casas o en la calle, a base de patadas y hambre, lo entendían, lo aceptaban, y quizá hasta agradecían el orden en el caos que era su vida. En cambio Aniceto, que había sido criado por La Gorda, no: quería comer cuando tuviera hambre y dormir cuando tuviera sueño; quería robar para satisfacer su hambre, pero no cuando se le ordenara y lo que se le ordenara. ¿Dónde estaba la sorpresa en eso?

Y luego había que compartir el botín. No había opción. Robaba, pero no podía conservar nada y le dolía tener que desprenderse de los objetos que sus ojos y sus manos habían clamado como suyos. Pero era la ley del *Callao,* y Aniceto la conocía bien. Al regresar de un atraco, todos colocaban el cúmulo de sus esfuerzos en el centro, junto a la fogata. Lo observaban y lo deseaban, aunque lo veían desaparecer cuando su jefe partía a entregar su ofrenda al verdadero destinatario, pues hasta el mismísimo *Callao* tenía su propio jefe. Lo veían partir con las manos llenas de plata y regresar con comida y mezcal para todos. Panza llena, manos vacías.

Sólo *el Callao* tenía derecho a coleccionar tesoros. Si algo le gustaba, lo apartaba para él. A Aniceto le parecía injusto, pero al jefe no se le podía reclamar nada. Porque, si no era él quien hacía cumplir su ley, era el resto del grupo el que lo hacía por él y para él: lo quiere *el Callao,* lo dijo *el Callao.* Dáselo al *Callao.* Ya. Difícil oponerse a más de una docena de miradas que prometían violencia ante cualquier señal de oposición. Si algo deseaba *el Callao,* había que ceder para continuar como miembro del grupo y seguir con vida.

Fue tras uno de esos episodios cuando Aniceto Mora, por salvar la vida, volvió a su independencia y a su soledad.

Por orden del jefe, habían entrado de noche a la casa de una familia que dormía. Entraron como marabunta sin preocuparse por el ruido que hacían. Aniceto supuso que, al despertar con la poco disimulada invasión de su hogar, el matrimonio había decidido fingir un sueño profundo para evitar un ataque personal. Era lo que siempre sucedía, lo que, a fuerza de sufrir robos, la gente de la ciudad había aceptado como convención: nadie enfrentaba a la banda del *Callao.* Nadie se atrevía, pues sabían que con la policía no contaban. A cambio, *el Callao* se aseguraba de que nadie saliera lastimado: buscaban riquezas para llevar, no vidas para extinguir. Era un buen arreglo para todas las partes involucradas.

Ese día en particular, Aniceto se encontraba hastiado de su situación. El jefe había dedicado la jornada entera a intentar establecer su autoridad sobre él, profiriendo órdenes sin sentido. En consecuencia, Aniceto no había podido dormir la siesta ni comer sentado en todo el día. Todo había sido traime, veidile, traime, y, otra vez, ve y traime. Tanto así que Aniceto ya se había cansado de oír al *Callao,* y empezaba a dudar de que ese apelativo fuera el correcto para alguien que parecía tan enamorado de su propia voz.

Así que esa noche, como acto de rebeldía, mientras los demás miembros de la banda saqueaban las bandejas de plata y las alacenas, apegados al plan de siempre, Aniceto se internó solo y silencioso en el área de las recámaras para ver qué sorpresas lo esperaban ahí.

En la primera recámara encontró muñecas sentadas a una mesa pequeña, con tazas y platos en miniatura. En el armario no encontró nada que le interesara, sólo vestidos de holanes de colores claros. Al acercarse a las dos camas vio que cada una estaba ocupada por una niña blanca, ambas idénticas, con el cabello recogido en incontables amarres con listones que a Aniceto le recordaron los pequeños caracoles blancos con café que por la mañanas recogía junto a la señora Carmela.

Las niñas eran, en conjunto, lo más hermoso que Aniceto había visto en su vida.

Eran más jóvenes que él: tendrían once o doce años, calculó, al tomar como referencia la edad de su propia hermana la última vez que la vio y la de las hermanas Nayuc cuando las conoció. Pero Aniceto nunca había visto a su hermana descansar con tanta paz como esas niñas. A nadie, de hecho. Era como si se sintieran cobijadas por la certeza de que al día siguiente el sol brillaría por ellas y que el camino se abriría ante sí para darles el paso sin obstáculos. Parecían haber cerrado los ojos sabiendo que en su vida no habría hambres ni tristezas; que nada las ensuciaría; que nada las lastimaría.

Tan apacible era su sueño, tan profundo, que no las perturbaba ni el peso de una mirada extraña.

Aniceto no entendía el propósito de los listones que ataban su cabello como caracoles. Le hubiera gustado vérselo suelto porque quería tocarlo, seguro de que sus dedos nunca habían sentido nada tan suave. Quería también tocar su ropa de noche tan fina y tan tibia con el calor de sus cuerpos; quería olfatearlas de muy cerca para asegurarse de que ese olor limpio que emanaban era real, pues no podía creer que tal aroma existiera de verdad. No podía entender la ausencia de puerco, de suciedad. Quería tocarlas enteras.

Y se atrevió.

Comenzó con los listones anudados en su cabeza. Deshizo uno para liberar el largo cabello de una de ellas. Era castaño con brillos dorados y más suave de lo que imaginó. Acercó su cara para olfatear las flores que parecían esconderse entre el café y el oro. La niña suspiró entre sueños, tranquila todavía, y el aliento tibio de su boca llegó a Aniceto, que quiso sentirlo otra vez. Tibio. Húmedo. Limpio. Acercó más su cara, nariz con nariz, intentando capturar en su lengua el aliento de la niña, pues jamás habría creído que del interior de una boca pudiera ausentarse la podredumbre. Le fue imposible retener el aire dulce de la niña: tan pronto como lo sentía llegar, se le esfumaba. Ella era la fuente, y lejos de ella ese aliento perdía razón de ser. Tocó los labios rosados con su dedo pulgar calloso y sucio, y el contraste lo pasmó por un instante.

—Soy de mugre —le dijo al aire.

Y pensó que, para dejar la mugre atrás, debía acercarse a lo limpio, convertirse en lo limpio y apoderarse de lo limpio. Debía aproximarse a esas niñas para poder llevarse su aroma, su paz, su pureza.

Y aunque el sonido del atraco que se llevaba a cabo en otra área de la casa llegaba hasta sus oídos, Aniceto Mora olvidó su colusión y su intención de robarse otra cosa. Esa noche se llevaría moneda sin cambio; se llevaría un secreto sin compartir.

Determinado, siguió con su exploración. Con mucho cuidado abrió los primeros botones del camisón de la niña. Sus manos tocaron el pulso en la base del delicado cuello, y acarició la piel con tanta suavidad como fue capaz: no quería despertarla, alarmarla.

Más allá de la abertura del camisón, lo blanco de la piel continuaba hasta el infinito. Aniceto quería tocarlo todo, pero su mano se atoró en la cadena de oro de la cual pendía una cruz.

Al sentir el tirón en el cuello, la niña abrió los ojos de súbito y la paz que hasta entonces la había rodeado la abandonó. Gritó. Luchó por arrebatarle al ladrón la cruz que le habían regalado sus padrinos el día de su primera comunión. Pero cuanto más fuerte halaba, más fuerte la sujetaba su asaltante, el cual, hasta ese momento, concentrado como había estado en el deseo de descubrirlo todo, no había pensado en llevarse la alhaja.

Aniceto sabía que, con el grito de la niña, la paz momentánea de la que había gozado en ese cuarto oscuro, envuelto por el aliento somnoliento de las pequeñas, rodeado de limpieza y suavidad, se acabaría: los padres podían ignorar con todo propósito y resignación los ruidos que hacían sus charolas de plata al ser transportadas con torpeza y sin disimulo hacia la oscuridad de la calle, pero nunca ignorarían el grito de una de sus hijas.

La certeza de estar a punto de ser descubierto no lo disuadió: merecía llevarse algo esa noche, y si lo que más apreciaba esa niña era su cruz de oro, eso era lo que se llevaría.

Con prisa y determinación la arrancó del cuello y de las manos de la niña, sin importarle que la cadena se rompiera. Luego huyó por la ventana para evitar un enfrentamiento con los asustados padres.

Al salir, notó que las luces se encendían por toda la casa. La servidumbre y el resto de la familia habían encontrado las agallas para evitar el robo, motivados por el grito de la niña.

Por unos instantes, en la calle frente a la casa recién vaciada por la banda todo fue confusión. A diferencia de un ejército real, el del *Callao* nunca había elaborado un plan de evacuación ordenado; nunca antes había tenido que emprender la retirada, pues no había estado cerca de un enfrentamiento. Corrieron todos para evitar la batalla: algunos soltaron su botín al dispersarse, mientras otros parecían traer cencerros por correr con los morrales llenos de la cuchillería y los candelabros de plata de la familia.

Aniceto corrió también, sin haber decidido hacia dónde. No siguió a nadie, y nadie lo siguió a él. No soltó su botín de tres centímetros: lo llevaba silencioso en la bolsa del pantalón, decidido a impedir que se lo quitaran. Era suyo. Había vencido. Lo había ganado.

Pero sólo lograría conservar su tesoro tres días.

Fue discreto al regresar a la guarida de la banda, preocupado de que sospecharan que él había sido el causante del fiasco, pero nadie había notado su ausencia durante el atraco y, al verlo con las manos vacías, supusieron que había sido de los que soltaron el botín al huir. Además, había más de que preocuparse: no todos los miembros del grupo habían regresado al punto de reunión, y la duda era si los habían atrapado o si habían corrido tanto y tan rápido que habían logrado escapar de la ciudad.

Aniceto mantuvo su cruz a salvo, fuera de la vista de todos y de la de él mismo: la dejó en el fondo del bolsillo de su pantalón, donde ya su presencia le era familiar y desde donde le daba consuelo.

En su imaginación, a merced de los trazos constantes de sus manos, la cruz cambiaba de color: unas veces era blanca como la piel de la niña, pero otras era rosa o dorada; también cambiaba de forma y dejaba de ser cruz para convertirse en una daga diminuta, como el juego de tazas miniatura que había visto entre las cosas de las niñas.

La tocaba imaginándose su forma y sus grabados, pues nunca la vio antes de meterla en la oscuridad de su bolsillo. La pulía sin parar, sin cansarse, entre el índice y el pulgar, y la mantenía así, tibia, con lo que para él era aún el calor del cuerpo de la niña. Deseaba poder sacarla para acercársela a la cara y constatar que conservaba, además, el olor a limpio de su dueña, pero no se atrevía a hacerlo. Sabía que si el jefe la veía, descubriría lo que había salido mal en el atraco y se la quitaría para quedársela él.

Sin embargo, hacia el tercer día la fuerza de voluntad del *Regalado* se quebró: lo que sus dedos conocían de memoria, sus ojos nunca lo habían visto, y los sentía arder, a veces secos y a veces húmedos, pero quemaban igual y él trataba de convencerlos de que no sería buena idea mostrarles el tesoro, pero los ojos no escuchaban. No querían esperar, no podían esperar más: ardían por el deseo, querían también poseer la cruz.

Esa noche, cuando todos parecían dormir, sacó por fin su joya a la luz. Desde el primer día, la cruz se había salido de la cadena rota de la que pendía, así que Aniceto tuvo que volver a enhebrarla en el arillo para poder observar sus brillos dorados mientras la balanceaba de un lado a otro en un acto de autohipnotismo.

El Regalado no veía en la cruz su valor como símbolo religioso o como joya para vender o adornarse. Quería colgársela al cuello, pero no en un acto de vanidad, sino de redención, de amor, de salvación, de venganza. La cruz venía de la niña bonita, la niña de paz, la niña limpia. Aniceto imaginaba que, de alguna manera, poseer la cruz le había otorgado a la niña esas cualidades que él admiraba, que deseaba tanto, que había estado dispuesto a robar a base de caricias. Pero ella no las había querido compartir, y había luchado con más fuerza de la esperada para evitar que Aniceto la despojara.

Aniceto se alegraba de haberle arrebatado la cadena a la fuerza; de haberle arrebatado todo, pues al cerrar los ojos recordaba que al desprender la cruz del cuello blanco de la niña, en la comprensión de lo que sucedía, en sus gritos de terror, ésta había perdido gran parte de su belleza y toda su paz y tranquilidad. La cruz, por lo tanto, era el secreto: guardaba todos los deseos de un regalado; de ese regalado.

Pero, entonces, ¿por qué no se sentía transformado? ¿Por qué se sentía igual? ¿Por qué no se había limpiado su piel y erradicado el aroma a puerco que lo envolvía? ¿Por qué seguía sintiéndose regalado, desplazado, asustado? ¿Y por qué, con la cruz en su poder, no sentía paz?

—¿Qué es eso que tienes? —la voz del *Callao* interrumpió su introspección.

—Nada —dijo Aniceto, mientras regresaba rápidamente su tesoro al bolsillo profundo del pantalón.

No había nada que el *Callao* deseara más que lo ajeno, lo que otro apreciara más, y el interés que percibió en el tono y en los ojos del *Regalado* despertó su curiosidad.

Fuera lo que fuere, lo deseaba.

No se detuvo a cuestionar nada: no le interesaba saber de dónde había salido esa joya; le daba igual que un miembro de su banda la tuviera de mucho o de poco tiempo atrás, que fuera robada o hubiera pertenecido a la mismísima Virgen.

Él la quería.

—Dámela.

—No.

Lo quiere el *Callao,* lo dijo el *Callao.* Dáselo al *Callao.* Ya.

Aniceto no pudo defender su preciada cruz ante el embate del grupo, tras la orden del líder. Cuando sacaron los cuchillos, deseó que en verdad su cruz tuviera el poder de convertirse en daga como llegó a imaginar, pero no fue así. Era una cruz y nada más. Una simple cruz que, sin embargo, él necesitaba para cambiar su vida. Una joya que a nadie más serviría como a él.

Lo rodearon y Aniceto no encontró ninguna cara amigable en el grupo. Sabía que, con una orden del *Callao,* los que por tanto tiempo habían sido sus compañeros no dudarían en matarlo. Deseó tener el valor de morir por su cruz, de morir en lugar de continuar su vida así: sucio y regalado. Pero no: el brillo punzante de los cuchillos lo acobardó y lo dobló. Su instinto de supervivencia fue más grande que su deseo de la buena vida que le proporcionaría la cruz. Metió la mano en el bolsillo, donde encontró de nuevo, y por última vez, la tibieza del metal. Haló la cruz por la cadena, la levantó por encima de su cabeza y, de nuevo, en un acto de hipnotismo como el que había ejercido sobre sí unos minutos antes, la meció de un lado a otro como un péndulo, primero lentamente y luego con más y más velocidad. Cuando todas las miradas estuvieron fijas en los destellos de oro que reflejaba, Aniceto la dejó volar lejos, hacia los arbustos. Todos los ojos siguieron ese vuelo.

Aniceto aprovechó la distracción para alejarse corriendo sin volver la vista atrás. Logró escapar, mas no indemne: había perdido la cruz, la única oportunidad que tendría de encontrar un mejor Aniceto Mora.

Por muchos días permaneció escondido, casi inmóvil, en una bodega abandonada. Tenía miedo de encontrarse con algún miembro de la banda del *Callao,* pero también fantaseaba sin descanso con regresar al campamento para recobrar lo suyo. Recuperar lo perdido para recuperarse, el perdido, *el Regalado.*

Harto de la situación, una noche determinó que no podía seguir viviendo escondido, alimentándose de pura fantasía. Debía actuar. Debía comer. No regresaría por su cruz, pues comprendió que el miedo y las ganas de vivir eran mayores que su deseo, así que se decidió a huir de la ciudad de inmediato.

Partió con rumbo hacia el poniente y continuó en esa dirección sin saber qué había más allá de lo que sus ojos alcanzaban a ver. Salió sintiendo que había dejado parte de sí atrás, que la cruz le pertenecía más que las piernas o los brazos con los que había nacido. La parte limpia de sí mismo. Sintió pesar por haber despojado a la hermosa niña dormida de su paz y su belleza para nada: había perdido la cruz, que ahora estaba en posesión del *Callao,* quien no la apreciaría como era debido ni reconocería su poder.

Dejó la ciudad atrás sin saber que, a pesar de haberla buscado por horas, la banda no había encontrado la alhaja. Tampoco se enteraría de que, al día siguiente del atraco, la familia había salido a misa temprano como todos los domingos, las niñas luciendo sus hermosos vestidos de organdí español y sus caireles perfectos, ya sin listones. Que pasaron a la joyería —abierta de manera especial para ellos ese día de descanso—, donde los padres les compraron a cada hija una cruz más grande y más extravagante que la robada, la cual pendería para siempre de las ramas interiores de un arbusto sin mostrar su brillo, sin reflejar la luz, sin consolar a nadie nunca más.

Ignorante, Aniceto siguió con su vagancia, aunque se prometió no volver a unirse con nadie. Lo que robara se lo quedaría, porque nadie compartía nada con él. Además, él mismo era el ladrón más eficiente que conocía. Siempre veía de lejos cómo agarraban a otros, pero a él desde los chicleros nunca nadie lo había sorprendido —lo del *Callao* no contaba—. El secreto estaba en robar sólo cosas pequeñas que la gente no extrañara de inmediato, que fueran fáciles de vender o intercambiar, y que pudiera llevarlas sobre el cuerpo para no batallar por si había necesidad de huir.

Se convirtió en ladrón de carteras, un buen prestidigitador que hacía desaparecer pan o tortillas frente a la mirada del tendero y un sigiloso invasor de casas vacías en busca de alguna joya o de una nueva cruz con propiedades mágicas. Pero ninguna contaba: nunca encontró otra como la de la niña limpia.

Nunca nadie lo sorprendió en el acto. Cumplía lo que se había prometido: robaba cuando lo necesitaba y se esforzaba para que los cerdos a los que robaba nunca sintieran la instantánea ligereza del bolsillo, el vacío en el anaquel ni la presencia momentánea pero extraña en el hogar. Llegó a sentirse invencible hasta la noche en que lo sorprendieron los cinco viejos forajidos.

A los quince años se había mantenido mucho tiempo lejos del mar y empezaba a incomodarse. Se sentía perdido y desorientado entre la infinidad de caminos de tierra; estaba cansado de tanto deambular y de tanta soledad.

Una noche, sin haber encontrado un lugar dónde detenerse a descansar, se topó con un campamento de hombres que parecían ahogados en alcohol. Tenían buenas yeguas y sus costales se veían repletos. ¿De qué? No sabía. De algo interesante, seguro. Algo que podría vender, tal vez. Algo que podría deleitar sus ojos, seguro. Algo que sus manos deseaban tocar.

No resistió la tentación y se acercó. Recorrió con sigilo el campamento, pero cuando estaba a punto de tomar uno de los costales y salir corriendo, se dio cuenta de que cinco pistolas lo tenían en la mira. Aun borrachos, los hombres defendían sus pertenencias como él hubiera defendido su cruz de haberle sido posible aquella vez, de haber estado armado, de haberse atrevido.

Al ver que estaban a punto de acabar con él a balazos, soltó sollozos casi secos y a decir que estoy perdido, que tengo hambre, que me regalaron y perdón. Perdón. Perdón con ojos inocentes, que dejaron brillar el último y forzado acopio de la niñez que le quedaba. Perdón pidió, como nunca más volvería a hacerlo. Por salvar su vida, Aniceto exprimió lágrimas a pesar de saber que los hombres no lloran si quieren seguir siendo hombres. Por ganar vida, valía la pena perder algo de hombría. Los pistoleros no sabían si meterle un balazo para que dejara de llorar o soltarse a llorar con el pobre niño. Así que le dieron una botella de mezcal y lloraron con él. El mezcal no sólo borraba el miedo; también las convicciones: bajo su efecto todos olvidaron que un verdadero hombre no llora.

Aniceto nunca había tenido una botella para él solo, y pensó que una de ese tamaño le duraría al menos un mes, pero con esos hombres no quería ser quien dijera hasta aquí llego yo. Quería agradarles y lo logró brindis tras brindis, hasta el fondo de la botella.

Al día siguiente nadie en el grupo recordaba los detalles; sólo sabían que habían adoptado a un niño, que siempre no era tan niño —aunque lo pareciera por su tamaño—, pero que aguantaba la bebida como el que más.

Aniceto sobrevivió agradecido aquel día, y con gusto se unió a esa extraña tropa de viejos veteranos de la Revolución.

—¿Qué es eso?

—Ay, niño. Si no sabes de revolución, no sabes nada.

La lucha armada había terminado hacía años, claro, pero los viejos se negaban a dejar las armas. Que Zapata con Madero, Zapata contra Madero, Zapata con Villa y contra todos los demás. Hasta la Ciudad de México habían ido a dar los cinco amigos con el General en 1914, porque les gustaba la idea de quedarse con algunas tierritas, aunque no supieran plantar. De lo único que entendían en la vida era de balas, rifles, cartucheras y viejas, pues la Revolución los había sorprendido verdes, le contaban.

—Más verdes que tú.

Con Zapata asesinado, buscaron cualquier excusa para seguir en la lucha, mientras les llegaba su premio revolucionario. Después, en la Guerra Cristera descubrieron el gusto de asesinar a cuanto padrecito encontraban, y si se topaban con uno que otro rezandero, no hacían distingos.

—Nos los chingábamos igual.

Sí: los mataban por igual y con la misma satisfacción. Al acabarse la lucha armada, enviciados con la vida de forajidos, continuaron asaltando por sorpresa poblados incautos para llevarse animales, dinero y mujeres.

—Robar muchachas no deja pa comer, pero deja, ¿entiendes? Deja mucho —dijo uno sonriendo.

—Y además, si no es uno, pos se las lleva alguien más —dijo otro.

—Seh. Y con las viejas, mejor ser el primero. Recuérdalo.

Cuando Aniceto Mora los encontró, a treinta y siete años de declarada la Revolución, cuando ya el país entero intentaba olvidarla, los viejos seguían con lo mismo. Además, ante la ausencia de la distracción que ofrecían los balazos del contrincante, habían resucitado su antiguo deseo de tierras con la Reforma Agraria, la de verdad. La del Tata Lázaro.

Todo se lo platicaban a Aniceto como una gran aventura y siempre terminaban diciendo que ya nada era igual, que cada vez era más difícil seguir las viejas costumbres.

—Entonces los hombres sí eran hombres, no que orita…

Añoraban la impunidad que les había proporcionado la guerra declarada. Cuando presumían que eran indestructibles lo decían en

41

serio, lo creían; prueba de ello era haber sobrevivido a toda la bola de generales con ínfulas de presidentes que habían sido traicionados y asesinados o enviados al exilio. Todos muertos.

—Y míranos: nosotros aquí seguimos, niño. Y un día tendremos nuestra tierra, ya verás. Nos la deben.

—¿Quién?

—La Revolución.

—¿Por qué?

—Pos porque sí.

—Por pelear.

—Y ya no seas preguntón, muchacho.

Los viejos le enseñaron a disparar con una carabina 30-30 (pero tantéate, niño, que no es un juego), a escoger bien una vieja (pa que te hagas hombre entre unas piernas, como Dios manda) y a seguirlos por doquier (pa que aprendas, niño). Lo usaban como vigía en los asaltos en despoblado y lo mandaban en avanzada a los pueblos pequeños para averiguar si había federales. Con ellos, por primera vez tuvo una mula que le descansaba los pies. Con esos amigos nunca le faltó qué comer, qué beber, qué hacer. Sin condiciones. ¿Quieres más? Agarra. ¿Quieres eso? Tómalo. ¿Te gustó ésa? Llévatela, échatela y luego déjala, pero que no te pesque el papá.

Disfrutaba de la libertad que le daban y de la camaradería con que lo trataban, pero lo que más le gustaba eran sus anécdotas de guerreros. Sentía las tripas apretarse cuando llegaban al clímax de casi todas.

—… entonces ya mero nos pescaban.

—¿Y qué pasó? —preguntaba Aniceto, ansioso, sin falta.

Luego las sentía aflojar con el desenlace:

—… pero logramos escapar… con la vieja, con las armas, con el pellejo intacto —le decía alguno siempre.

—Y tú ni habías nacido entonces… —concluía otro, siempre igual.

Los nacidos en 1932 como Aniceto se habían perdido esa gran aventura. Qué mala suerte, pensaba. Lo que hubiera sido de él de haberse nutrido de balas en vez de caca de puerco. En vez de bichos. Habría crecido más, incluso. Qué mala fortuna la suya, regalado y peor aún: en la época equivocada. Se había perdido la Revolución; sin embargo, ahora que su suerte había cambiado le alegraba que los viejos la alargaran a perpetuidad, pues la compartían con él, joven, inexperto, pero atento escucha de sus historias y actor voluntario en sus retos constantes, sus exigencias, borracheras, desfalcos, secuestros y atracos.

Ocupado así, los puercos y su peste eran recuerdos oscuros que le secuestraban los sentidos y la mente sólo en lo más profundo de la noche, en el silencio, cuando las pesadillas lo embestían sin advertencia ni mezcal. Había momentos en que, rodeado de sus amigos y haciendo planes para el siguiente robo, llegaba a olvidar que sus padres lo habían regalado, que había olfateado flores en el cabello de una niña limpia y que, por varios días, se sintió salvado por una cruz.

En el futuro, Aniceto recordaría esa época de su vida como la mejor, a pesar de lo que sucedería tres años después de su primer encuentro con los pistoleros.

Porque otra cosa que aprendió en compañía de los revolucionarios empedernidos es que, si vas a asesinar a alguien, tienes que escoger muy bien a quién. No se puede matar a cualquiera: matas a alguien que va en el camino pa quitarle su burro cargado de maíz, y ni quien te moleste; pero si matas al hijo de un hacendado te persiguen más que el mismísimo sindicato chiclero.

Para su desgracia, lo comprendió ya con el hecho consumado. Demasiado tarde.

Tres años después de haberse unido al grupo, cuando Aniceto tenía dieciocho años, entraron en La Merced, una pequeña hacienda que pertenecía al dueño de todas las tierras de alrededor. Ese desgraciado tenía demasiado, pensaron, por lo que decidieron adueñarse de la propiedad, porque ahora eran agraristas, querían tierra y la Revolución les debía lo que nunca les había dado a pesar de tanto servicio. Se cobrarían a como diera lugar.

La casa de la hacienda estaba muy buena; acababan de pintarla de blanco y brillaba a la distancia entre el verde y el café. El campo estaba recién sembrado, no sabían si de maíz o de qué, pero eso era lo de menos. Habían visto la tierra y la habían deseado.

Entraron en la propiedad por el frente, como si ya les perteneciera. Pero el hijo del dueño no estaba de acuerdo en cederles la tierra de forma pacífica e intentó disuadirlos de invadirla, impidiéndoles el paso apoyado por sus hombres, hasta que Aniceto le tronó su 30-30 en la cara.

Después de la explosión del arma, hubo un instante de silencio. El cuerpo del joven cayó a un metro de donde hacía unos instantes se erguía lleno de arrogante vida y furia.

Todos, peones, sirvientes, revolucionarios y Aniceto, se tomaron ese instante para admirar la destrucción y la sangre. Lo que hace una 30-30 a corta distancia. Ni el padre habría reconocido el cadáver como el de su hijo de no haber sido porque, tras el estallido, apareció en el horizonte montado en su automóvil repleto de refuerzos para apoyarlo en la lucha. Arribó a tiempo para atestiguar desde la lejanía cómo su hijo caía al suelo sin vida, sin faz y sin dignidad a los pies de sus asesinos.

Alguien le había avisado, pero demasiado tarde. Desde lejos lanzó un grito de guerra y la furia en su cara orilló a Aniceto y a sus amigos a emprender la retirada sin defender lo ganado por primera vez desde que se conocían.

—¡Ya nos mandastes al demonio!

—¿Adónde vamos?

—Nosotros agarramos pa Tabasco. Tú lo matastes, tú te vas pa otro lado. No nos pescan contigo.

Sin más, se montaron en sus caballos. A toda velocidad se llevaron para siempre sus historias, su compañía y hasta la mula cargada con todas las posesiones del joven amigo que habían aceptado como un miembro más. Con sus municiones. Sólo le dejaron la carabina, todavía humeante pero vacía. Aniceto los vio desaparecer tras la nube de polvo caminero que levantaban tras de sí. Su instinto fue ir tras ellos, como lo habían acostumbrado a hacer desde el primer día, siempre más lento sobre su mula, siempre viéndoles la espalda, cuidándoles la retaguardia. Pero sus pies le recordaron que no tenían la velocidad necesaria. No dudó más. Se introdujo en la serranía por un camino sin trazar, sin brújula. Corrió. Corrió sin detenerse ante el ramaje espinoso o las hojas verdes cargadas de la humedad del trópico. Le parecía sentir el aliento del enfurecido padre en el cuello. Corrió hasta que no pudo más, hasta casi tronarse los pulmones y el corazón, hasta sentir su ropa empapada por una lluvia de miedo que salía de su interior y se derramaba sobre su piel, salada e incontenible.

Aniceto no sabía qué demonio se le había metido cuando disparó. Había sido testigo interesado cuando sus amigos mataron a alguno que se atrevió a resistirse, pero él nunca se había animado a hacerlo.

—Hay unos que te piden a gritos que te los truenes, niño —le dijeron la primera vez que vio a alguien morir por culpa de una bala de sus amigos.

Hasta entonces nunca había sabido distinguir a los deseosos de morir; por eso había mantenido el dedo lejos del gatillo, del que nunca había tirado más que en prácticas. Además, su jerarquía en el grupo era la menor y por tanto siempre había sido otro el que había tomado la decisión de dejar a la gente viva o muerta. Pero había visto a ese muchacho de su edad tan seguro de lo que era propio, tan arrogante, tan confiado en que su padre vendría en camino a apoyarlo contra el ataque, que no había podido resistirlo. Frente a él estaba alguien que claramente le gritaba al oído y a la tripa: ¡truéname! Truéname si te atreves. Truéname si de verdad eres hombre. Como dices. Como crees.

Sin permiso, sin la avenencia de sus amigos, tiró del gatillo para borrarle al otro la arrogancia. Para borrarle la sonrisa con la que de seguro había empezado ese día, como todos. Para borrarle de ante-

45

mano la sonrisa con la que de seguro ese hijo de alguien terminaría el día. Como seguramente los terminaba todos: con una sonrisa de contento, de certeza, de seguridad, de garantía, de falta de miedo, de sueños tranquilos, de sueños de porvenir. Se tronó al hijo del hacendado para borrarle todas las sonrisas del pasado y del futuro, reales, posibles o imaginarias. Así, Aniceto se convirtió en asesino, en hombre atrevido.

Ahora se había quedado solo otra vez y más perseguido que nunca. Lo perseguía un padre que nunca había regalado a su hijo. A su hijo asesinado. Y no podía haber peor, comprendió, pero si alguien le hubiera dado la oportunidad de revivir ese momento, habría vuelto a obedecer el impulso que lo hizo disparar. Lo sabía. Hay unos que te piden a gritos que te los truenes y al diablo con las consecuencias, pensó, tratando de infundirse valentía.

La primera noche que pasó con su arma vacía como única compañía, escondido en una cueva —sin provisiones y sin el consuelo del mezcal—, luchó por permanecer despierto: cada vez que cerraba los ojos, revivía el instante del disparo, lo invadía el olor de la pólvora, sentía la patada de su carabina, la tibia humedad de la sangre salpicada, lo asaltaba el olor del muerto, la ausencia de rostro.

Ésa también fue la primera noche que vio a su muertito de reojo. Pero sólo de reojo. Si volteaba para mirar al fantasma de su víctima de frente, se le esfumaba. Los escalofríos lo agitaban, la tripa hecha nudo lo hacía temblar y enrollarse como ovillo.

—Tengo miedo.

Su voz resonó entre las piedras de la cueva. Ya. Lo admitía. ¿Para sí? En nada le había beneficiado. El cuerpo seguía con sus temblores. ¿Para aplacar a su fantasma? Tal vez. Tenía miedo, pero la curiosidad que lo invadió fue mayor: sintió una necesidad imperiosa de descubrir si el espíritu de su víctima tenía el rostro como antes de morir o como lo recordaba: hundido, destrozado.

Después de un rato de tratar de verlo de frente sin lograrlo, Aniceto se cansó. De todas maneras creía verlo mejor cuando no lo intentaba. Tal vez el fantasma se cansaría también, se aburriría de jugar a las escondidas, lo dejaría en paz y se iría adonde se suponía que los muertos deben ir. Eso era lo único que le faltaba: que también lo persiguiera un espíritu vengativo. Se preguntó si todos los muertitos perseguían a sus asesinos. De ser así, sus amigos revolucionarios debían viajar con todo un ejército de fantasmas corriendo tras ellos. Le dio gusto tener un solo muerto porque, de tener más, no habrían cabido con él en la cueva.

Aniceto decidió no dirigirle la palabra; se propuso no tenerle miedo. Trató de engañarse pensando que la sola fuerza de su decisión bastaría para dejar de sentir temor. ¿Qué podía hacerle un muertito que ni siquiera se dejaba ver? Nada, nada, nada. Nada. Lo repetía una y otra vez para convencerse. Nada.

De lo que nunca pudo persuadirse, ni siquiera por unos minutos de complaciente autoengaño, fue de no temerle a la justicia del padre, pues no había manera de ignorar el hecho de que éste seguía vivo y bien acompañado de hombres armados. Todo un ejército, le parecía. Así que, aterrado, asido a su carabina inservible, se quedó en esa cueva con poco que tomar y nada que comer. Pero aguantaría: no sería la primera vez que pasaba hambre.

Se tomó el tiempo de mirar a su alrededor. Había sido una suerte encontrar la cueva y una muy buena decisión establecerse ahí. Entraba poca luz porque la abertura de la roca por la que había reptado para entrar era pequeña. Ni siquiera para él había sido fácil: el ardor de los raspones en las costillas y en la espalda se lo recordaba, aunque también lo confortaba; por primera vez en su vida se alegró de ser pequeño. Ahí estaba a salvo de una invasión de animales grandes o de hombres, si bien nada podría impedir que alguno se asomara y lo descubriera, de percibir algún ruido proveniente de adentro. Nada impediría que introdujeran un brazo armado y dispararan. Aun sin apuntar, la bala daría en el blanco de manera directa o de rebote. Consciente de eso, se obligó a permanecer lo más inmóvil y callado que pudo para que no lo delataran sus ruidos.

La penumbra de la cueva y el desgaste físico del día del asesinato, de la huida, del terror, lo habían extenuado. Necesitaba descansar. Se recostó sobre las piedras húmedas. Por algún lado de la cúpula de roca se filtraban gotas de agua, notó: de sed no moriría.

El cansancio lo venció pero durmió sin descanso. Despertaba al menos cada hora; en sueños revivía el sonido del disparo y, en ese filme macabro en cámara lenta, veía volar los ojos del güero hacendado y advertía en ellos la sorpresa de alejarse de lo que siempre fue el cuerpo blanco que los acogió con tanta naturalidad. Luego sentía la tibieza de la sangre salpicándolo y percibía el sabor cobrizo de ésta en la lengua. La pequeña entrada de la cueva, que despierto le había parecido tan ventajosa, en sueños lo sujetaba con mil tentáculos de piedra afilada que le hacían jirones la piel, impidiéndole la entrada al refugio que necesitaba.

Sus gritos lo despertaban en cuanto lograba dormir. El mezcal no lo habría socorrido, lo sabía, pero su falta le provocaba una sed que no se mitigaba con las gotas de agua que se filtraban por la roca de su guarida. Mientras dormía le era imposible recordar que había determinado guardar absoluto silencio. En ese violento despertar, casi llegaba a ver a su muerto, que le velaba el sueño sentado a un lado. Luego parpadeaba para verlo con claridad y se le esfumaba, como ya se hacía costumbre. Y entre ese repentino abrir los ojos y el siguiente parpadeo, cuando en la caverna resonaba aún el eco de sus gritos, casi llegaba a admitir que se engañaba: era imposible erradicar el terror cuando éste no tenía la intención de abandonarlo a él.

Pasó los días en la cueva lamentándose por su soledad y por la pérdida de los primeros amigos de su vida. Le enfurecía que todos cabalgaran juntos camino a Tabasco, menos él. Sus únicos amigos, sus ídolos, lo habían abandonado a su suerte. Lo habían dejado solo enfrentando a su muerto y al padre enfurecido. Por miedo. Y tanto que presumían de ser indestructibles. Y tanto que presumían de valientes.

Aniceto no se creía indestructible, así que tenía que pensar muy bien lo que debía hacer, adónde ir. Creía haber madurado durante los últimos tres años en compañía de la banda de ladrones, pero ahora, desamparado, se sentía igual que en su primer día como regalado: solo, malquerido. Inútil e ignorante. Pequeño. Debía tomar decisiones importantes por sí mismo. Nunca lo había hecho. Su padre, el señor Nayuc, la señora Carmela, *el Callao,* los revolucionarios, las circunstancias, un balazo bien puesto: todo lo habían decidido por él. Ahora debía decidir, y no sabía cómo.

Varios días después, agotados los temblores y la fuente que humedecía su ropa, cansado del miedo, de la sensación de abandono, de la inmovilidad, de la compañía del fantasma y del hambre, se animó a salir de la cueva. No creía que el hacendado detuviera su búsqueda de venganza, pero quizá —con suerte— ya había tomado otro rumbo.

Con gran pesar dejó ahí su carabina: se había hecho hombre con ella. Tomó la dolorosa decisión de abandonarla, pues creía que así se libraría del mayor de sus lastres: su muertito. En las horas de desconsuelo, de soledad, de miedo, se había convencido de que el fantasma se quedaría ahí en lo oscuro, al lado del rifle que lo había matado. Se persuadió de que el arma había sido la asesina y, por lo tanto, era el foco de atención del alma en pena. Muy pronto supo que se había equivocado: al alejarse, el fantasma de su muerto siguió a su lado; no estaba atado a nada más que a él. No siempre lo veía, pero lo sentía por dentro sin descanso, a veces en los escalofríos de la piel, pero no había cómo sacudírselo. A veces lo sentía en la pelusilla que cubría por dentro sus fosas nasales, por donde se le colaba hasta la garganta como carne quemada para inflarle las costillas y quemarle los pulmones, pero no había manera de dejar de respirar. Otras veces lo percibía en el oído, ese que tenemos muy dentro de la cabeza, el que sabe acosar el pensamiento: de ahí no había cómo sacarlo sin volarse los sesos.

No supo seguir otro camino que el mismo que lo llevaría de vuelta a Campeche. Estaba seguro de que los chicleros ya lo habrían olvidado y que no habría peligro por ese lado. Ahí decidiría qué hacer: si quedarse o irse para otro lado.

Ya ahí, cargando con el peso del miedo de ser descubierto, comprendió que no se sentía seguro; que no podía quedarse con el muerto en el cuerpo, por dentro o por fuera, y con el padre siguiendo sus pasos. Varios días anduvo por los muelles sin decidirse a partir. Quería irse; lo necesitaba. Se sentaba en la playa a observar el mar y, aunque habían pasado seis años desde que salió de Cozumel, nada más recordar las náuseas que había padecido la última vez —la única vez— que se había subido a un barco, volvía a sentir el estómago revuelto y a temer las arcadas que seguirían. Pero era mayor el temor al padre vengador.

Frente a él, el mar y la violencia de los mareos. A sus espaldas, empujándolo hacia el mar, un padre deshijado deseoso de venganza. Sí: tenía miedo de vaciar el cuerpo otra vez, pero sabía por experiencia que pasar unos días de náuseas miserables no lo mataría. En cambio, los hombres que lo perseguían lo harían de seguro. De uno o mil balazos. (¿Sería menos doloroso morir de mil? ¿Le cabrían acaso mil balazos en el cuerpo?) Si algo sabía Aniceto con certeza era que no quería morir, así que decidió abordar el primer barco que saliera con dirección a Cozumel.

La Perla, un barco camaronero, lo aceptó como ayudante después de que hizo alardes de haber vivido siempre en el mar, lo cual, en cierto modo, era verdad. Cuando aseguró que sabía todo sobre la pesca camaronera, no dudaron ni un instante en contratarlo.

Para los pescadores de *La Perla* muy pronto resultó evidente que el nuevo miembro de la tripulación los había engañado. No sólo no supo distinguir la proa de la popa, el babor del estribor, sino que, tan pronto como habían zarpado, se había colapsado como peso muerto entre gemidos, lloriqueos y vómitos. Cuando ni las patadas lo hicieron levantarse del suelo, no pudieron más que sentir lástima por él y dejarlo donde estaba. A veces ellos mismos se sentían así, pero al pisar tierra firme. Además, entre vómitos, el marinero fallido les contó su historia de cómo, tras ser regalado por sus padres, había huido de la otra familia que lo maltrataba tanto.

—Me pegaban retefuerte, pero ahora quiero regresar a mi tierra porque me llegaron noticias de que mi mamacita, la de verdad, se está muriendo y sufre muchísimo por no poder pedirle perdón a su hijo regalado, que soy yo.

Y los pescadores, que a pesar de parecer muy duros también extrañaban a sus mamacitas aunque tuvieran años de no visitarlas, se compadecieron del *Regalado*. Nadie debía morir sin pedir perdón so pena de pasar la eternidad en el infierno. Levantaron al muchacho del suelo y lo colocaron sobre una hamaca para que estuviera más cómodo. Ese día no hubo un solo marinero de *La Perla* que no se decidiera a ir a pedirle perdón a su madre a la primera oportunidad.

Cuando regresaron a revisar al enfermo, volvieron a encontrarlo tirado en el suelo. Todos ofrecieron consejos para curar el mal de mar, pero a Aniceto le sirvieron poco o lo pusieron peor. Algunos le decían tómate un té desto o de lotro, y Aniceto hubiera empezado por ahí a buscar un remedio, pero no había a bordo de *La Perla* ningún tipo de té. Lo que sí le llevaron fue un licuado de huevo con cerveza y pan molido, pa que te recubra la panza. Eso lo empeoró. No podía conservar en el estómago ni los pocos tragos de agua que lograba pasar por la garganta.

Los camaroneros pronto se aburrieron de ayudarlo y no tardaron mucho en fastidiarse de los gemidos del chillón regalado, pero más de la fetidez que lo rodeaba.

Aniceto sabía que apestaba, pero se encontraba tan mal que por primera vez en años no le importó. No podía hacer nada para asearse; ni siquiera había podido erguirse para orinar, cuando todavía tenía orina que desechar. Hacía mucho había vaciado todo lo que traía en el estómago y ahora le dolían hasta las costillas por el esfuerzo que tenía que hacer para exprimirlo más. Estaba tan débil que no podía ni volverse para que el producto de su mal cayera en el suelo, y no sobre él mismo. Aun así, su cuerpo se empeñaba en voltearse de adentro para afuera, y, a pesar de que el blanco de sus ojos estaba inyectado de sangre y la delicada piel de alrededor pinta por el esfuerzo que vomitar ejerce sobre los vasos sanguíneos, no dejaba de ver a su aparecido.

Aunque igual: sólo de reojo.

—*Pinche Güero*. Tas de estar riendo de mí. Así tarías tú también si no tiubiera matado. Tice un favor.

Así adquirió Aniceto el hábito de hablar con su difunto. Y como en ese momento no era muy consciente de sus actos, no le importaba hallarse rodeado de gente viva que escuchara las conversaciones sobre asesinatos y venganzas que sostenía con el aire.

Los marineros pensaban que la sangre que le había explotado en los ojos tal vez venía del cerebro y que, por lo tanto, alucinaba y había perdido la razón y la coherencia, pues entendían muy poco de lo que mascullaba. Era eso o estaba poseso. Preferían locos que posesos. Lo único que les quedó claro de los monólogos sin fin del enfermo fue que éste había asesinado a un tal *Güero*.

Chillón, vomitón, pero no tan maricón, *el Regalado*.

El día que *La Perla* atracó en San Miguel de Cozumel tras una eternidad vomitada, Aniceto estaba tan sucio que nadie quiso ayudarlo a desembarcar. Volvía a casa después de seis años de aventura, un poco más alto que al partir, pero más pobre. La mayor diferencia a su regreso era que ahora daba lástima por lo flaco y miedo por sus ojos encendidos al rojo vivo; sin embargo, gozaba de mejor fama, pues tan pronto como desembarcaron y llegaron a la primera cantina, los pescadores de *La Perla* se encargaron de esparcir el rumor de que su pasajero, *el Regalado*, era malo para el mar, un poco tocado de la cabeza, pero bien machote por el asesinato del tal *Güero*, que en paz descanse y que Dios tenga en su Santa Gloria. Amén.

Mientras el rumor de que *el Regalado* de los Mora había regresado asesino se esparcía como incendio en hierba seca, Aniceto, ignorante de que sus hazañas eran ya del dominio público, dedicó sus primeros días en San Miguel a recuperarse y asearse. Dormía a medias a la intemperie en una playa y comía poco, ya que después de tanto espasmo de vómito sentía las piernas flojas, el estómago rasgado y las costillas casi quebradas.

Si entonces hubiera tenido un espejo para verse la cara y los ojos, hasta él se habría espantado.

Pasaba los días tirado sobre la arena, sin moverse más de lo necesario: si había sufrido con el movimiento del barco, ahora debía esperar a que sus pies y su cabeza encontraran el equilibrio sobre tierra firme. Pero la sensación de mareo terrestre pasaría, lo sabía por experiencia, y entonces tendría que movilizarse y regresar por completo. Llegaría el día en que debería volver a enfrentar las caras del pasado. Sólo entonces se sentiría de regreso.

Pasó esos días en reposo para dejar atrás el vértigo y sus secuelas. Cuando mejoró un poco, se dedicó a armarse de valor para visitar a su antigua benefactora. Había regresado a Cozumel seguro de que con la señora Carmela encontraría refugio. No dudaba de que la buena mujer le daría asilo de nuevo, a pesar de haberle robado y de haberla abandonado sin un adiós ni un gracias. Pero al llegar al lugar donde debía estar la casa, siempre bien cuidada, no encontró más que ruinas.

Por un vecino que lo reconoció se enteró de que la señora se había puesto muy mal cuando Aniceto desapareció. La pobre mujer llegó a pensar que Nayuc lo había encontrado y asesinado. Lo imaginaba tirado en la selva, descomponiéndose sin que siquiera lo cubriera un padrenuestro. Incluso le guardó luto. Del dinero que faltó tras la desaparición de Aniceto, el vecino no dijo nada —resultaba obvio que no se había enterado—, pero narró cómo el esposo y los hijos habían regresado por la señora Carmela cuando parecía que moriría de soledad. La última noticia era que vivía bien en Chetumal, por fin más cerca de su familia.

—¿Y qué le pasó a la casa?

—Pos el huracán de hace dos años. Casi ni tiempo tuvimos de proteger la nuestra, menos una vacía. Y así quedó.

De los doce años que Aniceto vivió en la isla, no recordaba ningún huracán. No sabía si en sus primeros años había habido alguno y por su corta edad se le había borrado de la memoria, pero mientras vivió en Cedral nunca le había tocado ver algo tan destructivo.

La casa que a sus doce años le había parecido tan sólida, tan confortante, tan lujosa, ahora no era más que un cascarón destrozado. La edad y la experiencia de los últimos seis años le habían servido para darse cuenta de que su memoria infantil había exagerado las cosas: aun en sus mejores días, ésta había sido una casa pobre. La vivienda de la señora Carmela no se acercaba en lujo, en tamaño ni en solidez a tantas que vio de lejos o por dentro durante sus viajes.

—Mucho menos a la tuya, *Güero*.

Pero por una corta temporada ése había sido su hogar, y ahora míralo nomás, *Güero*. El viento había arrancado el techo y los postigos. El recubrimiento blanco se había desprendido en su mayoría. Además, con el paso del tiempo la maleza había empezado a invadir lo que algún día había sido el interior de la vivienda.

Aniceto sintió una gran tristeza. En lo que acaban las cosas.

De cualquier modo sabía que no habría podido quedarse mucho tiempo con la mujer. No habría sido capaz de resistir la insistencia y la necedad de la señora Carmela y habría terminado confesándole todo lo que había hecho en los pasados seis años. Y no le hubiera gustado que ella se enterara por dos razones: la primera, por no decepcionarla; la segunda, más práctica, era que si se enteraba la señora Carmela, de seguro se enteraba todo el pueblo.

Se preocupaba de más, porque para entonces en el pueblo ya se conocía alguna de tantas versiones del asesinato. Fue con un cuchillo; no, no: yo oí que fue con un hacha por una riña entre borrachos; para nada, yo ya supe que fue a puritos golpes y por eso viene con la cara y los ojos tan madreados. Su propia madre fue la

primera en atreverse a preguntarle que si ¿matastes a alguien como
todos dicen? Y ¿pa qué te regresastes si ya te hacíamos muerto?
Aniceto sólo le contestó lo que contestaría en el futuro cada vez que
alguien tuviera las agallas de preguntarle sobre su crimen:

—El muerto no soy yo.

Con esa ambigüedad Aniceto no contestaba nada pero echaba
leña al fuego de la imaginación colectiva. Dejaba el enigma vivo.
¿Por qué fue? ¿Quién fue? Y, sobre todo, ¿cómo fue? Todos hubieran
querido enterarse de cada cruento detalle: cómo quedó el cuerpo, cuánta sangre hubo, cuántos disparos —¿hachazos, trancazos,
cuchilladas?— fueron necesarios y, para rematar, cuáles fueron las
últimas palabras del occiso. Pero nunca nadie se atrevería a aclarar
las dudas curiosas por miedo a ser la siguiente víctima de Aniceto,
el Regalado, el de los ojos rojos endemoniados, el hombre pequeño
que daba miedo hasta a los grandotes, y cuídese, compadre, porque
hay veces que el tamaño no importa.

Al principio a Aniceto no le gustó su notoriedad. Estaba de
vuelta para huir de una muerte segura —la propia—, pero ahora
resultaba que todo el pueblo se había enterado de que se había tro-
nado a alguien, aunque no se supiera a quién. La gente se detenía al
verlo pasar y Aniceto sentía el peso de cada mirada e imaginaba la
acusación, la confabulación y la traición en los ojos de todos.

Se le hizo un nudo en su recién recuperado estómago al pensar
que alguien pudiera delatarlo. ¿Y si ofrecen una recompensa al que
mentregue? No: nadien sabe a quién asesiné, se consolaba.

Pero, de haberlo sabido, nadie lo habría entregado, porque Aniceto acababa de convertirse en leyenda. Una de Cozumel, donde
nunca sucedía nada. Nada, salvo los fantasmas que se aparecían
en la selva o el canto de las sirenas que de vez en cuando llegaba
suavecito desde el mar en noches de luna llena y brisa ligera, el cual,
según decían, podía desquiciar a los hombres y orillarlos a cometer
locuras. Pero en la vida real, la de todos los días, nada. Nada que
anduviera en dos patas como Aniceto. Hasta un pueblo pequeño

necesita sus leyendas y nadie ahí iba a cometer el despropósito de ahuyentar la que sentían suya.

Observaban con detenimiento al hombre pequeñito; notaban la violencia en sus ojos, rojos todavía, y veían cómo miraba con disimulo, casi tanto de reojo como para el frente, como si quisiera estar siempre pendiente de algún posible peligro. Como si amenazara o sospechara de todos. Aniceto Mora siempre está listo pa matar. A Aniceto Mora, decían, nadien lo toma desprevenido. A Aniceto Mora nadien lo madruga. A Aniceto, *el Regalado,* nadien lo traiciona y, contra *el Regalado,* nadien vive pa contarla.

—Mira cómo habla por lo bajo y cómo maldice al que se le atraviesa —decían cuando lo veían caminar por ahí, hablando entre dientes sin interlocutor.

No. A nadie se le hubiera ocurrido entregarlo.

Pero Aniceto, en esos primeros días, no alcanzaba a percibir la magnitud de su fama y el beneficio que ésta podría acarrearle. Lo único que quería era sentirse seguro y creía que no lo ayudaba que hablaran tanto de él. Tarde o temprano llegarían en algún barco pasajeros con la encomienda de encontrarlo y entonces no habría adónde huir, porque ahora sí que nunca me vuelvo a subir a un barco, *Pinche Güero.*

—Y si me encuentran, me matan aquí y a ti te mandan a la chingada sin tener ya a quién joder. ¿Adónde te irías si me muero? Si me pesca tu viejo le puedo contar que sigues vivo, porque yo sigo vivo. Que te veo retebonito, que lo mandas saludar, que le tienes un mensaje, que no me mate o te mata a ti también. Entonces me lleva con él, me vuelvo como su hijo, como tú, *Güerito,* a darme la vida de rey, durmiendo como rey, comiendo como rey, vistiendo como rey, oliendo a rey. El rey Aniceto. Ése mero sería yo. ¿Y si lo busco yo? ¿Y si le digo que te maté pa qué'l pudiera tener dos hijos y no sólo uno desteñido como tú?

Desde que Aniceto rompió el silencio con su aparecido a bordo de *La Perla,* no pudo contener las palabras que ahora se le desbordaban por haberlas mantenido encerradas toda su vida, por haber guardado silencio ante todos los que lo habían lastimado de niño. Y aunque el *Pinche Güero* jamás se dejaba ver de frente, ni contestaba, ni reaccionaba, era un hecho que Aniceto nunca había hablado tanto con nadie. A veces le parecía que el fantasma del asesinado ni siquiera lo oía, y otras tenía la sensación de que sí, de que lo oía y lo escuchaba. Pero a él no le importaba. Podía decir lo que le viniera en gana y ni quien lo contradijera. Ni quien le matara de tajo sus imaginaciones. ¿A quién le importaba? Inmerso en un mundo imaginario, podía apoderarse del padre del *Pinche Güero* si quería. Podía tomarlo como propio y en sueños vestirse con ropa fina y estar siempre bien comido si así lo deseaba, mientras no creyera su propia ilusión, mientras no bajara la guardia, mientras no se dejara atrapar.

Miró hacia el mar.

Cada barco que veía en el horizonte lo acercaba un poquito más a la muerte, o por lo menos así pensaba Aniceto, que ya no soportaba más la tensión.

En la vida de todo hombre hay momentos decisivos y, para Aniceto, la decisión que tomó ese día definió el resto de su vida. Tenía que alejarse de la costa y sólo había un lugar adonde ir: de vuelta con los puercos.

—*Pinche Güero,* todo lo quice por años pa alejarme de los puercos y ora ¿pos qué?… Ni modo: ya me jodí y tú también, porque si me vas a seguir hasta allá, pos allá tú. Imagínate, yo quería un pedacito de tu casa y terminastes tú con un pedacito de la mía.

En el caluroso y húmedo camino a Cedral no pudo más que reír, porque se negó a llorar. No había adónde ir, atrapado como estaba en la isla y en la situación en la que se había metido. Por un instante y por primera vez, se reclamó por haber matado a su muertito. Si no le hubiera disparado, si no lo hubiera conocido, si sólo lo hubiera herido, si no hubiera cargado la 30-30, si pudiera seguir con mis amigos. Si hubiera, si pudiera, si tuviera, si hubiera. Si hubiera.

Si hubieran sucedido esas cosas, el destino de Aniceto Mora habría sido distinto; no mejor, pero sí distinto, y su historia no se contaría más. Pero Aniceto disparó y, de volver el tiempo atrás, lo haría de nuevo aunque a veces, presa del miedo o de la desesperación, fingiera convencerse de lo contrario. Quería llorar, pero no. No se lo permitió. Y sí, la ocasión ameritaba el llanto, pues había cierta ironía en todo el asunto, aunque Aniceto ignoraba cuál: el complejo de persecución con el que había vivido y viviría el resto de sus días era infundado. Por salvar la vida había enfrentado el mar y ahora se internaba por su propio pie en la prisión más terrible que podía imaginar: la peste de los puercos, el silencio de su eterno acompañante y, peor aún, el de los Nayuc. Todo por evadir la ira de un padre vengador, cuando en realidad éste había cesado la persecución dos horas y treinta y tres minutos después de accionado el gatillo, instante en que había dado alcance a los forajidos que habían matado a su hijo a sangre fría. Por más que éstos habían tratado de confesar su parte de la culpa e implicar a un sexto hombre ausente al que acusaban de ser el verdadero asesino, nadie les había creído y ahí, de las ramas de un gran árbol, los habían colgado uno por uno. Ahí, y con eso, el padre dolido dio por concluida su venganza. A Aniceto Mora nadie lo buscaba, nadie lo perseguía, más que su fantasma.

Se sorprendió. En esa ocasión llegó a Cedral más rápido de lo que esperaba. Los dos viajes anteriores que había hecho entre Cedral y San Miguel le habían parecido interminables. La primera vez con su padre, tal vez porque no sabía dónde pararía. La segunda, montado en la carreta del vecino como escolta de la puerca muerta, quizá por la ansiedad de llegar a San Miguel para deshacerse de los últimos seis años.

Cedral no había cambiado. Hasta el tiempo se había olvidado de ese pueblo en medio de la nada, rodeado de ruinas y espíritus de los antiguos. Todo estaba como lo había dejado: las casas pobres de techo de madera y hoja de palma con sus chiqueros, sus moscas y la ropa de sus habitantes tendida al sol; la misma tierra en el suelo, la misma tristeza pesada flotando en la brisa tropical.

No podía ver la casa y la porqueriza de los Nayuc desde ahí, pero podía olerlas. La náusea le invadió el cuerpo y el alma. Ése era su lugar. Siempre lo había sido. Se había rebelado contra él, pero ahora el destino se encargaba de regresarlo adonde pertenecía. Se había ido niño, regresaba hombre y lo único que le gustaba de ese sitio era lo cerca que le parecía de San Miguel. De seguro podría ir de vez en cuando a divertirse un rato a las cantinas. Eso es lo que los hombres hacen.

Dejó que su nariz guiara sus pies. Caminó despacio. Se tomó todo el tiempo que pudo antes de presentarse en la propiedad de los Nayuc porque no quería llegar. Y es que no sabía qué les diría cuando le abrieran la puerta. Si acaso le abrían.

No sabría qué hacer ni adónde ir si le negaban la entrada. Pero no tenía opción: éste era el final de su camino. Le abrirían. Tocaría hasta que le abrieran. Y entonces tal vez le gritarían o lo maldecirían, aunque a golpes no lo agarrarían: no había crecido tanto como otros, pero podía correr más rápido que la mayoría y tendrían que alcanzarlo primero. De algún modo los convencería de dejarlo volver.

Caminó hasta llegar a la casa y a la porqueriza donde había vivido seis años; se detuvo sorprendido. Si algo había cambiado en el pueblo era eso. La vivienda, que nunca tuvo de qué presumir, lucía más descuidada que nunca. La porqueriza era una ruina. El techo del cuchitril donde había dormido se venía abajo en una de sus esquinas. El soporte de madera se había vencido, quizá con el mismo huracán que había destruido la casa de la señora Carmela.

Habría sido sencillo arreglarlo, pero al caerse lo habían dejado donde y como había caído. Ahora los puercos ocupaban no sólo su corral; también, con el techo inclinado y a medio derrumbarse, el área que antes había usado Aniceto como habitación, debido a que las maderas que la dividían se habían podrido.

Algunos lechones habían escapado del corral por un boquete del alambrado que antes no existía y vagaban libres por todo el patio. Entraban y salían de la porqueriza a placer. Aniceto imaginó que la única razón por la que no huían era que aún necesitaban la leche de su madre, pero algún día, si no se remediaba la situación, la selva se poblaría de cerdos salvajes cortesía del señor Nayuc. El hedor, intenso a tan corta distancia, no había cambiado aunque sí aumentado. ¿O sería que ahora le parecía peor porque su nariz había perdido la costumbre de percibirlo?

Entre los puercos reconoció a La Flor y a La Prieta —jóvenes cuando él se había ido y ahora más avejentadas y maltratadas de lo que seis años justificaban— y se preguntó si también lo reconocerían a él. Ahora, además, la porqueriza tenía más puercos de menor o mayor tamaño que ya no debían estar ahí. En realidad tampoco debían estar en el mundo de los vivos, según las reglas que había aprendido del señor Nayuc. El espacio era muy pequeño para todos esos animales y era peligroso conservar tantos machos cohabitando con las hembras. Aniceto no se explicaba cómo no se habían matado unos a otros con tal de ganarse su favor. Concluyó que Nayuc había muerto, porque no imaginaba otra razón para el estado tan deplorable en que se encontraba la única fuente de ingreso de la familia.

—Regresastes.

No. Nayuc no había muerto: ahí estaba delante de él. Se notaba que los últimos seis años habían sido duros. Había perdido peso, lo que lo hacía parecer más bajo. El pelo se le había adelgazado y encanecido. Aniceto pronto se enteraría de que el hombre se la pasaba enfermo de un mal estomacal que no se le curaba nunca, por más té de estafiate que tomara.

También se enteró de que la hija menor, a la que llamaban *la Prieta*, se les había muerto hacía dos años por un aborto mal hecho. *La Flor* se había ido a San Miguel a trabajar de prostituta, pero era como si hubiera muerto también, porque a la familia no le mandaba ni una pequeña parte de sus ganancias. La única que quedaba era *la Gorda*. Ésa, de haber podido, también se habría ido, pero nunca había tenido ni con quién ni adónde, y le faltaban agallas e imaginación. Ahora se dedicaba a cuidar a su madre, que se moría de un cáncer que la carcomía por dentro.

Nayuc no podía con la carga de los últimos seis años. No había pasado un solo día sin recordar a Aniceto, al que unas veces maldecía y otras deseaba que volviera. Imaginaba que el niño regresaría y que, después de una merecida tunda, retomaría sus quehaceres con los puercos. La vida volvería a su ritmo normal, como a él le gustaba. Porque Nayuc había descubierto que después de seis años de no tocar un cerdo, de no encargarse de nada gracias a Aniceto, ya no tenía la inclinación de hacerlo.

Se había encargado de todo antes de que les regalaran al niño, pero pronto descubrió que tener a alguien que hiciera todo el trabajo sin condiciones ni salario era una maravilla. Tras entrenar a Aniceto, su única tarea era dar unas cuantas instrucciones y luego ir a la venta de la carne. Y eso era cuanto había hecho mientras tuvo a su regalado: juntar dinero. Y gastarlo.

Ante la ausencia de Aniceto —el gran traidor malagradecido, después de tanto que habían hecho por él—, Nayuc trató de mantener la calma y conseguir otra familia desesperada que quisiera desprenderse de algún hijo, pero sin éxito. Todos querían que sus muchachos ganaran un sueldo, pero en eso el señor Nayuc no estaba dispuesto a ceder: ¿creían que era rico o qué? Así había pasado el tiempo y la situación de los puercos se le había salido de control. Ahora, después de tanta enfermedad, había perdido el impulso y la capacidad para resolver el problema. Lo único que atinaba a hacer era mal alimentar a los puercos. Y eran tantos que con lo poco que les daba más parecían perros que marranos. Por flacos.

Así que cuando se enteró de que *el Regalado* había vuelto a la isla, creyó que con él regresaba la solución a todos sus problemas. Pero el chisme ya estaba en boca de todos en Cedral. La historia de cómo había matado a machetazos a hombres, mujeres y niños sin piedad fascinaba a todos, pero para Nayuc representaba un problema: no iba a ser tan fácil manejar a un hombre maduro que además se había hecho matón. Nayuc no era el de antes y él lo sabía: se sentía débil de cuerpo y de ánimo. No se había atrevido a ir a San Miguel a buscar a su antiguo porquero por miedo a perder la vida. Por eso, cuando reconoció a Aniceto a lo lejos, por temor tardó en salir de la casa a recibirlo. No sabía cuáles eran sus intenciones al venir y, como después le relataría a su mujer, se veía muy grandote pa tan chiquito.

—Regresastes.

Aniceto asintió con un leve movimiento de cabeza.

—¿Te vas a quedar?

—Sí. Pero ahí no —dijo, señalando la porqueriza.

—No. Ya hay lugar en la casa.

Así fue como Aniceto se enteró de que dos de las hijas ya no estaban con la familia y de que la madre nunca abandonaba el lecho, aquejada por dolores tan intensos que no sabía de qué parte del cuerpo provenían y a qué otra iban a parar.

Esa noche fue la primera vez que Aniceto se sentó con la familia a comer. No sirvieron nada especial para festejar la ocasión: pan dulce y frijoles con manteca, pero para Aniceto fue como ser convidado a un banquete. Nadie dijo una palabra. El silencio en esa familia se había hecho más pronunciado al perder casi la mitad de sus miembros. Se había hecho tan espeso que absorbía y anulaba hasta los ruidos humanos producidos al inhalar, exhalar o masticar. Por Aniceto, mejor: no quería responder preguntas ni dar explicaciones.

Al día siguiente, en su primer día laboral, Aniceto trabajó sin ganas. Además de estar desvelado, tenía demasiado tiempo dedicándose a la vagancia para de un día a otro disfrutar del trabajo pesado. Lo hacía —no había remedio—, mas no tenía que fingir ahínco: había sido admitido en la familia porque lo necesitaban para trabajar, igual que cuando era niño, aunque con algunas diferencias: ahora estaban agradecidos de tenerlo ahí y lo miraban con respeto. No se atreverían a correrlo ni a reprenderlo siquiera. Cualquier esfuerzo que hiciera por los cerdos sería ganancia, dadas las circunstancias. Tampoco se atreverían a pedirle que regresara a habitar la porqueriza. Le habían abierto la puerta, lo habían sentado a su mesa. La familia lo había dejado quedarse dentro, como si fuera un miembro más y no un extraño. Nunca dejaría que le quitaran esos privilegios, determinó, aunque le costara creer que por fin vivía dentro de la casa con la familia como tanto había deseado cuando niño. Como tanto había rogado de niño.

Entonces no hubiera cabido, comprendió al fin, pues la casa tenía un solo cuarto que servía de cocina, comedor y dormitorio. Las cuatro camas se encontraban al fondo y apenas había espacio entre ellas. Lo habían invitado a usar la cama de la orilla, la que habían compartido *la Flor* y *la Prieta* de pequeñas. El colchón tenía algunos resortes salidos pero, acostumbrado a dormir donde lo pescara la noche, no lo incomodaban mucho. Las sábanas eran viejas y olían a humedad. Eso tampoco le importó.

Lo que sí le importó —tanto que le arrebató el sueño— fue acostarse a un lado de *la Gorda*. Nunca había dormido tan cerca de una mujer. Con sus amigos forajidos había aprendido lo que se hace con una vieja, pero al terminar las dejaba él o se marchaban ellas. *La Gorda* no era bonita, pero era mujer. Sus suaves suspiros le llenaban los oídos y su aroma femenino volaba hasta él para llenarle la nariz, hasta hacerlo olvidar a los cerdos, a su fantasma. ¿Sería acaso ése el secreto? ¿Sería que una mujer podía salvarlo, darle momentos de descanso, ahuyentar el miedo? Varias veces durante la noche estuvo tentado a estirar el brazo y empezar a tocarla para ver qué hacía ella. Pero Nayuc dormía al otro lado de su hija, así que decidió abstenerse. Al menos esa noche. Sin embargo, no esperaría tanto, decidió. Se daría la ocasión o la buscaría. Con la tranquilidad de esa nueva determinación, por fin logró conciliar el sueño. Pero como si lo hicieran a propósito, como si hubieran detectado su estado sereno y éste les molestara, empezaron los dos viejos enfermos a quejarse mientras dormían y los aromas de mujer a desaparecer de su nariz y sus suspiros de su oído. Cedieron ante el miedo. Aniceto no pudo volver a cerrar los ojos en toda la noche.

Con el paso del tiempo y el peso de la rutina, el ánimo de Aniceto se deterioró poco a poco. Trabajaba solo. Los días se le iban en reparar la porqueriza y separar a los cerdos. Aunque nadie se atrevía a decírselo, apestaba a puerco de nuevo. Encima, dormía poco por las noches. Los usuales quejidos nocturnos de los señores Nayuc y la tentación de abalanzarse sobre *la Gorda* no lo dejaban descansar. A veces, cuando la fatiga le ganaba la batalla y lograba dormir profundamente, despertaba aterrado, paralizado bajo la mirada penetrante de su muertito, que se le había subido en su descuido, que lo aprisionaba con su peso insustancial, que le aplastaba el pecho, que le robaba el aire.

Si no se le subía el muerto, apenas cerraba los ojos y empezaba a evadirse del peso de la jornada y de la triste anticipación del día siguiente, cuando algo lo sobresaltaba: un gemido, una tos o el recuerdo de un disparo. Entonces sus ojos se abrían y volvían las preocupaciones: ¿será mañana cuando me encuentre el papá del *Güero*? ¿Se curará el absceso que tiene La Flor en sus partes? ¿Qué se sentirá tocar a *la Gorda*? ¿Me dejará que la toque?

De noche. De día. No importaba: Aniceto Mora estaba obsesionado con *la Gorda*. Todos los días la miraba al salir de la casa, mientras meneaba para él sus caderas enormes; luego veía cómo se inclinaba para sacar agua del pozo y regresaba con la tina sobre el hombro. La blusa bordada le delineaba los senos sin sostén, y ella lo sabía. Ella también lo miraba a él y no ocultaba que sabía cuánto lo provocaba. ¿Lo dejaría llenarla como deseaba? Se habría tocado hasta aliviar la presión que sentía en su hombría de no ser porque la vida le había enseñado que, déjense o no, pa eso están las viejas. Además, de los viejos revolucionarios había aprendido algo más el día que lo descubrieron en el acto: cuidado que no se te marchite de tanto jalártela tú solo.

—¿Han visto a alguien que le haya pasado?

—Uy, niño… ¡y sólo les queda el gújero!

Ante tal amenaza se abstenía.

Con Aniceto encargándose de todo, Nayuc tenía la libertad de quedarse acostado mientras *la Gorda* le cubría el distendido vientre con una capa gruesa de trapos, para luego masajeárselo con la plancha caliente. Ése era el único método que le quitaba un poco el dolor, al menos por un rato.

Un día Aniceto fue a decirle que ya está arreglado todo el corral, que el techo ya lo reforcé y que ya separé los puercos buenos pa vender. Era hora de ir a San Miguel a vender la carne y conseguir el dinero que tanta falta hacía. Ya ni eso quería hacer el señor Nayuc.

Por los síntomas, Aniceto creía saber qué era lo que le pasaba. Lo levantó y *la Gorda* lo aseó como pudo. Le pidieron prestada la carreta al vecino, pues en esta vuelta llevaban cinco puercos machos de buen tamaño. En el pueblo, el carnicero se sorprendió de ver a Nayuc: tenía tantas semanas de esperarlo que se había cansado y había conseguido otro proveedor de carne de puerco. Sin embargo, al ver que Aniceto lo acompañaba les compró todos los puercos sin chistar, con la condición de pagarles en dos abonos, pues no tenía tanto dinero a mano.

Con el dinero en la bolsa del pantalón, Aniceto llevó a Nayuc a la cantina que le gustaba. Era temprano; la poca clientela hizo silencio y los miró con intensidad. Aniceto, que desde niño estaba acostumbrado a pasar inadvertido, se sintió incómodo por ser el objeto de tanta curiosidad.

No le cobraron la primera botella de mezcal y, a base de tragos, perdió el peso que se le había acomodado en el estómago al sentir el escrutinio de tantos. La segunda tampoco se la cobraron. Con ésa en el sistema comenzó a perder el miedo. Entre todos le pagarían al cantinero, que no podía creer su buena suerte: la cantina se había llenado de gente que quería estar cerca del *Regalado,* que no quería perder la oportunidad de escuchar su historia contada de sus propios labios, y si con un poco de alcohol se le soltaba la lengua, pues todos estaban dispuestos a invertir.

La fuente inagotable de mezcal le soltó la lengua. *El Regalado* relató las historias de los viejos revolucionarios como si fueran propias. A nadie le importaba que, por su juventud, fuera imposible que Aniceto Mora hubiera estado presente el día que los generales Villa y Zapata entraron triunfantes en la Ciudad de México. Narraba la historia de forma tan detallada y vívida que no tenían motivo para dudar. Nadie quería hacerlo. *El Regalado* era hombre de mundo, se había rodeado de héroes. Había llegado hasta la capital. Quién lo hubiera pensado.

Los ánimos se vinieron abajo cuando Nayuc gimió, se dobló de dolor y se le llenaron los ojos de lágrimas. Aniceto no quería interrumpir sus historias, pero no había remedio. Como era viernes, el mismo doctor que había curado a Aniceto a los doce años se encontraba en la isla en su visita médica.

—Vamos al doctor.

—No, no, no. Los médicos sólo sirven pa dar puras malas noticias.

Ése en particular había desahuciado a la señora Nayuc con tan sólo echarle un vistazo. Él no quería ser el siguiente condenado a muerte.

A pesar de sus protestas, fueron a buscar al doctor en la plaza; éste, con su paciente sentado en una banca, le diagnosticó lo que Aniceto ya se imaginaba: amibas y lombrices. Un regalo de los puercos.

Que las manos se lavan antes de comer. Ajá. Que se lavan con jabón. Ajá. Que en las manos traemos animales que nos enferman aunque no se vean. Sí, cómo no. Pero el médico no parecía bromear: animales invisibles hacían su hogar en las manos. Con gran aire profesional, declaró que, si tomaba las medicinas y un té de epazote y estafiate a diario, el señor Nayuc se pondría bien en tres semanas. El médico tenía razón a pesar del escepticismo de Aniceto y del señor

Nayuc: la higiene, la salud mantiene. Pero también se equivocaba: al cabo de tres semanas el señor Nayuc estaría muerto. Ya era demasiado tarde y el remedio muy poco.

Sin embargo, ese día, en el camino de regreso a Cedral, montados en la carreta, medio tomados, ignorantes de la próxima condena a muerte y por primera y única vez medio amigos, Aniceto aprovechó el alivio que Nayuc había sentido al saber que su problema era tan sólo de animales y soltó la carga que traía clavada en el alma.

—Quiero a *la Gorda*.

—Está vieja y no sirve pa nada. Ni siquiera pa eso.

—No. Está bien.

—Está muy grandota.

—Así me gusta.

—Si la quieres te la quedas pa siempre. Nada de que siempre ya no.

—Ajá.

Y eso fue todo. Aniceto esperó a que los señores Nayuc se quedaran dormidos o fingieran dormir, qué importaba si el permiso estaba dado. La espera de unos cuantos minutos le pareció más larga que la de todas las noches que ya llevaba de tortura corporal.

—Ahí tás, *Pinche Güero:* de lo que te pierdes por estar muerto.

En la oscuridad, por fin hizo lo que tenía ganas de hacer desde la primera noche. Acostado en su cama, en silencio, estiró el brazo para tocar a *la Gorda*. Dejó que su mano se posara sobre el calor del cuerpo femenino. No distinguía qué parte de éste tocaba, pero se sentía tan suave que hubiera deseado nunca interrumpir el contacto. No sabía si ella estaba dormida, pero esperó unos momentos y se sorprendió de no ser rechazado aun cuando, sin ver, se aventuró a meter la mano bajo el camisón y a tocar la piel. Rápido, para no darle oportunidad de arrepentirse, se montó sobre ella. Y así, con sus ahora suegros dormidos a un lado y el fantasma del *Pinche Güero* que observaba del otro, Aniceto Mora y *la Gorda* Nayuc consumaron, en silencio, la unión de sus vidas.

2

Los gringos

(Octubre, 1995)

La pasajera miraba a su vecino de viaje medio asustada. Cualquiera estaría así con un vecino como el de ella. Tenía la cara colorada. En su nariz de bola se veían las gotas de sudor sin reventar, como perlitas. Cada vez que respiraba y sacaba el aire, le temblaba la barriga y le silbaba el pecho. Gruñía y jadeaba. Parecía que el esfuerzo de hacer algo tan natural le costara demasiado. Hacía gestos espásticos de infartado, de apopléjico, de alguien que está al borde de la muerte y lo sabe, pero que se aferra a la vida con terquedad. La pasajera ya se había aburrido del susto inicial, cuando temió que el hombre muriera y cayera sobre su hombro: pasaba el tiempo y sus temores no se hacían realidad. Además, tomaba como cosaco, y los moribundos no toman.

Los resoplidos del hombre y las maldiciones que echaba entre dientes despertaron la fecunda imaginación de la mujer y por momentos la llevaron a sospechar que se trataba de un secuestrador aéreo que tomaba valor con sus whiskies, o bien que, por mareado, se soltaría a vomitar de un momento a otro. En realidad prefería lo del secuestro, porque deseaba llegar guapa a Cozumel: la esperaba su mexicano del año pasado. Prefería un susto a un baño caliente de alcoholes destilados y luego fermentados en bilis.

69

No tenía más remedio que permanecer en su asiento, aunque no quisiera. Hacía rato se había levantado con la excusa de ir al baño. Tuvo que caminar entre las piernas del vecino y casi frotar el pecho contra su cara sudada, pues el hombre se había negado a levantarse para dejarla pasar. Se lo había pedido con mucha amabilidad, y luego con menos: el hombre rehusó responderle o mirarla siquiera. No necesitaba usar el WC: buscaba otro asiento aunque fuera al lado de la turbina. Para su infortunio, estaban todos ocupados. Se atrevió a pedir el cambio a la ocupada aeromoza, quien la miró sarcástica y como tentada a contestar: ¿qué quiere?, ¿que le ceda mi asiento o qué?, pero se limitó a decir, con amabilidad fingida: señora, regrese a su lugar porque entraremos en zona de turbulencia.

—*Thanks for nothing, bitch* —dijo la mujer entre dientes, sin siquiera intentar fingir el más mínimo agradecimiento.

La pasajera se habría tranquilizado de haber sabido que su vecino de la izquierda no estaba mareado ni planeaba secuestro alguno. Eso sí: quería matar a alguien, aunque, por suerte para ella, tenía otra víctima en la mira.

Paul Doogan miró a su alrededor con dificultad, sólo hasta donde alcanzaban a moverse sus ojos, prisioneros dentro de sus párpados. No podía creer que su esposa lo hubiera convencido de hacer ese viaje. Pero ahí estaba. Los cinco jaiboles y los tres whiskies en las rocas no habían hecho nada por él. Odiaba los aviones: ataúdes voladores. Su primera esposa habría estado feliz de verlo así, vulnerable manojo de nervios, imposibilitado de disimular su incomodidad. ¿Qué creía, la muy imbécil? Adiestré el rostro para que no muestre nada, pero ¿cómo se enseña al puerco… —¡no, chingados! Al puerco no: ¡al cuerpo!— … cómo se enseña al cuerpo a disimular?

—Paul Doogan: das asco. Sudas como un puerco.

Sudas como…, hueles a…, comes como…, hablas como… Eres. Eres un cerdo. Eres basura, Paul Doogan. Ni con la distancia del tiempo y el espacio lo dejaban en paz sus insultos, proferidos con la fingida voz del delicado pero filoso acero de la clase alta. Perra. Por lo general lograba ahogar el recuerdo de su primera esposa de inmediato, pero en esa instancia debía admitir que esa voz de su pasado, que se había instalado en su cabeza como un gusano de triquina, tenía razón en esa instancia. Lo que había empezado como una fina película se había convertido en fuga: después de varias horas de viaje, sudaba como puerco (sí: lo admitía), y el plástico del asiento no ayudaba en nada. De haber sabido lo que le esperaba no habría aceptado usar las ridículas bermudas que Lorna le compró para el viaje. Había visto ratas en su trampa de pegamento más contentas de lo que él se sentía pegado al asiento. Al menos ellas tenían asegurado el aire que respiraban. A él se le hacía cada vez más escaso.

De haberlo anticipado, habría aceptado soltar unos cuantos dólares más para irse en primera clase. Sólo él: que su mujer se pudriera sola en turista. Otra alternativa —más barata— habría sido aceptar un válium, o dos, o tres, o al menos haber exigido el asiento del pasillo. La opción principal —la que más les gustaba a él y a su cartera— habría sido decirle a Lorna que no. Que no quería participar en una segunda luna de miel si ya no deseaba ni recordar la primera. Que no quería gastar en ella ni un centavo más. Que no quería dejar su cómodo trono giratorio para disfrutar unas cuantas bebidas adornadas con sombrillitas miniatura. Un hombre no necesita sombrillitas de colores. Un hombre de verdad sólo necesita un vaso de bourbon de Kentucky. O de whisky, a falta de bourbon.

—¡Ándale, Paulie! Dicen que es la octava maravilla…

Lorna creía que con ese tonito juguetón nadie podría decirle que no. Así era como le quitaba de encima a los inspectores del gobierno (¡Ay, Billie! Mejor regresa la semana que viene. Verás que para entonces desaparece el asuntito…). Así lo había seducido a él y lo había convencido de dejar a su segunda esposa. Que lo usara en beneficio de su empresa le parecía bien y hasta se lo aplaudía desde su puesto detrás del escritorio, ya que le ahorraba fortunas en multas cuando alguno descubría sus poco ortodoxas prácticas de negocios. Pero ése era un embrujo que sólo se podía utilizar o sufrir cierta cantidad de veces. Una de más, y uno quedaba inmune. Él, que vivía y trabajaba con ella, ya lo era. No sabía si la vacuna había hecho efecto después del primer aniversario o con los primeros síntomas de la menopausia de su mujer. Lorna podía decir cuanto quisiera y como quisiera: a él ya no le importaba, ya no le afectaba. No estaba ahí por el tonito de la que todavía era su mujer ni por calentón. Lo había decidido durante una noche de insomnio, en que los ronquidos de Lorna lo recibieron tras horas de disfrutar otra compañía más complaciente. Compañía más joven, tan lejana a los bochornos como pudo encontrarla. Ni siquiera se molestó en despertarla para decirle ya calla tu trompa de elefante, Lorna. ¿Para qué? Nada ganaría con decírselo. De nada servía. Él la haría callar de otro modo, sin decirle nada.

—Si no me llevas de vacaciones, me voy, *honey*.

Esa amenaza sólo sirvió para que Paul supiera que la decisión que había tomado durante la noche era la correcta.

—¿Sabes qué? Vamos. Vamos a ese lugar de maravilla.

La dejó hacer todos los preparativos y trámites. Le permitió usar su tarjeta de crédito. Dejó incluso que se comprara un ajuar nuevo (lo que quieras, nena). Pagaría por ese viaje con gusto. Haría ese viaje con gusto. Ida y vuelta. Nuevo hombre. Hombre solo.

—¡Ay, Paulie! ¡Gracias! Dicen que los colores son increíbles. Que nunca has visto un azul tan intenso.

Como si eso le importara. Pero se dijo: venga, vamos a ese país de las maravillas. Que el azul me cambie la vida. Pondría todo de su parte para que así fuera, se prometió.

Ahora el gusto de lo que estaba por venir se había esfumado. El país de las maravillas se hallaba en casa, como siempre había sabido: en su oficina, detrás de su enorme escritorio que funcionaba como frontera de una isla, que a sus anchas lo aislaba del resto del mundo. Con un teléfono en la mano y el otro sonando. Con grandes ventanales que podía abrir y cerrar a placer, con espacio para levantarse, moverse, patear, manotear y maldecir si le daba la gana.

Para rememorarlo, se atrevió a cerrar los ojos, pero, aterrado, los abrió de inmediato: ¿y si no pudiera volver a abrirlos? ¿Y si al perder el contacto visual con su cada vez más estrecho entorno éste terminaba por cerrarse, encerrarlo, echarle la lápida encima?

Cualquier supuesta maravilla que cobre una cuota tan alta para llegar a ella no vale la pena, decidió. Y la cuota era altísima: él, ahí, atrapado sin salida, con las piernas pegadas, impedido para moverse, comprimido entre su mujer y la vieja con patillas y bigote. Ahora lamentaba haberle cedido el pasillo a Lorna.

—Ándale, Paulie; por la cistitis.

La ahorcaría a la primera oportunidad, para mostrarle lo que se siente quedarse sin aire.

Paul Doogan, que gozaba de una imaginación muy vívida, encontró consuelo en su incomodidad ideando los métodos de tortura con que sometería a Lorna antes de regresar a Kentucky. Había muchos con más filo que cualquier cuchillo y que no requerían más que palabras escogidas y bien dichas. Él las conocía todas. Conocía bien a su mujer, además, y para ella reservaba un repertorio especial. Si pudiera moverse, si pudiera hablar, empezaría de inmediato. Pero tendría que esperar: su cuerpo no le respondía, estaba entumecido. El único movimiento que conservaba era el del brazo, el cual, cuando deseaba otro trago, lograba desplazar hacia arriba para llevar a su boca el vaso que la mano asía como tenaza y del que su boca se prendía como a un pezón. Su lengua, siempre tan mordaz y veloz, había perdido la llave del archivero mental donde coleccionaba una fuente inagotable de insultos. Ahora sólo tenía acceso a un cuarteto de palabras de su más tierna infancia, que profería sin darse cuenta y que formaban parte de su ritual de supervivencia —de su lazo con la vida—, pues lo único que alcanzaba a hacer con cierto propósito, mucho esfuerzo pero sin mucho éxito, era respirar profundo —uno— y sacar el aire —dos—. Por último, aún conservaba la capacidad para contar en su mente hasta dos: uno, dos. Uno: inhala (poco y mal). Dos: exhala (demasiado rápido, demasiado doloroso despedir el aire que no sabía si lograría volver a invitar a sus pulmones adoloridos). *Son of a bitch*. Uno, dos. *Son of a bitch*. El torturado era él: se había dejado atrapar en esa cápsula voladora y había perdido conexión con su mente. ¿Su mujer lo habría hecho a propósito? *Son. Of. A. Bitch.*

Interrumpió su ritual al sentir que su vecina lo miraba. No la miraría. No podía volverse aunque lo deseara, pero la mirada ajena le pesaba. *Fat bitch, what are you looking at?* Vieja gorda que con sus carnes tibias y húmedas rebasaba la frontera de su asiento para invadir su espacio. ¿Qué me ve? Uno, dos. Y cada vez que Paul Doogan exhalaba —*son of a bitch*—, perdía terreno en todos los frentes: por su flanco derecho, la mujer desconocida; por el izquierdo, su propia mujer (la idiota); por el frente, la fila de asientos de pegajoso plástico azul imitación cuero, reclinados hacia él, lo constreñía en su lugar. Uno. Dos. Con cada eterno segundo que pasaba, batallaba más para llevar aire a sus pulmones. Ya ni parpadear le convenía. Pidió otro whisky sólo con una seña de sus ojos: la azafata parecía comprenderlo todo.

La que al parecer ni se inmutaba era Lorna. Sólo dejaba de leer sus revistas para ir al baño una y otra vez. Tomaba religiosamente sus medicinas, pero no le hacían efecto. Si seguía así, no disfrutaría ese viaje para nada. Fingiría. Tendría que aguantar las incomodidades físicas y ser una sedita con su marido, el cual bastante sacrificio había hecho para darle gusto.

Ella sabía del problema que Paulie tenía con los aviones.

—¿Quieres que hable con el doctor Reynolds para que te recete válium? ¿Por lo de tu problemita…?

Él no había aceptado. ¿Problema? ¿Qué problema? No tenía problema alguno, con nada, con nadie, de nada, para nada, nunca. ¿Cómo se le ocurría decir algo así? Él nunca lo admitió, pero quince años de conocerlo no habían pasado en balde. Desde que era sólo su secretaria, Lorna se había dado cuenta de que Paulie evitaba cualquier viaje que no pudiera hacerse en automóvil. Pobre Paulie. En los rarísimos e ineludibles viajes de negocios para los que no había más opción que volar, prefería pedirle a algún empleado que se desplazara por él, que negociara en su nombre. No lo decía, pero Lorna lo conocía: su miedo a volar era el único motivo por el cual aceptaba delegar. Y a Paul Doogan no le gustaba delegar. Nunca, por nada, por nadie, por ningún motivo. Sólo consentía hacerlo para evitar un viaje en avión. Por eso, en la era de las comunicaciones había hecho de internet casi una religión. Prácticamente todo se arreglaba a distancia y al instante, por lo que cada vez eran más escasas las ocasiones en que viajar resultaba imperativo.

—Me jodo a los japoneses sin salir de mi oficina —le gustaba decir.

Aunque no lo pareciera, Lorna era consciente de cada trago que su marido ingería y de cada maldición que profería. Respiró hondo, con condescendencia. Pobre Paulie, pensaba ella tras cada resoplido, tras cada palabra altisonante de Doogan. A Lorna le parecía que entre los dos ya habían compuesto una melodía: resoplido, maldición, gruñido, pobre Paulie. Una y otra vez: pobre Paulie. Tras el largo viaje, la melodía ya empezaba a cansarla. Pero él se había sacrificado por ella, así que sería paciente. Paulie lo merecía, el pobre. Y ella se había propuesto salvar su matrimonio, pues, aunque no lo admitiera en voz alta —hay cosas que, si uno las admite, se convierten en hechos—, intuía que su matrimonio pasaba por momentos escabrosos. Nada tan grave que un viaje no pudiera solucionar. Con una dosis de romanticismo y algo de cambio en la rutina se podía recuperar la flama original. Pero ahora lo de la cistitis…

Ella conseguiría que todo saliera perfecto, haría peripecias a pesar de la infección urinaria. Hojeaba su revista *Cosmo* en busca de artículos de inspiración romántica, como el de "Siete cosas imposibles de resistir en la cama", que le había gustado mucho. Tal vez hacia el final de la semana podría agregar a la lista una o dos "cosas imposibles de resistir" de su propia invención.

Convencer a Paulie de salir de ese pueblo de Kentucky no había sido fácil. Pero había perseverado. En el pueblo nunca pasaba nada emocionante, y Lorna estaba fastidiada de lo mismo: todos los viernes, a cenar con la misma gente, en el mismo restaurante y la misma comida. Los demás días, la misma cosa: trabajar. Ni siquiera su matrimonio con el rico del pueblo la había salvado de esa esclavitud. ¿Dónde había quedado la promesa de ser feliz?

Vivían en el condado donde habían nacido, donde la mayoría de la gente era pobre. Nunca olvidó lo que su madre le dijo una vez, cuando ni siquiera la asistencia social les alcanzó para comer: Lorna, tal vez eres pobre, pero eres bonita, y ésa es la mejor arma que puede tener una mujer en este mundo. Úsala bien. No la gastes en cualquiera. Sé rica, sé feliz. Por eso, desde niña se había propuesto enamorar a un hombre rico para poder salir del hoyo. Pero no había muchos de ésos en Owsley. Ninguno para ella. Hasta que empezó a trabajar para Paul Doogan. El plan dio resultado, pero sólo diez años después de haber puesto el ojo en Paulie, que estaba tan ocupado haciendo crecer su imperio, gozando de su nueva riqueza, que nunca miraba en su dirección, nunca se fijaba en la pobre Lorna, la de su mismo barrio.

Cuando lo conoció estaba casado con su primera esposa; luego hubo una segunda. Ya para entonces Lorna, asistente de Paul, estaba desesperada. Tenía que hacer algo drástico, pues no hay peor enemigo de la belleza que el tiempo. A sus treinta y ocho años no tenía marido, ni siquiera uno pobre. Por no malgastarse, había desperdiciado su belleza en nada, en relaciones pasajeras, en desechar a todos sin siquiera darles la oportunidad de quedarse. La había invertido en un banco llamado tiempo, que cobraba intereses altísimos y que al final la dejaría con las manos vacías, los senos en decadencia y las líneas de expresión —ni siquiera de felicidad— trazando sin piedad el mapa de su cara. Que la dejaría inútil, inservible. El cambio era sutil, casi imperceptible, pero ella lo sentía ya en la piel, que empezaba a ceder. Su ojo crítico lo veía en el espejo. La báscula se lo anunciaba gramo a gramo cada mañana, lo mismo que la ropa, con el aro rojo que dejaba en su cintura al final del día.

Tenía prisa, pero seguía siendo sexy, lo sabía. No dejaría pasar más tiempo. Era todo o nada, así que apostó fuerte. Se dejó de sutilezas. Pronunció más los escotes, enseñó más pierna. Se acercaba más de lo necesario a la cara de Doogan cuando había que entregarle papelería para firmar. Le hablaba al oído, suavecito, sopladito. Exageró aún más el contoneo de las caderas cuando salía de la oficina. Conseguía producirle escalofríos y más: lo veía mirar sus senos, lo sentía mirar su trasero. ¡Y vaya que se interesaba por su trasero! Un día se las ingenió para que su jefe la encontrara mientras se cambiaba de vestido en plena oficina, arrinconada con modestia contra los archiveros, dándole la espalda.

—¡Ups!

No tuvo que ofrecer la excusa que había inventado: no hubo tiempo para palabras. Sólo acción. Muchos días de acción en ese rincón y en toda la oficina. Luego la suave pero férrea coerción: si no la dejas, aquí se acaba todo, Paulie. Y adiós a la esposa número dos. Bien se lo había dicho su madre: la que enseña, gana. Y ella había ganado. O eso había creído.

De eso hacía cinco años, pero Paulie no había querido cambiar una buena secretaria por una esposa, así que Lorna aún trabajaba en la oficina, sólo que sin paga. Ahora era esposa y secretaria en una. Lorna hubiera aguantado cualquier cosa a cambio de ver el mundo, visitar lugares exóticos, comprar ropa bonita, salir del pozo. Pero ahí seguía: en el pozo. Y sola. Paulie cada vez pasaba más tiempo fuera de casa. Lorna no era tonta: sabía lo que su marido buscaba. Tampoco era una mustia al estilo de las primeras dos esposas para dejar que alguien se lo robara así como así. Paulie era suyo. Había luchado mucho por él y volvería a hacerlo. Fue así como se le ocurrió que un viaje al paraíso sería la chispa y que la muy cercana convivencia del viaje, con su marido cautivo y a merced de sus encantos, sería la flama. Lo encendería, se prometió. Todavía podía hacerlo arder, se convenció. Sólo que si esperaba a que su marido la invitara a un viaje romántico, pasarían otros veinte años. Cansada de tantas negativas —¿A qué demonios quieres ir a ese país tercermundista? ¿Acaso quieres pescar una infección?—, dedicó mucho tiempo a pensar la mejor manera de presionarlo para que aceptara esa segunda luna de miel; concluyó que la solución sería renunciar como secretaria. Otra vez había apostado todo o nada.

—Si no me llevas de vacaciones, renuncio, *honey*.

Honey reaccionó como Lorna esperaba, de modo que iban en camino a un lugar ideal para salvar su matrimonio del naufragio. El mundo se enderezaría otra vez: él volvería a interesarse en ella y ella sería feliz. Por fin.

Lo que para ella era un viaje romántico, para él no era sino un mal necesario que terminaría pronto, *thank the Lord*. Uno, dos. *Son of a bitch*. En el momento en que sobrevolaban la frontera, Paul no tenía claridad mental para repasar su plan, pero lo tenía completo. Había determinado que no esperaría toda la semana para actuar y estaría en el viaje de regreso en un parpadeo. Iría al país de las maravillas de Lorna y ahí la depositaría. Como basura. Y en ese país de mierda poco interés tenían en la basura. La dejaban donde caía sin hacer preguntas. Él lo sabía bien: hacía sus tratos por internet con quien fuera, incluido el país vecino. En especial con el país vecino. Ahí todo era fácil. Más si había dinero para repartir, para lubricar los trámites.

El único uso que hasta entonces le había atribuido a ese lugar era como tiradero de los productos químicos que su negocio debía mandar reciclar o contener conforme a la ley, pero que en ocasiones —muchas— resultaba más fácil y más barato hacer desaparecer al sur de la frontera de Texas o de Arizona. Ni quien se enterara.

Doogan despreciaba al resto del mundo, pero en especial a esos vecinos del sur que no sabían quedarse en su lugar al cuidado de sus gallinas y que luego llegaban a *America* por montones. Estaba orgulloso de que en su empresa, y en su pueblo, ninguno encontrara trabajo. Son estúpidos y sucios, sostenía ante oídos prestos. Nadie podía pedirle que respetara a quienes no sabían siquiera mantener su país limpio. Gente floja, además. Y, para Doogan, casi no había nada peor.

Le gustaba presumir cómo se había levantado de pobre a rico con el sudor de su frente. Después de pasar tantas miserias junto a sus padres, nadie había tenido que darle la buena idea de seducir a Millie, la única y mimada hija del rico del pueblo. La había dejado embarazada y el padre se la ofreció en bandeja de plata en una ceremonia y festejo acordes con el sueño de la joven.

Al cabo de dos meses el producto se perdió y después no hubo más. Por él, mejor. Lo que sí hubo, y mucho, fue trabajo. Y el foco de su interés cambió: se dio a la tarea de seducir al suegro en su afán de aprenderlo todo y con sus habilidades para los negocios. Cuanto más mejoraba su relación con el padre de su mujer, más amarga se tornaba con Millie, a la que nunca le faltaron palabras para construir el insulto perfecto ni el tino para dar en el blanco. Al cabo de breve tiempo, el suegro lo hizo socio de su empresa de chatarra, y fue tal la maña de Paul Doogan que poco a poco, y con sigilo, la mayoría de las acciones terminaron a su nombre. El siguiente paso fue comprar a precio de abuso la participación que le quedaba al padre de su todavía esposa. De un plumazo se deshizo de la engorrosa Millie, porque ya tenía escogida a la segunda Mrs. Doogan.

Ahora él era el jefe y le gustaba mucho lo que hacía. Comprar barato el desperdicio de otros para venderlo caro a los que lo reciclaban le daba, además de mucho dinero, mucho placer. De la chatarra se diversificó a los desechos químicos y plásticos. Desde el año anterior estaba asociado con unos japoneses que le compraban todos los teléfonos celulares que en Estados Unidos tiraban a la basura. Los orientales los reciclaban para extraer algunas piezas y cantidades diminutas de plata y oro. El costo de la operación era mínimo para Mister Doogan y el margen de ganancia resultaba increíble. Ahora alardeaba de ser de los primeros en Estados Unidos en promover el reciclaje. Hasta le habían dado un premio los del Kentucky Chamber of Commerce por ayudar al medioambiente. ¡Idiotas! Lo único verde que le interesaba conservar estaba a salvo en sus cuentas de banco.

Mientras Paul Doogan tuviera sus estados financieros para probar que era un gran hombre que se había construido a sí mismo y abundara gente reverente a su alrededor que nunca le negara nada, no necesitaba más. Nadie le cerraba las puertas, pues había logrado abrir —muchas veces a la fuerza— cuanto paso se le había cerrado cuando no era más que basura de parque de remolque. Ya nadie lo insultaba llamándolo nuevo rico; al que se atrevía a hacerlo le contestaba: mira, preferible ser nuevo rico que nunca rico, y luego le cancelaba contratos o compras. Declaraba intocable al atrevido. Nadie tampoco tenía la audacia de llamarlo cerdo en su cara. Ni de recordarle sus orígenes de miseria en el parque de remolques. Paul Doogan era grande, exitoso. Ahora que los tenía en el puño, no quería que lo olvidaran ni por un minuto. Él era rey en el pueblo. Y, para Doogan, el pueblo que reinaba era el mundo. Sin embargo, en su reino había un serio problema llamado Lorna.

—Divórciese de una vez, Doogan —le aconsejó el abogado que le había arreglado las otras dos separaciones.

No era tan fácil. Lorna ya sería historia si no fuera por lo buena que era como secretaria —algo difícil de reponer— y que, por lo mismo, estaba en una posición idónea para saber cuánto dinero tenía su jefe-marido y en qué bancos. Casarse con ella había sido un error enorme. A ella no podría esconderle nada, comprendió. No podría despedirla con una simple palmada en la nalga y una mueca de falso lamento, como había hecho con las primeras dos. Por ella podría perderlo casi todo. Bastante le había costado a Paul Doogan ganar su fortuna como para regalar la mitad de todo en un divorcio. La defendería hasta con su último aliento.

Se desharía de Lorna, estaba decidido. Con esa determinación se fortaleció un día antes de partir. Se desharía de la amenaza que representaba. No quería subir al avión en absoluto, pero lo haría y disimularía su incomodidad, aunque sabía lo que le costaría. Merecería la pena su esfuerzo, su sacrificio. Después encontraría la fuerza para volver a volar en el viaje de retorno. Por regresar a casa, lo haría. También valía la pena. Era lo único que valía la pena. No entendía el interés de cierta gente por ver el mundo si a unos cuantos pasos de casa se encontraba el universo entero. Ya en su oficina —lo visualizaba de antemano—, se sentaría entre los descansabrazos de su sillón giratorio como viudo nuevo. Autoviudo. Libre. Se hundiría entre las piernas de la muñeca del otro día. Ahí se estaba muy bien. Y el mundo se enderezaría de nuevo.

Se defendería solo, pues solo se había metido en el lío y solo saldría de él. Era un hombre, y eso es lo que los hombres hacen: arreglan sus problemas —se dijo para inyectarse valentía antes de abordar la nave— y luego los olvidan en un tiradero.

Por eso ese día se hallaba en el avión en dirección al lugar de los sueños de Lorna. Apretado. Comprimido. Asfixiado. Intoxicado con alcohol, lo que no lo ayudaba en nada. Las paredes se le cerraban cada vez más. No puedo respirar. Me muero. *Son of a bitch*. Uno, dos, uno, dos.

Paul Doogan había llegado al límite. Se encontraba al borde de las lágrimas y de la incoherencia.

—*Sir*: por favor, abróchese su cinturón. *Sir? Sir?*

La aeromoza tuvo que arrebatarle el vaso vacío y Lorna que abrocharle el cinturón. Si al final del vuelo hubiera tenido una pistola a mano, Doogan se habría dado un tiro él mismo para terminar con su miseria. Pero, para eso, habría tenido que mover su brazo engarrotado. Moverlo con todo propósito, cuando ya desde hacía rato había perdido hasta la capacidad de subirlo para dar sorbos a su vaso. El pésimo inglés de la aeromoza que sonaba en el altavoz no perforó su ansiedad alcoholizada hasta que dijo: *Prepare for landing*. Eso lo entendió.

Uno. Dos. Se desabrochó el cinturón. Uno. Dos. No le importó golpearse la frente contra los asientos delanteros cuando el avión aterrizó. En cuanto la nave aminoró la velocidad, Doogan no esperó a que por el altavoz terminaran de decir *welcome to Cozumel*. Uno. El puro instinto le indicó qué hacer. Dosunodós. Tenía que salir, ser libre. Unodós. Quería correr, abrir la puerta, saltar de la nave, pisar tierra, meter aire a sus pulmones, gritar. Unodosunodós. Salió disparado de su asiento, pero su pie se enredó con los de Lorna y cayó sobre una aeromoza que en ese momento se dirigía al frente de la nave para ayudar a su compañera a abrir las puertas. A causa del alcohol que traía en el sistema y la angustia acumulada, Doogan no logró levantarse y disculparse con prontitud —aunque eso no se le hubiera ocurrido—, lo cual habría puesto punto final al problema. Desprovisto de equilibrio y enredado ahora entre las piernas de la joven mujer, no lograba sino manotear y volver a caer sobre la sorprendida azafata, que para entonces estaba aterrada sin saber quién la tenía presionada boca abajo contra el suelo y con la falda subida hasta la cintura —algo incidental por completo, pero eso ella no lo sabía—. En ese momento ella sólo podía pensar en las advertencias que le había hecho su madre mientras la conminaba a bajar las bastillas de sus uniformes y a cerrar sus escotes: cuídate, mijita, porque los hombres son unos animales y los que viajan son los peores. Cuánta razón había tenido su madre, pensó ahora que le había caído ése encima. La mujer se había quedado sin aliento por el golpe, pero en cuanto recuperó el aire soltó un grito que estremeció la estructura del avión como no fue capaz de hacer ninguna turbulencia en todo el trayecto.

Hasta entonces todos los pasajeros, la tripulación y la misma Lorna habían permanecido mudos por la sorpresa, pero el grito de la aeromoza fue el detonador de lo que vino después. Como si fuera una señal convenida, tras él se armó un griterío en el que resaltaba en especial la voz de la pasajera vecina, que gritaba a todo pulmón: ¡lo sabía!, ¡lo sabía! *I knew it!*

Lorna corrió a rescatar a Paulie, que empezaba a ser sometido a bandejazos por la otra aeromoza.

—¡Es mi marido! —le dijo al arrancarle la charola de las manos.

—Éste es el borracho del 24D —contestó la otra.

—*Lemme out!* ¡Déjenme salir! ¡Abran la puerta! —gritó Doogan.

El piloto llamó a la policía. Con ésta llegaron, como buitres, los reporteros. El incidente de Doogan sería noticia al día siguiente. Para informar a todo aquel que leyera español, en el periódico local aparecería un reportaje que incluía la entrevista en exclusiva con Bertha Cook, vecina de viaje del estadounidense ebrio y con problemas mentales que había atacado a una empleada de la aerolínea. "Yo sabía desde el principio del viaje que algo estaba muy mal con ese tipo", dijo Cook, testigo presencial del incidente. "Me miraba de forma extraña, pero nunca imaginé que fuera un maniático sexual. Aunque la verdad hacía ruido al respirar y emitió sonidos obscenos durante todo el camino, como si… bueno, usted sabe…" En el artículo se describía cómo, tras ser sometido por las aeromozas, *Mister* Paul Doogan, de Kentucky *(ver fotografía),* perdió el conocimiento mientras su esposa describía una afección mental que no quedó establecida con claridad, porque ella había salido de manera súbita al tocador por una emergencia física. Después de dos horas de interrogatorios, las autoridades decidieron dejar que el ebrio continuara sus vacaciones siempre y cuando se mantuviera bajo la supervisión de su esposa durante toda su estancia, no molestara a nadie y no prolongara su visita más de una semana. Por fortuna para ellos, Paul Doogan y su esposa no hablaban ni entendían español, por lo que jamás se les ocurriría leer el periódico local durante sus vacaciones.

Ese día no alcanzaron a ver los azules caribeños del mar de Cozumel. En el taxi, cansada y desaliñada, Lorna sintió una profunda decepción: por meses se había imaginado su impresión inicial al ver el color del agua del Caribe. Habían perdido demasiado tiempo con las autoridades, que los habían dejado ir cuando ya oscurecía. Lorna creía que los policías se habían mostrado bastante comprensivos. Claro que ella no tenía la menor preocupación de que Paulie volviera a armar un escándalo parecido. Lo miró con lástima: en apariencia consciente, no respondía a ningún estímulo. Pobre Paulie. Había sido víctima de las circunstancias y si acaso alguien era culpable, era ella misma por no haber previsto lo que pasaría. Pensó que debió haber detenido las bebidas; debió cederle su lugar. En casa Paulie nunca tomaba en exceso. Ella intuía que eso se debía al trauma de ser el hijo de los borrachos más famosos en la historia del pueblo.

En eso tenía razón: aunque no lo admitiría ni para sí mismo, Paul Doogan había resultado tan afectado por la vergüenza que le había causado el alcoholismo de sus padres —y por el abuso que había sufrido— que mentía sin remordimientos cuando tenía que hablar de ellos. De niño le gustaba imaginar que sus padres lo abandonaban a su suerte para irse con una compañía de teatro o que él los dejaba para unirse a un circo. Pero nadie hizo nada al respecto hasta que ambos tuvieron una muerte muy justa, según su hijo: una cirrosis lenta y dolorosa que lo liberó justo a tiempo para poder hacer algo con su vida.

Lorna lo observaba preocupada. Le tocaría darle la mala noticia de que la señora Cook había amenazado con demandarlo por daños psicológicos por las tres horas de terror que la había hecho pasar. No sabía cómo hacerlo sin que Paulie se pusiera peor. Tal vez mañana. Tal vez cuando regresemos a Kentucky. ¿Cuál es la prisa?

Lorna se ocupó del registro en el hotel mientras Paulie la esperaba sosegado y dócil. No podía negar, aunque nunca se lo diría a Paulie, que le causaba cierto placer macabro tenerlo a su merced. Era un buen cambio. Fuera de la oficina él dominaba todo. En un principio ella se había sentido satisfecha: la esposa abnegada, callada, amorosa, como las de la tele. Pero era una situación que cansaba. Los amigos de Paulie la veían como una güera cabeza hueca y ella mil veces se había quedado con las ganas de decirles que no, que si vieran en la oficina quién es la que mueve el pandero. Pero no decía nada; sólo sonreía como güera cabeza hueca. Como las de la tele. Era como si ambos tuvieran doble personalidad. En la oficina era pregúntenle a Lorna, pero en la casa o frente a los amigos era qué saben las viejas y cállate ya, Lorna. El drama del avión sería para ella un as bajo la manga que en ocasiones estratégicas la ayudaría a callarlo.

Paul Doogan no advertía lo que sucedía a su alrededor. Sumido en un trance, caminó cuando hubo que caminar y firmó cuando le presentaron el formato del hotel, pero Lorna lo llevaba del brazo y fue ella quien sacó su cartera del bolsillo del pantalón para presentar la tarjeta de crédito. Su cerebro todavía se encontraba entre paréntesis. Con los efectos del alcohol y el descanso que sentía después de su tormento, Doogan no se acordaba de la escena que había protagonizado frente a tanta gente.

Habían tardado más de lo calculado, pero Lorna estaba emocionada por empezar sus vacaciones: en el hotel había bares y restaurantes elegantes, y el conserje le había recomendado llegar al área de la alberca antes de la medianoche, ya que habría música en vivo. Bailar música romántica bajo las estrellas sería una muy buena manera de darle el tono deseado a la velada, pensó Lorna. Pero esa noche se quedó vestida y alborotada: desde que llegó al cuarto de hotel, Doogan se echó en la cama, encima de la colcha y de las flores tropicales naturales esparcidas sobre ésta para recibir a los viajeros, y perdió el conocimiento. Lorna pensó que sólo dormía —pobre Paulie—, por lo que se tomó su tiempo para bañarse y maquillarse.

Empezaba la luna de miel: su vestido blanco de escote pronunciado era una clara invitación a grandes pasiones y notó con satisfacción que el caro brasier levantamuertos ayudaba. Hay gastos que valen la pena, pensó, satisfecha.

Al salir del baño, vio que Paulie seguía en la misma posición en la que lo había dejado: boca abajo, con los brazos extendidos a cada lado y la cara aplastada sobre un montón de flores. Ocupaba la cama tamaño *king* de esquina a esquina, y lo único que indicaba que seguía con vida eran sus ronquidos. Lorna trató de despertarlo con el fin de pedirle que se arreglara para la cena, pero fue imposible. Encendió todas las luces y puso la televisión a todo volumen, en vano. Para todo fin práctico y romántico, esa noche Doogan era un cadáver. A Lorna no le quedó más que sentarse en el sillón de la esquina a ver la televisión en español y a leer sus revistas. Al cabo de un rato se compadeció de la incómoda postura de su hombre.

—Ay, Paulie. Se te va a torcer el cuello.

Le reacomodó la cabeza. Con la cara de lado cesaron los ronquidos, y las flores dejaron de invadir los orificios de la nariz de Paul.

Lorna se puso la pijama con desgano, pues nadie había apreciado su esfuerzo. Antes se desmaquilló y se quitó el brasier con pesar, pues sus senos regresaron a sus dimensiones y posición reales. Qué dura le pareció la realidad. Qué cruel la gravedad. Los últimos cinco años no habían sido amables con ella. Era como si se hubiera gastado toda su belleza en una apuesta que había ganado mientras perdía.

Deprimida, regresó dispuesta a acostarse, pero entonces se dio cuenta de que Paulie no le había dejado ni un hueco en la enorme cama. Le parecía difícil creer que una sola persona ocupara tanto espacio, pero así era. Trató de acomodarse en una esquina, luego en la otra; no lo logró. Trató de despertarlo una vez más, sin resultados. El hombre seguía como piedra. Entonces brotaron el enojo y el resentimiento. Ella había imaginado una luna de miel llena de grandes aventuras. Por culpa de su marido todavía no pisaba la arena y, para colmo, ni un pedazo de cama le dejaba. Ah, no. No planeaba dormir en el suelo para amanecer torcida al día siguiente. Quien se merecía el suelo era el borracho de su marido.

Le dio varias vueltas a la cama. ¿Cómo lograrlo? Trató de empujar a Paulie pero no lograba moverlo ni un centímetro. Luego intentó jalarlo y sólo consiguió que se desparramara más sobre el colchón, si acaso era posible. Tuvo otra idea: se sentó en el suelo, en la esquina de la cama y de frente a ésta. Empuñó la sobrecama con fuerza, colocó los pies contra el colchón para que sirvieran de palanca y comenzó a jalar.

A pesar del día tan cansado y frustrante, de sus malestares físicos y hasta de la vergüenza que Paulie le había hecho pasar, Lorna no había perdido del todo el sentido del humor. Su posición patas arriba como en las visitas al ginecólogo, el sudor y los pujidos provocados por el esfuerzo que hacía le recordaron un trabajo de parto. No es que hubiera dado a luz alguna vez, pero esto tiene que ser como tener un bebé, pensó. Uno enorme además. Ah, pero la satisfacción de esa noche sería más grande que la de cualquier nueva madre con tan sólo ver a Paulie tirado en el suelo. Más grande que el sexo con Paulie, incluso. Centímetro a centímetro, pujido a pujido, con lentitud y paciencia, su táctica dio resultado. Después de diez minutos, Paulie se encontraba al borde de la cama. Lorna abandonó su posición de parturienta para subirse en ella y darle un último empujón. Pero antes de darse esa satisfacción final, tuvo que correr al baño porque, con tanto esfuerzo, ya no aguantaba.

De regreso sobre el lecho, se cercioró con una mirada de que el lugar de aterrizaje no fuera tan duro. Quería tirarlo por el precipicio, pero no lastimarlo si podía evitarlo, así que colocó la almohada donde quizá, con suerte, caería la cabeza. Satisfecha, envolvió a su marido con lo que quedaba de la colcha y, con un último gran pujido, lo logró: *ploc*. Al suelo fue a dar Paulie con la sobrecama y las flores, que cayeron con gracia sobre su cabello sudado. Lorna quedó petrificada un instante. Despertaría hecho una furia, temió; pero, al ver que seguía como si nada, festejó con brincos sobre la cama como había visto que hacían los jugadores de futbol americano al anotar un *touchdown* en los juegos del domingo por la noche. Brincaba y meneaba caderas y brazos de manera obscena mientras gritaba a todo pulmón:

—*Yes! Yes! Yes!*

Sí: mucho mejor que el sexo. Con Paulie. Luego corrió al baño.

Cuando se acomodó en la cama, todavía húmeda y caliente, Lorna se durmió al instante. Pasó la mejor noche de su vida. La cama era comodísima. Ni siquiera su cistitis la pudo despertar.

—¿Qué demonios hago en el piso?

—¿*Huh?*

Lorna despertó sobresaltada. Había dormido tan profundo que ni siquiera comprendía dónde estaba. Se sentó para aclarar su confusión. Le tomó un instante recordar el episodio de la noche anterior. El sol brillaba con intensidad. Se talló los ojos y los abrió. Ah, el sol del Caribe: quería sentirlo en la piel. Se levantaría, desayunaría y...

—¡Contéstame! ¿Por qué dormí en el piso?

Lorna lo había tirado por el precipicio y no se le había ocurrido preparar una explicación para el día siguiente. Ahora, medio dormida, se obligó a pensar en algo para aplacar a su marido.

—No sé, Paulie. Cuando salí del baño ahí estabas, con colcha y todo, pero no pude despertarte para que subieras a la cama. Traté de levantarte, pero sabes que no soy nada fuerte. Te puse una almohada para durmieras más cómodo —dijo con tono de voz de mosca muerta, que era experta en manejar—. ¿Por qué dormiste en el piso, Paulie?

Entre gruñidos y sin contestar, Paul Doogan se levantó a duras penas para meterse al baño. Se sentía enfermo. Además de las náuseas, la cabeza le explotaba: le pulsaba y la sentía del doble de su tamaño. Además, el cuello lo mataba de dolor, y a eso debía agregar todos los males menores, como las rodillas tiesas y un reumatismo que empezaba en las caderas, seguía por las nalgas y remataba en la punta de los dedos de los pies.

Después de orinar lo que le pareció toda el agua del Mississippi, se miró en el espejo. Con flores en el pelo alborotado, la nariz roja y la piel de varios colores que incluían un ligero tono verde, parecía un payaso maricón de circo de segunda. De dónde habían salido las flores, no lo sabía. Sólo esperaba que nadie lo hubiera visto con ellas en la cabeza. No recordaba su llegada a ese lugar del infierno.

Tal vez las flores eran una costumbre de los nativos para recibir a sus visitantes al llegar al aeropuerto —*bunch of pussies*—, pero dudaba haber dejado que se las pusieran, y más en la cabeza. Arrojó las flores al sanitario y lo accionó. En un torbellino de agua azul con pétalos rojos y rosas, las miró circular hasta que se fueron al caño. Satisfecho por haber defendido algo de su hombría, se metió a la regadera.

¿Por qué dormiste en el piso, Paulie? La pregunta de Lorna hacía que la cabeza le doliera aún más. Le molestaba mucho haber despertado en un lugar al que no recordaba cómo había llegado. Haber abierto los ojos en un lugar extraño y ver el sol de la mañana lo había desconcertado; ni siquiera recordaba la noche. ¿Por qué en el piso, Paulie? ¿Por qué, si desde tu juventud no duermes ahí? ¿Por qué, si pasaste toda la niñez durmiendo en el suelo? ¿Por qué decidiste dormir como un perro al pie de la cama? Había perdido la memoria, comprendió, y entonces también perdió el aliento, pues la falta de memoria significaba pérdida de control. Se había prometido no volver a sufrir las vejaciones que sus padres lo habían hecho pasar. Pero para allá iba. ¿Qué seguía? ¿Abrir los ojos dentro de una alacena oscura y cerrada? ¿Golpear y rogar para que le abrieran, sin respuesta? *Lemme out!* Su garganta logró capturar el gemido que buscaba salida. Ese lugar estaba haciendo polvo su cordura. En su pueblo eso nunca hubiera sucedido. Ahí lo controlaba todo: su espacio y a sí mismo, por supuesto; a la policía, claro, y a todos los demás, porque nadie tenía un empleo que él no hubiera aprobado o, incluso, ofrecido.

Era muy estricto consigo mismo. No tomaba ni fumaba. Ni siquiera apostaba en los partidos de futbol americano ni en las populares carreras de caballos del Kentucky Derby. Tampoco toleraba que alguien a su alrededor lo hiciera. A su modo de ver, esos vicios no indicaban más que debilidad. Si alguien caía en ellos, acto seguido perdía el control de su vida. Los viciosos hacían el ridículo a causa de sus adicciones y eran pasto de las bromas y el desprecio de los demás: el borracho y la borracha del pueblo que chillan y mendigan afuera de la iglesia y usan a su único hijo para conseguir dinero porque tiene hambre, señor; el adicto a las metanfetaminas, tembloroso, sudoroso, desmoronándose a plena vista; el fumador empedernido incapaz de dejar el cigarro, que se pega parches en lugares extraños o chupa pitillos, paletas o palitos para engañarse con tal de no fumar; el apostador que lo pierde todo y después pide prestado entre sollozos lastimeros. Los conocía a todos. Gente así no merecía más que el desprecio de Paul Doogan.

El agua comenzaba a aclararle la cabeza: no se acordaba de nada desde el vuelo. Lo último que recordaba era a la patilluda que le echaba los perros y a Lorna, que no dejaba de ir al baño. No tenía memoria del aterrizaje ni de haber recogido las maletas. De nada. Por culpa del desgraciado avión había tomado unos cuantos tragos, pero no más. ¿Sería que el whisky estaba adulterado? Era la única explicación posible.

Era la primera vez que le sucedía algo así, y no quería que nadie se enterara. Era vital que nadie se enterara. Parte de su mundo se desmoronaría. La gente empezaría a hablar de él sin el respeto que se merecía. Se olvidarían de todo lo que había logrado. De tal padre, tal hijo; la sangre habla, dirían. Creció su angustia; sentía el pecho oprimido. Se le vinieron a la memoria imágenes de sus padres mendigando por un mendrugo para su hijo que nunca llegarían a comprar porque antes se detendrían en la tienda de licores, gritándole sin control a la vista de todos, en pleno centro del pueblo, o dentro de su remolque, que poco hacía por contener sus voces y ofrecer privacidad. Un remolque que brindaba poco espacio para que un niño lograra pasar inadvertido o escabullirse de los golpes y las palabras. Un escalofrío se alojó en su nuca y el gemido que había dejado guardado en su garganta adolorida se escapó. *What are you looking at, you little son of a bitch?* Ya no me mires, hijo de puta, o te encierro en la alacena. En la alacena oscura y estrecha a llorar a los dos, tres y cuatro años. *Shut up!* A los cinco, a gastar el aire en el reducido espacio. ¡Sales cuando te calles! A los seis, a contar: uno, dos. Unodosunodosunodós. A los siete, ocho y nueve, a rogar *lemme out, lemme out, lemme out.* A quedarse sin aire a los diez. Sin pensamiento a los once y sin movimiento a los doce. *Lemme out!* No: sales cuando no mires. Sales cuando no me mires, cuando no te muevas, cuando no respires. Hoy. O mañana. Tal vez.

A los trece ya no pudieron alcanzarlo.

Creía haber guardado esos recuerdos en la alacena más oscura y recóndita de su mente. Sin aire que los ventilara, los creía muertos de asfixia desde hacía mucho. Se había engañado: seguían vivos. Ahora lo abordaban y salían a la luz, cuando eran otros recuerdos los que precisaba. Necesitaba controlarse. Le había tomado años lograrlo, pero lo había conseguido: se había convertido en el amo de su mente. Volvería a serlo.

—Piensa, Doogan. Piensa.

Sólo recordaba haber estado rodeado de gente que se amontonaba a su alrededor y lo tocaba, le hablaba y le gritaba. Recordaba que el calor y la humedad del aeropuerto causaban que su camisa se pegara más a su cuerpo húmedo, lo que no lo incomodó porque el alivio que sintió al salir de la prisión del avión era mucho mayor. Recordaba haber visto a un viejo negro de pelos blancos pero con cuerpo de niño trepado en una mula en algún lado, aunque no sabía si había sido antes o después del taxi, en el trayecto al hotel o afuera de éste. ¿O habría sido una alucinación? Recordaba haberse preguntado quién lucía más patético: el sucio viejo o la raquítica mula. Dondequiera que hubiera ocurrido ese encuentro, recordaba que a su alrededor había movimiento, prisas y risas; pero el viejo y su mula permanecían inmóviles, como si fueran una fotografía en sepia en un mundo de colores intensos, como si esperaran algo que ya nadie estaba dispuesto a darles. Parecía que su inmovilidad constituía un acto de disciplina extrema, pues ni la fuerte brisa lograba moverles el pelo, lo cual, aun en su estupor alcoholizado, a Paul le había parecido extraño. Lo que mejor recordaba era la doble mirada: una en el ojo negro y otra en el apagado. Mirada oscura y brillante. Opaca y ceniza. Las dos miradas del viejo lo habían seguido y se le clavaron en la memoria. Y, un día después, real o imaginaria, todavía podía sentirla encima, pesada, familiar. Demasiado familiar. *What are you looking at, you little son of a bitch?* Como si se mirara en un espejo, como si reconociera algo propio en ella. Como si hablaran el mismo idioma. ¡Era ridículo! ¿Qué podía tener él en común con un miserable anciano tuerto en ese país? El vuelo de su imaginación pudo haber sido producto del alcohol, pero en ese momento deseó no haber visto esa mirada con la que no quería tener relación. Que desearía no recordar.

Lo que no recordaba aunque lo deseara era haber entrado al hotel, y menos quién, dónde o cuándo le enjaretó las flores en la cabeza. *Shit!* Respiró hondo. Tranquilízate. Contrólate. Era imposible que Lorna lo hubiera cargado hasta ahí, así que, aliviado, concluyó que debió haberse desplazado por sus propios medios. Tal vez ella no había notado el grado de borrachera en el que él se había sumido. Además: unos cuantos tragos cualquiera se los echa, sobre todo de vacaciones. Es lo esperado. ¿Qué tiene que ver? Nada.

Empezó a sentirse mejor. Lorna no era muy lista y él podría controlarla. Además, ¿qué? Si algo había notado, ¿qué más daba? No regresaría a Owsley para contarlo. Respiró más tranquilo. Paul Doogan fingiría que nada lo molestaba. La duda lo mataba por dentro, pero se habría arrancado la lengua antes que pedirle a Lorna que le relatara lo que había sucedido el día anterior. Nadie sabía. Nadie sabe, se dijo para convencerse. Ni siquiera yo. Lorna ya no cuenta.

Cuando Doogan por fin desocupó el baño, Lorna se tomó su tiempo para maquillarse como artista de cine camino a una *première*. Sobre su biquini blanco llevaba una bata de gasa negra que la hacía sentir muy sofisticada, como mujer de mundo. Se miró en el espejo. Aunque se traslucía, ella se protegía con la bata, pues no se sentía tan confiada de mostrar su cuerpo así como así. Los años no pasan en balde, y el incipiente efecto en cadena que había notado a los treinta y ocho no se había detenido. Por el contrario, se había acelerado. Se consoló: seguramente encontraría señoras en peor forma que ella, así que, luego de dos horas ante el espejo, soltando un suspiro de valor, con la bolsa de playa llena y Paul Doogan a rastras, salió a encontrar su sueño de ver los colores del mar.

En el pasillo, al cerrar la puerta del cuarto, las recamareras se quedaron como estatuas de madera al verlos pasar: sin expresión, sin respirar siquiera. ¿Sería acaso lo usual en esa gente? ¿Detener todo ante la presencia de los huéspedes? Los Doogan sintieron sus miradas quemarlos por la espalda, y al doblar la esquina pudieron oír las carcajadas de las dos muchachas. Lorna pensó que tal vez se reían de ella y de su atuendo. A Doogan lo invadió la certeza de que lo hacían porque me vieron ayer con las desgraciadas flores en la cabeza. Ahora de seguro creen que soy marica, pensó.

Lorna había imaginado la impresión que le causaría ver el mar Caribe por primera vez, pero la realidad la dejó muda: no había olas. Ella nunca había ido al mar, pero suponía que, por naturaleza, debía tener olas, ¿o no? En la televisión siempre había olas inmensas. El mar ante ella era como una alberca sin fin, y el color no se podía definir como un simple azul; comprendía toda la gama de azules, desde el turquesa hasta el azul marino. Ya no le importó que no tuviera olas, pues era lo más hermoso que había visto en su vida.

—¿Ves, Paulie? ¡Los azules!

De lejos observó cómo otras personas nadaban sin ningún problema, con tranquilidad, como en el más manso de los lagos. Todos usaban aletas, visores y un tubo para respirar que más tarde aprendería a llamar *snorkel*. Sintió unas ganas tremendas de imitarlos, pero convencer a Paulie de que la acompañara fue muy difícil, pues se negaba a levantarse de la hamaca que había acaparado. Lorna quería meterse al mar, pero no sola. Todos los que flotaban por ahí andaban en pareja o en grupo, y ella no quería ser la única mujer sin compañía, porque luego van a creer que soy divorciada. Encima de todo estaba el asunto de las autoridades, que no podía ignorar, pues se había comprometido a no dejar solo a Paul bajo ninguna circunstancia. Dudaba que su marido estuviera a punto de causar algún problema, pero debía cumplir su palabra porque no vaya a ser que tengan espías que nos reporten y nos corran de Cozumel. Así que insistió.

—¡Ándale, Paulie!

Casi se daba por vencida cuando tuvo la ocurrencia de decir *ok, honey:* si quieres mejor mañana, ya que haya pasado la cruda y te sientas mejor. Por motivos que Lorna no pudo comprender, eso lo hizo reaccionar.

—¿Quién demonios dice que estoy crudo? ¡Yo nunca tomo! Que me haya tomado dos o tres whiskies no quiere decir nada.

Lorna no respondió porque había conseguido lo que quería: meterse al mar. Se acercaron al muelle —cada cual movido por sus propios motivos— para rentar el sencillo equipo de *snorkel*.

—*Mam:* para ponerse el chaleco va a tener que quitarse la bata —le advirtió el *divemaster*.

Lorna no quería prescindir de esa barrera que la protegía de la vista de los demás, pero si era necesario, lo haría. La dejó caer ahí mismo para cubrirse lo antes posible con el flotador, que de todas maneras era lo primero que debían hacer, puesto que ninguno de los Doogan se tenía confianza en el agua. Un chaleco bien colocado, como los de Lorna y Paul, se ajusta muy bien del pecho y, para que no suba más allá de la quijada mientras se está en el agua, debe llevar la cinta del arnés en el encuarte. Después hay que ponerse el *snorkel* y el visor, que van unidos con una ligadura a un lado de la cara. El visor debe presionar la frente y los pómulos, por lo que debe ajustarse con firmeza a la cara del portador para que no se filtre el agua por ningún lado.

—No se les olvide escupirle a su visor.

—¿Qué? Es broma, ¿verdad?

—No. Escupan y froten la saliva por dentro, para que no se empañe el vidrio.

El hombre parecía hablar en serio, así que hicieron lo que aconsejaba.

El tubo del *snorkel* se coloca en la boca de la persona, donde se introduce la boquilla para respirar, y luego sube por un lado de la cara hasta rebasar la cabeza por más de veinte centímetros. Después se colocan las aletas. Es importante saber que esto debe hacerse al borde de un muelle, lancha, alberca o en la orilla de masa de agua cualquiera. Si se colocan lejos de la orilla, la persona corre el peligro de caer y golpearse al tratar de caminar, pues entorpecen hasta al más hábil atleta. Si logra recorrer el camino sin caer, hay otro riesgo que corre la persona incauta: hacer el ridículo al tratar de andar con las aletas, como hicieron Lorna y Paul en vista de que nadie les aconsejó otra cosa, pues el *divemaster* ya atendía a otros clientes. Al levantar las rodillas hasta la cintura en cada paso, lograron desplazarse los veinte metros que los separaban de la orilla, lo cual fue declarado un nuevo récord por el salvavidas, que de lejos los miraba divertido. Lorna sintió la mirada de todos los vacacionistas sobre ellos y se sintió vulnerable, así que se apresuró lo más posible y, ya en la orilla del muelle, no se detuvo a pensarlo y saltó. El primer impacto fue una sacudida: a pesar de que la temperatura del agua era agradable, estaba más fría que su cuerpo, por lo que primero debió acostumbrarse a esa sensación. Luego se negó a esperar a que Doogan saltara.

—Haz lo que quieras. No me importa. Yo ya me voy.

Fue en el agua donde, por primera vez en años, Lorna no sintió el peso de su cuerpo. Mientras flotaba en el suave vaivén de la orilla profunda del mar, la incomodidad desapareció y todos sus complejos se esfumaron como por arte de magia, acompañados por los kilos de más, las nalgas crecidas, la celulitis y la bola. ¡Sus piernas se movían sin que rozara su entrepierna! El mundo real comenzó a disolverse con el agua salada. Era libre.

A pesar de hallarse rodeada de gente, al flotar en el mar Lorna se sintió sola. Y le gustó. Podría permanecer ahí por horas, en ese mundo que existía sólo para ella. El visor le obstruía la visión periférica, por lo que la única vista posible era hacia abajo, y esto es lo que Dios debe sentir al flotar en el cielo al mirarnos a nosotros en la Tierra, pensó. Sintió ternura por los peces, todos idénticos y de colores espectaculares, nadando por montones como si entre todos compartieran un solo cerebro y una sola voluntad: todos al mismo tiempo a la derecha y al mismo tiempo a la izquierda, derecha, izquierda, sin romper sus filas desorganizadas. *How cute!*

Extendió una mano de repente y la agitó. Los peces se desbandaron por el susto. Por primera vez en su vida, aunque ella no atinara a ponerle nombre a la sensación, Lorna se sintió grande, superior, respetada, temida. El dios del momento. Hizo varios movimientos repentinos por el placer de recalcar su supremacía sobre los peces. Le divertía ver cómo, con cada uno de sus movimientos, los peces hacían el suyo para alejarse y cómo, sin embargo, se mantenían cerca por curiosidad, embelesados, y luego regresaban. Como toda persona que encuentra a alguien más débil a quien mortificar, Lorna no se cansaba de dispersar a los peces una y otra vez. Cuando lograba acercarse mucho, los peces le rozaban los brazos al huir. Nunca pudo atrapar ninguno con las manos, pero le producían cosquillas y la hacían reír, y la risa que salía de su boca se transportaba por el tubo del *snorkel* para salir disparada al mundo real donde, en definitiva, Lorna no estaba sola.

El sonido de las carcajadas salía del *snorkel* aumentado y modificado, de tal forma que, quien lo oyera, habría jurado que se trataba de un ruidoso león marino, aun cuando sería imposible, pues nunca se vio uno en aguas tan tibias. Los turistas y empleados del hotel que en ese momento se encontraban en la playa se contagiaron de esa risa extraña, aunque se esforzaron por disimular. Seguían a la mujer de prominente trasero con la vista. Habían nadado en ese lugar ese mismo día y no se explicaban qué podía haber encontrado ella que le causara tanta gracia. Muchos volvieron a rentar sus equipos de *snorkel* para regresar al agua a investigarlo en persona.

Poco a poco, algunos nadadores curiosos se acercaron hasta donde se encontraba Lorna, con tal de observar, de satisfacer su curiosidad. Querían reírse también. Si la mujer se movía a la derecha, todos a la derecha. Si a la izquierda, pues a la izquierda. Sin darse cuenta, se asemejaban a ese montón de peces con un solo cerebro y una sola voluntad: la de Lorna, que ni cuenta se daba del alboroto que ocasionaba. Nunca entendieron cuál era la gracia, por más que escudriñaron el horizonte marino. Los peces eran hermosos, seguro, pero eran los mismos que habían visto esa mañana y no hacían nada extraordinario para un pez, así que ni por un instante pensaron que eso era lo que tenía tan embelesada a la risueña. Los peces a Lorna, Lorna a los turistas acuáticos, que cada vez eran más, atraídos sin remedio, y todos ellos a los observadores playeros, entre los cuales se encontraba el salvavidas —que por fin había terminado de leer un artículo del periódico sobre un gringo loco que había llegado el día anterior a la isla—: todos estaban tan concentrados en lo que a cada quien le interesaba que nadie se daba cuenta de que ese gringo loco estaba en problemas.

Con el tráfico y el bullicio marino que se armó gracias a Lorna, Paul Doogan estaba fuera de sí. Sentir el agua de mar al brincar lo alivió de todos los malestares de la resaca que se cargaba. Ésa había sido una ventaja inesperada, pues se sintió fortalecido. El agua calmó hasta el desconcierto que lo había invadido desde el muelle: eso de apretarse la cara y respirar por un tubo no le había gustado nada. Pero en el instante en que sintió el agua fría deslizarse por su piel, lo invadió una ligereza agradable. Volvió a la vida. Se sentía bien, bajo control. Había desaparecido su dolor de cabeza, incluso.

Vertical en el agua, se le ocurrió que ésa podría ser su oportunidad. La llamaría. Le mostraría algo bajo el muelle, lejos de la vista de todos. Aprovecharía el momento para golpear la cabeza de su mujer contra los pilotes. Golpearla bien. Golpearla hasta romperla. Casi pudo sentir la sangre de Lorna entibiando el agua del Caribe. Con cada golpe extraería los números, las cuentas, los bancos, su futuro asegurado. La dejaría ahí, flotando bajo el muelle como pecio, como basura. Alguien la encontraría mientras él dormía la siesta en la hamaca que tanto se resistió a dejar. Fingiría sorpresa. Dolor. Sabía muy bien cómo dominar su expresión. Nadie investigaría: sería una mujer más en un mar de mujeres muertas que a nadie interesaban, muertas que nadie se molestaba en investigar ni nombrar. En ese país tiraban a sus mujeres a la basura, ¿por qué iban a poner especial interés en una extranjera? Y en veinticuatro horas él estaría de vuelta en Owsley. Viudo. Libre. Rico. Sin compartir nada nunca más. Sin amenazas. Pero primero debía encontrarla, así que intentó nadar en la dirección en que la había visto alejarse aleteando. El mundo parecía enderezarse otra vez.

El bienestar producido por su primer contacto con el agua no duró mucho. La inmensidad, que para Lorna fue una revelación de libertad, para Paul se convirtió en una prisión que se manifestó con fuerza desde el momento en que se colocó en horizontal e introdujo el visor en el agua. En esos primeros instantes tuvo tiempo de echarse para atrás antes de perder el control de sí mismo; sin embargo, las ganas de acabar con su mujer eran más grandes que su sensatez.

—Contrólate. Estás en el mar, no encerrado. Muévete. Nada.

Paul Doogan vio a Lorna alejarse tan tranquila como un pez. Él, en cambio, sentía la cara extraña, apretada, aunque se esforzó por ignorar la incomodidad. Uno. Tenía que mantenerse cerca de Lorna, porque si no —dos— ella sería capaz de perderse. Uno. A pesar de las aletas, el esfuerzo de avanzar en el agua le agitaba el corazón y le quitaba el aliento. Dos. Odiaba admitir que se encontraba fuera de forma, mientras que Lorna de seguro está fresca, pensó. Será por todas esas idas al banco que hace para depositar mi dinero. Claro: así cualquiera estaría en forma. En cambio yo, que tengo que trabajar, ni tiempo tengo de hacer ejercicio.

Se distrajo por un momento al tratar de ajustarse la careta y el chaleco. ¡Este equipo es para enanos! Se le ocurrió que el visor no funcionaba bien, porque le apretaba cada vez más aunque cada vez veía menos. ¿Adónde se fue esa mujer? Con desesperación volteó a todos lados en su busca, sin pensar en mirar para atrás, donde Lorna estaba de lo más feliz. Uno. Entonces sintió que algo le rozaba las piernas y, asustado, giró de inmediato: era Lorna, que aleteaba sin preocuparse por nada, sin sentir que sus aletas lo golpeaban con cada patada.

Paul Doogan quiso reclamarle a su mujer por haberse perdido, por haberlo dejado solo, por no mirarlo, por obligarlo a meterse en esas aguas más profundas de lo que había calculado, por ese chaleco salvavidas tan apretado, por la cinta del arnés en la entrepierna que parecía querer emascularlo, por lo apretado del visor, por vivir cuando la deseaba muerta, pero Lorna sólo miraba hacia abajo. Resultaba obvio que estaba en su propio mundo, que se había olvidado de su acompañante mientras éste sólo quería que ella lo mirara para hacerle una seña. Dos.

Uno. Alcanzó a ver la cara de su mujer por un instante: tenía los ojos saltones y la nariz comprimida por lo ajustado de la careta. El labio superior, presionado hacia abajo por el visor pero abultado sobre el *snorkel,* le dibujaba una especie de rictus de dolor o muerte. A pesar de que no parecía preocupada ni afectada, Lorna no presentaba un bonito cuadro. Se le ocurrió que él debía verse igual e intentó gritar sin éxito: al abrir la boca sintió la humedad salada del mar intentando rellenar el espacio que le había cedido. Apretó los labios con fuerza en torno a la boquilla y de inmediato el grito se convirtió en un débil gemido que apenas logró salir a la superficie, sin poder opacar las risas de Lorna. Nadie lo oía. Dos. Fue entonces cuando lo golpeó el hecho de que un tubo era lo único que lo mantenía conectado con el exterior y que él estaba encerrado dentro de su visor y de un chaleco que lo quería asfixiar. Uno. Dos.

Todavía tuvo un momento más de claridad antes de caer presa absoluta de su fobia, al admitir que se había metido en ese problema por propia voluntad; jamás imaginó que nadar en el mar era como introducirse en una alacena que cada vez se hacía más estrecha. Alacena, caja, féretro. Por lo menos en una caja de muertos tendría algo de aire. En cambio, en la melcocha azul, el aire llegaba por un tubo. Uno. ¿Y qué tal si a alguien, por ejemplo a Lorna, se le antojaba tapárselo? Cuanto más trataba de respirar, unounouno, menos aire entraba en sus pulmones. Entre el turquesa transparente y el espeso azul marino perdió movilidad, y el aire con sabor a plástico que recibía a través del *snorkel* se volvió también en su contra pues secaba su boca de manera cruel y a veces lo sorprendía cuando se le colaba mezclado con el agua salada que se introducía por la boquilla o por la superficie.

Sintió náuseas por la sal y por la angustia. Su cuerpo reaccionó con los primeros entuertos del vómito; se controló porque sabía que en el encierro en el que estaba no había espacio para una vomitada. Si vomito, me ahogo. Dosuno. El agua del mar lo rodeaba, sí, pero a Paul Doogan le parecía que ésta se había confabulado con su chaleco para apretarle los huesos e impedirle expandir el tórax para respirar. Dos. Y el líquido transparente a su alrededor se tornaba cada vez más espeso, espeso como un denso aceite, y luego más: como una resina que se endurecería poco a poco. Horrorizado, Paul Doogan imaginó cómo quedaría dentro de la resina sin poder moverse, sin poder respirar más que por su tubo, a semejanza del insecto atrapado en la resina de un árbol que después se convierte en uno de esos ámbares tan apreciados en las joyas de las mujeres. Ámbar azul. Vivo para siempre, colgado del cuello de una mujer. Y peor: de su mujer. Dos.

Quería gritar, pero le faltaba el aire. Y de nada serviría. No se atrevía. Miraba a Lorna, que nadaba sin ton ni son. La seguía con los ojos nada más, pues sus piernas ya no respondían para darle alcance. Establecer contacto con su mujer le era imposible.

Ella no miraba a nadie: nadaba en círculos como loca detrás de unos peces. Si en ese momento Lorna hubiera volteado a verlo, a Paul Doogan no le habría importado pedirle ayuda y admitirlo todo: estaba aterrorizado, se ahogaba, era un borracho y la quería; lo que fuera. ¡Ayúdame! *Lemmeoutlemmeoutlemmeout!* Pero en el mundo ya no quedaba nadie a quién rogarle que lo dejara salir. ¡Unodosunodós! Lorna no volteaba y el mundo de Doogan cada vez se hacía más espeso y pesado. Flotaba gracias al chaleco, pero no le habría importado sumergirse hasta el fondo si las mil manos naranjas del salvavidas que lo aprisionaba, que lo ahogaba, lo dejaran en paz.

Para quien nunca ha vivido el laberinto sin fin y la desesperación que trae consigo la sensación de hallarse encerrado sin salida, es difícil entender la falta de acción de alguien como Paul. Muy fácil sería decirle: levanta la cabeza, idiota. Lo sería si Paul Doogan estuviera en condiciones de escuchar, pero, presa de su fobia, estaba lejos de poder hacerlo, y más de actuar por sí mismo. En efecto, con sólo levantar la cabeza, acción natural de todos los días, saldría de su prisión imaginaria. Pero el poder de su propia mente le gastaba una broma pesada: para Doogan su prisión era real y aterradora.

Sin conocer el motivo, el área donde nadaban se pobló de turistas. Algo los atraía y Paul Doogan no sabía qué. Se movían a la par de Lorna, lo cual suponía que se amontonaban cerca de él. Se aproximaban demasiado, como si quisieran quedar atrapados junto a él en su prisión de resina. Eso sí no podía tolerarlo: bastante malo era compararse con un mosco solitario atrapado en ámbar; peor era pensar que se quedaría así para siempre acompañado, amontonado. Uno.

¡Ya no cabemos aquí!, habría querido gritarles, pero nadie oía al hombre silencioso que flotaba en aparente tranquilidad, inmóvil. Se movían a su alrededor en busca de algo interesante mientras seguían a la mujer de la risa extraña. En ocasiones se topaban y movían sus aletas a veces con suavidad y a veces bruscamente, sin notarse unos a otros. Hasta que algún infortunado tuvo un error de cálculo y golpeó con su aleta a Paul Doogan por todo lo largo de la cara. Como un brochazo, la aleta le pasó por la frente, por el visor —que por fortuna estaba ajustado lo necesario para resistir ese impacto— y, por último, por la boca y el *snorkel*. Dos. Todo en milésimas de segundo, pero con la fuerza suficiente para que a Doogan se le desprendiera la boquilla y se quedara sin suministro de aire. Mala suerte o buena suerte. Depende del punto de vista. Buena suerte para Paul porque, si no hubieran sucedido así las cosas, tal vez seguiría allí, a flote, inmóvil. Como pecio, tal como hubiera deseado dejar a Lorna. Mala suerte para el desventurado golpeador, porque fue el detonador que sacó a Doogan del trance fatal en que se encontraba.

No lo hizo con gracia. El cúmulo de emociones contenidas en un hombre que se ha sentido mosco en ámbar es enorme y no conviene estar ahí cuando éstas se desbordan. Mucho menos conviene ser el causante y luego el receptor de la reacción. Sin suministro de aire, Paul Doogan sintió que el pequeño hilo que lo mantenía unido al mundo exterior se rompía. Eso ya fue el colmo. Como reacción, soltó un manotazo con el que logró atrapar la aleta del culpable de su nuevo tormento, quien ya hacía intentos por alejarse. No la soltó a pesar de que el hombre la agitó con más y más ímpetu al sentirse atrapado y de que, ahora sí, era una realidad: Paul Doogan se ahogaba bajo tan sólo diez centímetros de mar.

Para soltarse, el hombre —su compatriota— trató de patear con las dos piernas al que lo apresaba, sin obtener resultados. Durante un segundo eterno pensó que se lo tragaba un tiburón y por su *snorkel* soltó un alarido. Pero al darse cuenta de que sólo se trataba de otro turista, con gran dificultad sacó la cara a la superficie y, después de varias contorsiones —seguía atrapado por las aletas—, se colocó en vertical en el agua y golpeó a su enemigo en la cabeza con todas sus fuerzas.

Paul Doogan no reaccionaba a los golpes en su coronilla. Sólo se concentraba en no soltar al desgraciado que había terminado de encerrarlo. Sus pulmones explotaban, su visión se ennegrecía, pero no se le ocurría cómo salvarse.

Aquí terminaría esta historia de no ser porque el antagonista de las aletas torpes, sorprendido por la tenacidad de su secuestrador acuático, decidió propinarle a éste un puñetazo en la cara, el cual no tuvo el efecto deseado porque el agua actuó como amortiguador. Inconforme con el pobre resultado, el hombre jaló a Paul Doogan de los cabellos para sacarle la cara del agua y, entonces sí, se dio gusto con un golpazo en la quijada. A pesar de haberle cimbrado el cerebro, el golpe salvó la vida de Paul Doogan, aunque éste nunca llegaría a admitirlo, y mucho menos a agradecerlo. Al contrario: con la primera bocanada de aire —¡uno!— olvidó toda la humildad que había encontrado en su encierro imaginario y atacó a su compatriota y a todo aquel que se le pusiera enfrente. Quería golpear y lo hacía. Ni siquiera le importaba contra quién peleaba. ¡Dos!

El salvavidas del hotel se había lanzado al agua desde que oyó el primer alarido del nadador. Entre el tumulto le era difícil distinguir con exactitud quién estaba en problemas y cuál era el problema, así que nadaba lo más rápido que podía hacia donde el agua salpicaba con violencia. Era la primera vez en su carrera que se topaba con un ahogado; o bueno, hasta ese punto, un presunto ahogado. Al menos ese episodio —con muerto o sin muerto— lo ayudaría un poco a aliviar el tedio de ser el salvavidas de una playa sin olas donde nunca pasaba nada. Por supuesto, le gustaba la idea de erigirse como héroe al salvarle la vida a la víctima, aunque tuviera que darle respiración de boca a boca. Además, como héroe, tendría algo interesante de qué platicar con las güeras. Formuló todos esos planes mientras braceaba con elegancia, siempre pendiente de que su bronceado y su musculatura lucieran en cada movimiento de su cuerpo. Al llegar al lugar de los hechos, recibió tal golpe en la nariz que vio negro y no supo más.

Paul Doogan lanzaba puñetazos por doquier. Algunos conectaban y otros no, pero a él no le importaba porque el frenesí violento

103

lo dominaba. El único que se los regresaba era el agresor original, pues los demás habían optado por alejarse.

Todos se habían olvidado de la mujer-elefante marino, que seguía su rumbo mirando sólo hacia abajo. Aún iba tras sus peces entre la trifulca, sin notar siquiera que las aguas a su alrededor se agitaban más de lo normal. Lo que por fin la sacó de su ensueño fue ver dos pares de piernas peludas tratando de golpearse bajo el agua con las aletas: reconoció uno de esos pares como el de Paulie. Al sacar la cabeza al aire pudo esquivar un puñetazo, pero al voltear al otro lado alguno de los combatientes, no supo cuál, le propinó un codazo que le habría dado directo en la nariz si no fuera por la protección que le proporcionaba el visor.

En ese momento no le importó el golpe; le preocupó mucho más el problema que tendrían con las autoridades. Cuando menos los correrían del país. Pero ¿qué les hacían aquí a las personas que faltaban a sus promesas? Ella se había comprometido con la policía a custodiar a Paulie, pero nunca pensó que sería necesario. Esto era ridículo. Ella quería conocer el mundo, pero una cárcel mexicana no entraba en sus planes. No era su culpa, se defendería: se había distraído, nada más. Nadie podía reclamarle eso, ¿o sí? Pero Paulie tenía que pensar en revisarse la cabeza en serio. Por lo pronto tenía que hacer algo para detener la pelea; pero no: en definitiva no le convenía acercarse a su marido, que era el más descontrolado, así que determinó que lo mejor sería colgarse del cuello del otro gringo y hacer que Paulie entrara poco a poco en razón.

No había mucho cuello de dónde colgarse y el chaleco salvavidas le estorbaba para asirse bien, así que Lorna se colgó del hombre a horcajadas, usando brazos y piernas para sujetarse. Como mono. Al sentir la presión contra su cuerpo, el hombre intentó sacudírsela, pero contra la determinación de Lorna no pudo hacer nada, y menos cuando aún tenía que batirse contra el loco que tenía enfrente. Ni idea tenía de qué sucedía o de por qué esa gente lo atacaba. Le parecía increíble a lo que había llegado el mundo, con

104

violencia hasta en los paraísos tropicales. Ya no había paz o seguridad ni dentro del agua. Como su atacante aún lo golpeaba, a pesar de no ser correspondido, tomó de los brazos a la persona que traía colgando y la colocó frente a él para utilizarla como escudo. Y ahí la dejó a merced del loco.

—¡Paulie! ¡Paulie, ya no me pegues, por favor!

Los gritos de Lorna penetraron poco a poco en el espesor de su cerebro. ¿Por qué fregados le pegaba a Lorna? Paul Doogan no lo sabía. No recordaba haber empezado a golpearla a propósito. De hecho, ni siquiera había notado que se trataba de ella hasta ese momento. Por primera vez registró que era libre, que el aire que respiraba no dependía de un tubo y que podía ir y venir a placer. Su alivio fue enorme.

Ya podía parar de lanzar golpes. Respiraba con soltura, se movía a sus anchas. Se sentía mejor, tanto así que ni siquiera sentía dolor por los golpes que había recibido ni por las magulladuras en los nudillos por los puñetazos que había propinado. Por un instante lamentó que Lorna fuera la receptora de su agresión, pues sería más difícil hacerla desaparecer al día siguiente. Nunca era bueno que lo vieran a uno maltratar a una mujer, por merecido que se lo tuviera, y mucho menos cuando uno pensaba desecharla. Pero, si lo había hecho, había sido en defensa propia, creía. ¿Y cómo había empezado? ¿Por qué? ¿Sería que empezaba a perder la razón? En ese viaje de apenas un día se enfrentaba con detalles de su carácter que nunca antes habían surgido a la luz. Incómodo por el peso de esa idea, la desechó tan rápido como haría con su equipo de *snorkel* cuando llegara a la playa.

Sin disculparse ni dar explicaciones, se dio la media vuelta para nadar hacia la playa con la cabeza sobre la superficie. Ni loco volvería a meter la cara en el espeso azul. Impulsado por las aletas y por la adrenalina de guerrero vencedor, regresó a la orilla a toda velocidad. Rebasó a unos que nadaban desilusionados por no haber visto nada extraño, nada que los hiciera reír como a la mujer, aparte de los dos hombres que peleaban.

Rebasó también a dos turistas que remolcaban a otro inconsciente, y le llamó la atención la mala cara del desmayado: cualquiera juraría que el pobre diablo se había topado de frente con pared. Era claro que tenía la nariz rota. Aun en medio de su euforia, de su emoción por casi llegar a la orilla, a la salvación, se tomó un momento para preguntarse: ¿qué demonios puede haber dentro del mar que te rompa la nariz de esa forma? Se alejó de ese grupo, pues temió que la sangre del herido atrajera tiburones hambrientos, y con la suerte que se cargaba de seguro alguno despistado se lo tragaría a él.

Lorna venía detrás a corta distancia. Se había tomado la molestia de disculparse en nombre de su marido. Al oír el inglés de la mujer y darse cuenta de que eran paisanos, el otro no le dirigió la palabra más que para amenazar con una demanda que los dejaría en calzones. ¿Otra? Alarmada, Lorna se disculpó con más ímpetu. Si hubiera podido, ahí mismo se habría hincado ante el ofendido, pero se hallaba imposibilitada por estar flotando sobre diez metros de agua. A falta de eso, le dio al hombre la explicación que creyó que serviría más: *So sorry! My husband is crazy!* Sintió que esas palabras eran suficiente justificación, pero no supo si dejaron al hombre satisfecho, pues se alejó rápidamente de ahí sin decir nada más.

¿Qué más podía decir? Si Paulie me oye admitir que está loco, me mata, me deja aquí o me abandona, punto. ¿Y qué sería de la luna de miel? No. Callada, Lorna. Aunque a su marido le hubiera caído bien una dosis de realidad, pensó, y a ella le habría gustado dársela. *Ouch.* De seguro mañana estaré llena de moretones. Siento la quijada molida por los golpes y hasta el visor me duele. Ojalá se lo hubiera tragado un tiburón, ojalá se hubiera quemado con coral de fuego; a mí nadie me pega, se dijo mientras con la lengua movía la muela floja. ¡A mí nadie me pega! Y en ese tono, Lorna fue la última en salir del mar.

Lo primero que vio al pisar la orilla fue al pobre salvavidas tirado en la arena. No se acercó a admirarlo. Ya le había echado el ojo antes de meterse al mar, aunque no había sido pensando en su pro-

106

pia seguridad: era guapo, joven y fuerte, y su ajustado traje de baño Speedo azul revelaba todo y le sentaba muy bien. Nunca se imaginó que un rato después lo vería averiado, con la nariz sangrante, la cual, era obvio, se había fracturado. ¡Qué lástima! De seguro algún marido loco le había hecho el daño. Y como Lorna sabía todo sobre maridos dementes, se identificó con el golpeado. Pobre salvavidas: como ella, una víctima de la locura ajena.

Ella le diría a Paulie qué te crees, a mí nadie me pega, pero lo haría más tarde: se sentía cansada y sedienta, así que, después de pedir una piña colada, se acercó al camastro que había dejado apartado con su bolsa llena de las cosas indispensables para la playa: bloqueadores y aceites de sol de diversas potencias, cepillos y broches, revistas y barajas por si acaso encontraba con quién jugar (sabía que para eso no contaba con Paulie, *the jerk*). Sacó la gran toalla de colores que había comprado en el Walmart de Owsley sin saber que en el hotel le prestarían cuantas necesitara.

Cuando le trajeron su bebida, sintió unas ganas súbitas y extremas de hacer pipí. *Shit, shit, shit!* Corrió al baño de la alberca, donde tuvo que hacer una larga fila sin que nadie se compadeciera de ella y de su necesidad.

Para cuando regresó a su camastro, sudorosa por el esfuerzo de haber aguantado hasta el límite y por el encierro húmedo, amoniacal y clorinado dentro del baño público, estaba aún más cansada y había olvidado sus resentimientos contra Paulie, pues había encontrado un nuevo blanco: perras. Se echó sin ninguna gracia femenina y ojeó su bebida con desconfianza. Si tomo, me vuelve a pasar lo mismo y ya para vergüenzas tuve, muchas gracias: cruzada de piernas y retorcida como espástica frente a las demás señoras que nunca perdieron el estilo ni me cedieron su lugar en la fila. Perras. Además, después de tal humillación, había tenido tiempo de verse en el espejo mientras se lavaba las manos: el maquillaje que con tanto cuidado se había aplicado por la mañana se le había corrido y secado. Su cara era un desastre.

—¡Parezco Alice Cooper en sus peores épocas! —le dijo al espejo y a quien deseara escucharla y perdonar su aspecto de rockera setentera… ¿o sesentera?, mientras procuraba borrar las manchas negras alrededor de sus ojos.

Quizá parecía el diablo encarnado: aun así, nada justificaba a las mujeres —*the bitches*— que la habían dejado sufrir de las ganas. *No, siree.*

Ya me toca la pastilla. Para lo que me han servido. ¿Dónde están mis pastillas? Las encontró en el fondo del bolso. No me la puedo pasar en seco; un trago de la piña colada no me hará daño: tome o no tome me van a dar ganas, de seguro. Mejor me tomo ésta y, si se me antoja, otra después. Así, cuando corra al baño, ya borracha, puedo perder la compostura, adelantarme en la fila o hacerme ahí sin que me importe. O más sencillo: me meto en la alberca y me hago ahí. Ésa también sería buena opción.

De un vistazo buscó y encontró a Paulie sentado sobre un banco dentro de la alberca, donde pedía bebidas al barman. Decidió dejar las cosas por la paz, por lo pronto. No era momento de ir a reclamarle nada. No sabía en qué estado de ánimo se encontraría su marido. Mejor que se le pase lo que sea que le pasó en el mar. ¿Qué le habrá sucedido? Hoy no había bebido. Para lo de ese día, Lorna no encontraba explicación, y además sabía que no había manera de preguntar. Se le tronaría un fusible, concluyó. Uno más grande que el que le había explotado en el mar. Y no te olvides del episodio del avión, Lorna. *Oh. My. God.* No: mejor callaría. Sería discreta y prudente. Por el momento le sacaría la vuelta, pero sin dejar de observarlo, claro está. Durante su estancia en Cozumel seguiría siendo su cuidadora. Se había comprometido.

Le pareció extraño que Paulie platicara tan animado con un joven dentro de la alberca. Qué tema había encontrado para discutir con un perfecto desconocido, ése era el misterio: a Paulie no le gustaba conocer gente nueva. Ah, misterio resuelto: con sólo ver los movimientos de Paulie, Lorna supo de qué hablaban: negocios.

Por ellos, Paul Doogan entablaría conversación con el mismísimo diablo. Sí, Paulie: primero te sobas la barriga; luego, si la cosa va bien, empiezas a acariciarte el mentón, y luego haces esa cosa con los ojos cuando sientes que estás a punto de pescarte de la yugular. ¡Ajá! ¡Ahí está! Te conozco todo, Paul Doogan.

Entonces vio que Paulie, con gesto de pocos amigos, se levantaba de repente y se alejaba de su interlocutor, que se había quedado molesto. A Lorna la picoteaba la curiosidad: ¿qué podía haber dicho el joven —que parecía tan amigable— para que Paulie se alejara tan disgustado? Posiblemente no gran cosa: a últimas fechas no se necesitaba mucho para que saliera lo peor de su carácter. Ella lo sabía muy bien. Últimamente no se le podían dar ni los buenos días, y menos las buenas noches. Notó entonces que, mientras salía de la alberca, Paul Doogan buscaba algo con la mirada.

Tal vez me busca a mí.

Pero Lorna se equivocaba. De lo último que Doogan tenía ganas era de verla. Después de todo, era culpa de ella que él se encontrara ahí, lejos de casa. ¿Por qué allá tienen que vigilar tanto todo, hasta la basura? Por eso había aceptado venir. Porque en casa, buscar la libertad sin ataduras le hubiera costado la libertad de por vida. Allá le daban valor a la vida, aun a la de una inútil, como Lorna. Allá, donde investigaban hasta el paradero de la última migaja de basura —vaya que lo sabía bien—, buscarían a Lorna hasta encontrarla. Allá no se podía matar a alguien así como así. Había que viajar, había que sufrir un avión, echarse al agua y sufrirla también. Todo en busca de una solución permanente. En ese momento lo último que quería era poner los ojos en Lorna. Lo que deseaba era echarse y no saber de nada ni de nadie. Ya se le había pasado la euforia de su escape y se sentía lacio del cansancio. El asunto de Lorna tendría que esperar. No quería ni pensar en lo que le había dicho el mexicano ese de la alberca: lo había hecho sentir estúpido. No aguantaba las ganas de regresar a Kentucky para demostrarles, a él y a todos, que Paul Doogan no era ningún imbécil para sus negocios. Tendría que encontrar una excusa para poder regresar antes de tiempo. Como el entierro de su mujer.

Por el momento no había nada que hacer, además de dormir una siesta. Lo único que redimía ese lugar ante sus ojos eran las hamacas. Encontró una sombreada, se quitó la camiseta y se tumbó boca abajo.

Dormía profundamente cuando oyó que lo llamaban.

—Paulie. Paulie. Si sigues ahí te vas a quemar, Paulie.

Después de media hora de contemplarlo a lo lejos, Lorna no había podido evitar sentir lástima: la sombra que cubría la hamaca de Paulie había avanzado y ya no lo protegía de los rayos del sol. Sí, seguro: estaba enojada, pero no le deseaba ningún mal a su marido, en especial porque esperaba poder hacer las paces para esa noche. Todavía tenía esperanzas. Había oído muchas historias de lunas de miel echadas a perder por quemaduras de sol, y no quería que eso le pasara a ella.

—Despiértate. Métete en la sombra.

Paul Doogan no tenía ganas de responderle por flojera, pero además porque, si Lorna no podía ver que él ya estaba en la sombra, no veía el caso de aclarárselo a la idiota, así que fingió que aún dormía. Oyó con alivio cómo se alejaba y se acomodó para volver a dormir. Se encontraba en el punto de duermevela, entre la conciencia y la inconsciencia, ese punto anhelado en el que el individuo casi logra olvidarse de sus problemas, cuando sintió algo helado en la espalda.

—*What the hell!*

Abrió los ojos entre espantado y furioso.

—Te estoy poniendo bloqueador para protegerte, *honey*. No conviene que te quemes —le dijo Lorna con voz suave.

—A mí no me pones nada de eso. Soy hombre: no uso cremas y nunca me quemo.

Observó a Lorna alejarse con gesto de disgusto. Tal vez ahora pueda tener algo de paz, pensó Paul Doogan. Con la firme determinación de no hablar con nadie más que lo necesario, en un instante otra vez se quedó dormido.

Volvió a abrir los ojos al sentir una gota fría caerle en el cuello. Estaba a punto de gritar, pues creyó que de nuevo se trataba de Lorna con sus necedades, pero al mirar a su alrededor notó que estaba solo en el área de la alberca. No había turistas, meseros, sillas ni mesas. ¿Adónde se fueron todos? Hasta el sol caribeño se había ido. Unos grandes nubarrones lo ocultaban, lo cual explicaba la gota de agua.

No tenía idea de cuánto tiempo había dormido. Trató de moverse, pero estaba tieso de nuevo. ¿No se supone que las hamacas son deliciosas y relajantes? Para poder levantarse tuvo que rodarse, de manera que cayó al piso de sentón, pero hasta eso resultaba mejor que su posición anterior. Recogió la toalla y se dirigió a su cuarto. Le haría bien un baño con agua caliente.

En el camino, de nuevo notó que la gente, mujeres y hombres, lo miraba y murmuraba a su espalda. ¿Sabrían algo sobre su estado al llegar al hotel, sobre las flores en su cabeza? ¿Cuestionaban acaso su identidad sexual? Tenía ganas de volverse y aclararles a todos de una buena vez que no tenía problemas en ese sentido.

Era cierto: todos lo miraban. No podían evitarlo, aunque a nadie se le ocurría siquiera poner en tela de juicio —no les importaba— la preferencia sexual del hombre al que no podían dejar de mirar. Se les enchinaba la piel, pero no eran capaces de apartar la mirada, pues el magnetismo morboso producido por el sufrimiento ajeno se había apoderado de ellos. En sus ojos brillaba una mezcla de lástima e hilaridad. Lo miraban a su pesar pero con fascinación y felices de no vivir en carne propia lo que sufría ese pobre desgraciado. Verle la espalda les dolía. Era una imagen que desearían no haber visto nunca. Una imagen igual o peor que las que quizá habían contemplado en las series médicas de sangre y *gore* que tanto les fascinaba ver. Sólo que una cosa era la ficción televisiva y otra presenciar tal horror en la realidad de unas vacaciones de descanso, mar, arena, margaritas y piñas coladas.

Paul Doogan huía de las miradas, que no comprendía y que le perforaban la espalda. Estaba a punto de subir al elevador cuando

111

advirtió que no tenía ni idea del piso ni del número de su habitación. En la mañana había salido de ahí con Lorna sin tomar la precaución de reparar en esos detalles. Se regresó a la administración para preguntar. Odiaba tener que hacerlo, pero no tenía opción. Tal vez podría decir —para evitarse la vergüenza— que venía a buscar a sus amigos, los señores Doogan, y que necesitaba el número de su habitación.

Lo recibió el conserje por su nombre.

—*Mister Doogan, how can I help you?*

—*Huh?*

¿Cómo sabe quién soy? A Doogan no le quedó más remedio que contestar:

—Perdí mi llave. ¿Podría darme una nueva?

—*Of course, Mister Doogan.* Aquí la tiene.

Se dio la media vuelta para irse, pero notó que la llave era una de esas modernas que parecen tarjeta de crédito y no traen el número de la habitación. *Shit!*

—¿Podría recordarme el número de mi habitación? —dijo de manera un poco más hosca.

Unas señoritas que atendían a otras personas suspendieron lo que hacían para mirarlo con intensidad y después mirarse entre sí. *What are you looking at?*, quiso decirles. ¿Acaso los huéspedes nunca olvidaban cuál era el número de su habitación?

El conserje respondió, muy serio:

—*Are you ok, sir? Please call us if you need anything, Mister Doogan, anything at all.*

—No necesito nada. Sólo deme la llave… Digo: ¡el maldito número para poder irme!

Cuando Paul llegó por fin a la habitación, Lorna dormía la siesta. Se le antojó acostarse también, pues aún se sentía cansado, pero la espalda y el cuello lo molestaban mucho, de modo que prefirió darse un baño caliente para aflojar los músculos contraídos. Dejó el agua correr para llenar la tina mientras se desvestía e iba por ropa limpia.

Al regresar al baño, todos los espejos estaban empañados por el vapor. Cerró la llave y, sin pensarlo ni dudarlo, metió los pies en la tina y se dejó caer de sentón.

—¡Aaaahhhhhhh!

Salió del agua de un brinco. El dolor en la espalda era insoportable. Era como si, en lugar de agua, hubiera llenado la tina con ácido. Tan pronto como recuperó el aliento, se acercó al espejo, con la toalla le quitó el vapor y se miró la espalda. Nunca había visto nada igual: tenía la peor quemadura de sol que alguien podría tener y seguir con vida.

Se veía doloroso. Era doloroso. Y el agua ardiente no había ayudado. Ahora que había descubierto que la torcedura que se había hecho en la hamaca era el menor de sus problemas, sintió las náuseas anudarle la garganta. Se sentó en la orilla de la tina. Lorna llamó a la puerta, alarmada por el grito y los gemidos.

—¿Te estás infartando, Paulie?

Cuando abrió la puerta y lo vio, algo sucedió en la geografía del cuerpo de la mujer: el corazón se mudó al territorio de la garganta, el estómago al del corazón, la sangre se fue a los pies y el cerebro se dispersó.

—*Holy shit!* —gritó Lorna en cuanto pudo desalojar el corazón de su garganta.

Ahí estaba Paulie, sentado, con la cabeza entre las rodillas. Su espalda era una monstruosidad al rojo vivo que sólo había visto en las películas de terror. Cientos de ampollas empezaban a unirse en una sola, enorme, que abarcaba todo lo ancho de la espalda. Toda la espalda menos —y eso a Lorna le pareció tan gracioso que le restó seriedad al problema— la marca blanca y nítida de dos manos, que contra la ampolla se veían hendidas y delineadas a la perfección sobre piel sana. Al menos le salvé un pedacito con mi bloqueador. Al menos en la noche voy a tener de dónde empujarlo para que no ronque. ¡Idiota! Si me hubiera escuchado. El cerebro de Lorna volvió poco a poco a su lugar. Sí, me la voy a pasar de enfermera…

Como si de nana fuera poco. *Bye, bye, honeymoon.* Entonces, *oh, my God,* vio la parte posterior de las piernas de Doogan, en especial las corvas, ahí donde la piel es más suave y tierna: estaba invadida de burbujas y montañas de ardor. Le vino un escalofrío que la sacudió como un terremoto. Se dio la media vuelta, salió del baño, de la habitación y sin importarle que iba descalza, corrió al bar de la recepción, donde se dispuso a pasar un agradable rato olvidándose de todo con unos tragos. Margaritas, piñas coladas, desarmadores o mojitos: no sería exigente, se conformaría con lo que hubiera a mano.

Pero cuanto más agradable el rato, más duro el golpe de amargura. Lorna estaba perdida entre una bola de turistas que disfrutaban y trataban de bailar al ritmo de la música de marimba, cuando se oyó un griterío que por desgracia reconoció. Aunque trató de ignorarlo, de fingir que no conocía al loco de los alaridos, su burbuja se reventó y ya no pudo ni fingir que se divertía. Tenía que ir a ver qué nuevo escándalo armaba su marido.

—Podemos hablarle al doctor, *Mister Doogan* —decía sin perder la calma el conserje del hotel mientras Paul hacía sus rabietas.

—*Damn right you will!* ¡Quiero drogas, morfina o algo! Porque hoy mismo me voy de este maldito pueblo. No sé qué hago aquí si soy Paul Doogan, de Doogan Recycling, ¿entiende? ¡No, qué me va a entender, maldito ignorante! ¡Qué va a entender de cosas importantes, de personas importantes que no tienen por qué sufrir lo que yo he sufrido en este lugar!

—*Mister Doogan, please calm down.*

—Ah, ¿quiere que me calme? El dolor me mata ¿y usted quiere que me calme? Lo que van a lograr aquí es inducirme al vicio; eso es lo que quieren, ¿no? Un gringo con lana pero inconsciente. Pues no, fíjese que no. Conmigo no van a poder, y ¿sabe qué? Que mejor ni se me acerque el doctor con sus drogas porque lo corro a patadas: ¡han de estar puestos de acuerdo! Ahora mismo me largo de aquí. ¡Usted va a conseguirme un vuelo, el primer vuelo adonde sea, siempre y cuando sea un lugar civilizado en *America! I'm an American*. Allá no pasan estas cosas. Así que ¿qué espera? Ya no quiero estar aquí; prefiero soportar el avión.

—Paulie, Paulie —lo interrumpió Lorna—. ¡Paul Doogan! —para dar más énfasis, Lorna lo tocó. Lo que los gritos no habían conseguido, lo consiguió la mano de Lorna en su espalda: su atención.

—¡Aaaaahhhhhh! ¡No me toques, idiota!

—Pero, Paulie, yo no me quiero ir. No nos vamos a ir sólo por... —pero Paul Doogan no la dejó terminar.

—¡Yo me voy! ¡Ya después veré qué hago contigo!

—*Mister Doogan. Sir. Mister...*

—*What?*

—*I'm really sorry, sir, but you cannot leave, sir.*

—¿Cómo que no puedo irme? Me voy. ¿Quién es usted para decirme qué puedo o qué no puedo hacer? Yo tomo mis propias decisiones.

—*I know, sir, but...*

—*No buts!* Si no me lo consigue usted, dígame adónde hablar y lo hago yo mismo; pero no me diga que no me voy. Y más vale que me regrese mi dinero, porque si no a este hotel no vuelve a venir ningún americano decente, se lo aseguro. Yo me encargo.

—*No, sir, you don't understand. It's not me, it's not the hotel: it's Roxanne.*

—¿Quién es esa Roxanne? *No broad is telling me what I can or can't do.*

—*The airport is closed. Nobody can fly in or out* —le dijo el conserje.

—¿Cerraron todo el aeropuerto por una vieja? ¿Y quién demonios es ella, una artista o qué?

—No, señor —contestó el conserje sin perder la paciencia—. Roxanne es un huracán y viene para acá.

3

Los regios

—¿Mande?

No oía lo que su marido le decía. El ruido del motor de la embarcación y las suaves olas que buscaban entrada en la caverna de su oído se lo impedían.

Supuso que le pedía que se acercara para ayudarla a salir. A Marcela le encantaba meterse al mar, pero ésa era la parte del buceo que menos le gustaba: salir del agua a enfrentar la gravedad. Aunque manejaba bien las técnicas para saltar de la embarcación al agua, regresar a bordo cargada de tanques y pesas de plomo era algo que todavía no dominaba sola. Pasó su equipo al lanchero y estiró el brazo para que Roberto, que ya había acomodado el suyo arriba del lanchón, la ayudara a subir. De un tirón, estaba fuera del agua.

—¿Qué me decías?

Las noticias no eran buenas:

—Dicen que tenemos que regresar al puerto.

Ella se sorprendió.

—¿Por qué? Todavía nos falta el otro descenso.

—Sí, pero los lancheros dicen que les avisaron que el puerto está a punto de cerrar porque viene un huracán.

117

La embarcación apenas se movía en el mar.

—¿Un huracán? ¿Dónde?

Miró a su alrededor y comprobó que el cielo estaba de un azul plumbago; no había nubes amenazantes, sólo algunas blancas como algodón, esparcidas por ahí.

—Pues no sé, pero…

—¿No podrían esperar a que comamos algo en la playa? Se me antojaba mucho el salpicón de venado.

—No creo: dicen que somos los últimos en el mar.

—Qué exagerados, la verdad. Ni siquiera está nublado, y yo no vi ninguna advertencia de huracán en la tele.

Roberto sonrió. Su mujer era una de esas personas que le tienen más fe al canal de pronóstico del clima que al clima.

—Bueno, ya sabes que se equivocan. ¿Te acuerdas de la piñata de Marce cuando cumplió dos años? Pleno mayo, sol garantizado por el Weather Channel y todos tus adornos de papel de china…

—Uf. Ni me lo recuerdes —lo interrumpió con rapidez. Ése era todavía un capítulo doloroso en la vida maternal de Marcela—. ¿Quién se iba a imaginar que en mayo iba a llover y que íbamos a estar a diez grados en Monterrey?

—Ni el Weather Channel.

Rieron como hacía mucho tiempo no se reían.

—Pues también ahora nos falló —dijo ella—. Y tú que te morías de ganas de bucear. Se nos van a aguar las vacaciones.

—Llueva o no llueva, no pasa nada. Si no se nos hace volver a bucear esta semana, regresamos después.

—Sí. O tal vez podemos cambiar nuestro vuelo y nos vamos ahora mismo.

—No, no, no —dijo él aprisa—. No importa, nos quedamos. ¿Qué puede pasar? Además, si ya cerraron el puerto, de seguro también el aeropuerto.

Desarmó el equipo para entregarlo. Le habían asegurado que, en cuanto fuera posible, les repondrían los descensos que ya tenían pagados.

Los lancheros hablaban entre ellos sobre el huracán. Que cuándo había sido el último, que dónde estaba cada cual en aquél, que a quién le había ido peor, que cómo se llamaba éste, o más bien ésta. A pesar del huracán, Roberto no quería irse. No sabía si volverían a tener oportunidad de tomar vacaciones pronto.

Y vaya que las necesitaban. Pocos las necesitaban como ellos. Bueno, decir *ellos* era exagerar un poco. Las vacaciones las necesitaba ella, y Roberto lo sabía. Él trabajaba y Marcela se quedaba en casa, pero no importaba: ella era la que las necesitaba de emergencia. A su padre le habría parecido muy gracioso que una mujer necesitara vacaciones, y más que el marido quisiera dárselas. Pero Roberto Garza lo tomaba con toda seriedad. No era posible seguir siendo una pareja si una de las partes se desmoronaba.

Por eso estaban ahí, con la excusa del buceo, pues desde hacía varios años no lo hacían. Desde que su familia había empezado a crecer. Tú sabes que no puedo vivir sin bucear, le había dicho a Marcela. Ella le creyó esa media verdad: era cierto que le gustaba mucho bucear, pero eso de hallarse entre la vida y la muerte era una exageración. Lo que él sí necesitaba para vivir era a su esposa completa, no fragmentada, sin cabeza más que para lo inmediato.

No la culpaba. No estaba a punto de convertirse en uno de esos hombres que se quejaban de los cambios de sus esposas por quejarse. Seguro: Marcela había cambiado, ya no era la misma chava de hacía unos años, a la que le encantaba salir y desvelarse todos los fines de semana. En todo caso tenía que admitir que tampoco él era el mismo, que la vida había cambiado para los dos y por decisión propia, ahora que tenían dos hijos. La joven de hacía unos años no habría podido con el peso de la responsabilidad que aquello conllevaba. La mujer madura en la que se había convertido su esposa le gustaba mucho, lo hacía sentirse orgulloso; sin embargo, a últimas fechas sentía que su mujer se le escurría por entre los dedos para escaparse con la corriente de un caudaloso río. Y él no podía hacer más que mirar desde la orilla.

Porque a veces la vida juega rudo, sobre todo si, de dos niños, dos no duermen. Más bien tres, si en la ecuación se incluye a Marcela, la madre. Desde el principio acordaron —aun antes de saber del insomnio permanente de sus hijos— que él trabajaría y ella se quedaría en casa al cuidado de los recién nacidos. Ella tendría, en teoría, oportunidad de dormir durante la jornada. La teoría no había resultado práctica. Ella se encargaba, como se había comprometido a hacer, de los desvelos y los trajines nocturnos que parecían no tener fecha de caducidad. No dormía. De noche, porque había que estar con los niños para velarles el insomnio llorón y no había nadie más que ella. De día, porque... No. Roberto no entendía por qué su mujer no descansaba, por qué no podía encerrarse un rato, dejar a los niños con las nanas para dormir o leer. Él intentaba ayudar; pero no, Roberto: tú tienes que trabajar mañana. Duérmete. Y ella cerraba todas las puertas para que él no oyera los chillidos y las necedades nocturnas. Iba y venía toda la noche: cuando los dejaba dormidos regresaba a la cama siempre con la esperanza de que ese pestañeo durara hasta el amanecer. Pero nunca había tenido suerte. La noche se le hacía día. Y al día siguiente no había siestas para ella. No tengo tiempo, decía. ¿A qué horas? Estoy ocupadísima.

Marcela ya empezaba a pagar el precio de intentar ser la madre perfecta: desaparecía como mujer, como pareja. Había sido algo tan paulatino que seguía sin darse cuenta. Al principio ni siquiera él lo había notado, o había creído que era algo normal, pero un día se percató de que, poco a poco, de pestañeo en pestañeo, de leche tibia a baños de lechuga y llanto nocturno, había perdido a Marcela casi por completo.

Lo que quería lograr con esas vacaciones de silenciosas noches y brazos vacíos era sacarla de su estupor, y se le había ocurrido que tal vez el mar, las burbujas en el fondo, los peces —¡algo!— le sacudirían un poco esa capa de polvo que se le había acumulado en la cabeza a causa del cansancio crónico que la tenía adormecida desde hacía varios años y que iba esfumando su esencia. Desde que llegaron los niños, para ser precisos.

Siempre que pensaba en eso, tenía cuidado de cómo lo hacía, de cómo acomodaba las ideas dentro de su propio cerebro. No quería quejarse de sus hijos ni en la privacidad de su mente. A su manera de ver, tanto decir ya no los aguanto o me tienen cansado era una muy buena manera de asegurarse de que en un abrir y cerrar de ojos ya no existieran más, que les pasara algo, que se extinguieran. Y eso sí no podría soportarlo. Los amaba así, necios de noche y llorones de día. El pediatra les había prometido que esa fase no duraría mucho, que un buen día se despertarían con la luz del sol sin saber de los niños durante ocho horas, y santo remedio. La verdad era que Roberto agradecería una noche en que sólo se despertara una vez cada uno; es más, dos veces cada uno. Eso sería un gran avance respecto a la situación actual.

Por eso, decir que ése era un viaje de buceo era una mentira. El buceo era sólo una excusa. Desde que habían llegado hacía tres días, habían establecido algo parecido a una rutina: buceo doble por las mañanas, regreso al hotel hacia las dos después de comer y luego la siesta. Siesta continua de cuatro horas. Él no: ella. Él dormía una o dos horas —si acaso y con esfuerzo— y luego se dedicaba a esperarla las dos o tres horas restantes con una paciencia de santo que a Marcela la habría sorprendido de haberla notado.

—Uy. ¡Cuánto dormí!

Él no reclamaba. No contestaba y yo cuánto te esperé. Sólo: ¿nos vamos por ahí? Pero debía esperar un poco más a que Marcela se arreglara —¿para qué si te ves muy bien?—, y sólo entonces iban a pasear y a cenar en el centro. Caminaban mirando el mismo camino, se detenían donde se les antojaba, comían y reían sin interrupciones ni horarios. Regresaban a dormir de nuevo la noche entera. A Marcela se le cerraban los ojos apenas ponía la cabeza en la almohada y él no tardaba en seguirla. Resignado. Paciente.

Roberto no se distinguía entre sus conocidos por su paciencia. Al contrario. Cuando deseaba algo, lo deseaba de inmediato, ponía manos a la obra y también ponía las manos de otros a trabajar. La hiperactividad que entre bromas se había autodiagnosticado recientemente —ahora que sabía lo que era la hiperactividad— lo había metido en muchos problemas de niño, en especial en el colegio, donde esperaban que se sentara donde le dijeran y se quedara ahí por horas hasta que sonara la campana para el recreo. Empezaba cada día con el propósito de obedecer, pero la determinación no duraba ni quince minutos.

—Roberto Garza: ¡siéntate y cállate! Hasta parece que tienes hormigas.

—Sí tengo —le confesó más de una vez a esa maestra y a otros en diversas ocasiones.

Nunca nadie le creyó, y pronto aprendió que uno no debe contestar a ese tipo de acusaciones con la verdad ni con respuesta alguna. Niño, tienes hormigas, tienes lombrices, tienes oxiuros: cuando los adultos decían eso, esperaban que el niño bueno se ofendiera un poco y que entonces se serenara, se aplacara, se engarrotara y nada más.

Las hormigas que vivían en su torrente sanguíneo lo aguijoneaban; le movían las manos primero, luego los brazos, para picotear al compañero de al lado. Le abrían la boca y convencían a su lengua de contar un chiste o de narrar su encuentro de la tarde anterior con un tlacuache muerto, el cual llevaba para mostrárselo a su madre cuando le resucitó en los brazos. También contaba cómo habían tenido que darle un baño contra las pulgas que habían decidido abandonar al animal para refugiarse en él. Y luego sus piernas habían tenido que levantarlo para que el cuerpo entero hiciera la demostración de cómo el tlacuache había yacido inerte y cómo había brincado y corrido lleno de vida. Lo malo era que a las hormigas, dueñas de su cuerpo, no les importaba que la maestra explicara en ese momento la tabla del 3.

A veces se preguntaba si el insomnio de sus hijos era herencia suya. Herencia maldita. Se preguntaba si en sus primeros años había hecho pasar a su propia madre los mismos desvelos que ahora sus hijos le ocasionaban a Marcela, pero no había a quién preguntarle. Su madre ya no estaba y la respuesta de su padre lo había dejado en las mismas: no sé, yo nunca me enteraba; de eso se encargaba tu mamá. Roberto no se acordaba de las noches de su infancia temprana pero, hurgando en sus primeros recuerdos, sabía que de día las hormigas no lo dejaban en paz, pero de noche, cuando caía, caía rotundo, y las hormigas con él.

Sus hormigas se habían hecho adultas también y habían aprendido la prudencia y la templanza; sin embargo, seguían ahí y lo instaban a moverse constantemente, a actuar. Por eso le gustaba bucear. Sería por la calma del mundo submarino, tan silencioso y colorido, o por los movimientos suaves y letárgicos que debía hacer para desplazarse en las profundidades; sería por las propiedades del oxígeno embotellado o por las burbujas que dejaba salir con tal tranquilidad: su energía se aplacaba en el descenso, sus hormigas se pacificaban durante el buceo y luego salían cansadas del agua. Entonces lograba dormir cortas pero profundas siestas. Una o dos horas y estaba listo para seguir con otra actividad de inmediato. ¿Ya? No: sigue dormida. ¿Se está despertando? No. Aguantaba las largas siestas vacacionales de Marcela, y aunque en el cuarto de hotel se proponía esperar lo más quieto posible para no perturbar el sueño de su esposa, no lo lograba del todo. Se metía a bañar, salía. Prendía la tele en silencio mientras hacía abdominales. Leía el periódico local mientras hacía lagartijas. Arriba, abajo. Arriba, abajo: pase a la página dos sin perder el ritmo: arriba, abajo.

—Me voy al frente. A la proa, a la popa... como se diga —le dijo ella—. Te espero allá.

Roberto la siguió. Sintió que el yate tomaba velocidad. No quería pensar en el huracán pero los lancheros no hablaban de otra cosa. Mejor alejarse de ellos. Además, el viejo bote también dejaba mucho que desear: el humo del motor salía espeso y aceitoso, y ya sentía que una capa le cubría el cuerpo. Miró a Marcela. Había extendido su toalla sobre la cubierta y se había echado sobre ella para secarse con el aire. También se veía prieta por el humo. Sí, definitivamente vamos a tener que llegar a darnos un baño con estropajo. Sin necesidad de verle los ojos, que mantenía cerrados, notó con gusto que la capa de cansancio e indiferencia que habitualmente la cubría empezaba a desaparecer. Había sido buena idea escaparse a esas vacaciones.

A Roberto le gustaba ver cómo el viento jugueteaba con su cabello. ¿Se habrá quedado dormida? No. Mira esa sonrisa. Disfruta; sabe que estoy aquí y le da gusto, pensó un tanto sorprendido. Había extrañado a esa Marcela que resurgía ante su vista. Sin decir nada se acomodó a su lado y le ofreció la mano. Ella la tomó sin necesidad de abrir los ojos. Siete años de casados y aún se tomaban de la mano. Con tres días de vacaciones habían logrado recuperar esa conexión. Uno extendía la mano y el otro la tomaba sin necesidad de hablar ni abrir los ojos. Roberto cerró los ojos también y, al sentir un leve movimiento en la mano de Marcela, la apretó con la suya con más fuerza. No quería dejarla ir. El mundo comenzaba a enderezarse.

En ese momento los niños no eran lo que ellos habían imaginado que serían, pero los hijos no se piden en cartas a Santa Clos. A los niños se les acepta como vengan —hormigas incluidas— y se agradecen. Los hijos que Dios me dé era una promesa que nunca debería tomarse a la ligera, ni siquiera para hablar sólo del número de hijos. Roberto, ya padre veterano y sabio, tomaba las cosas con filosofía: al tener un hijo abres el paquete y siempre encuentras una sorpresa. Con eso en mente aceptaba a sus hijos, y con ellos cada minuto de sueño perdido. Eso no significaba que no deseara la llegada de lo que les había augurado el pediatra: algún día dormirás. Mientras ese día llegaba, se había sentido obligado a hacer algo. Una cosa era el sueño perdido y otra *el sueño* perdido. No quería que por uno se acabara el otro. Y por eso estaban ahí.

El negocio que tanto había tenido que defender ante su padre iba muy bien. Él nunca creyó que la actividad de su hijo sirviera

124

para formar un patrimonio. Más de una vez le dijo que, de haber sabido que se volvería un radical de Greenpeace, nunca habría gastado en su educación universitaria.

—Casi hubiera sido mejor darte permiso de dedicarte a la música, Roberto. ¿Quién puede vivir de eso?

A Roberto no le habían servido las palabras para convencer a su padre, por eso se prometió que se lo demostraría con hechos.

Al principio no habían vivido más que de pura fe, pero el día que encontró una fábrica de León, Guanajuato, con amenaza de clausura si no resolvía en un mes el problema de media hectárea llena de desechos industriales, su negocio creció al doble. Ahora era capaz de enfrentar la creciente demanda de reciclaje y, en una ciudad industrial como Monterrey, la materia prima nunca faltaba. En un principio quizá se debió a que el gobierno presionó a las empresas para que eliminaran de sus desechos de manera efectiva, pero las empresas, aunque tardaron, terminaron comprendiendo la importancia de reciclar materiales. Gracias a la modernización de la última década, le tocaban la puerta a él.

¿Pero, para qué le servía el éxito si no lo usaba para salvar lo suyo? ¿Si no salvaba a Marcela? ¿Debía dejar que todo se derrumbara sin luchar? ¿Dejar a los niños a la deriva, desequilibrados, incompletos? ¿Con un padre y una madre vivos pero alejados uno del otro, casi ajenos? No. Así había vivido él, con un padre ajeno, sin la más mínima pista o instrucción para comprender a un hijo movido por hormigas. Sin una madre que fungiera como traductora entre uno y otro. Cuando su madre murió, dejó a un niño de ocho años que por sí solo habría de descifrar la vida que apenas empezaba a entender. Ella lo había dejado en un mundo incompleto. Estaba decidido a no hacerles lo mismo a sus hijos, pero los últimos años habían sido duros, y Marcela y él los habían pagado caros, con inusuales y espesos silencios en una distancia cercana. Los sesenta centímetros que los separaban al sentarse a la mesa, al acostarse en la cama, al cruzarse en el pasillo, al saludarse tras un largo día de trabajo, se

125

habían convertido en un abismo infranqueable. A Roberto le parecía que ya no conocía la sonrisa de Marcela sino a través de la mirilla de su cámara.

—Tómanos una foto.

—Sí, pero sonríe.

Últimamente, esa palabra que nunca creyó incluir en su vocabulario empantanaba su visión del futuro: *divorcio*. Divorcio no quería decir muerte. Pero era un tipo de muerte: aceptar el fin de todas las posibilidades que Marcela y él presagiaron y desearon desde que se dijeron sí. Era cavar la tumba de *El sueño* compartido. Había ido a esas vacaciones para borrar la palabra, para dejarla en desuso, para que ya no pendiera sobre ellos como una maldición y después como una promesa. No permitiría que dejara de ser una palabra cualquiera y que se convirtiera en acción. Divorcio, divorciar, como en: "Me quiero divorciar". Él amaba a Marcela. La amaba a pesar de ser la madre de sus hijos, a pesar de ella, a pesar de su lejanía. A pesar de no reconocerla. La amaba porque quería amarla. Todavía.

Siempre le pareció peculiar que dos personas tan diferentes fueran tan compatibles. Mientras él se dejaba guiar por el instinto —o, según él, por la mano de su madre, lo que a Marcela la espantó cuando se lo confesó—, ella tenía que estudiar todo con detenimiento para tomar decisiones. Con ella nada era casualidad. Lo sorprendente era que él tenía el cerebro ingenieril de la familia. Era el científico, pero le daba por el esoterismo —aunque no lo admitiera— y tendía a confiar en exceso en la gente —a veces sin justificación—, mientras ella prefería lo artístico y lo creativo, excepto al tomar decisiones en la vida diaria: entonces lo hacía a sangre fría y desconfiando de la situación y de la gente. Se equilibraban el uno al otro y siempre se habían enorgullecido de formar un gran equipo.

Marcela lo mantenía con los pies en la tierra, concentrado en una meta. Su manera de ser, acelerada a veces, lo hacía perder la brújula; en situaciones como ésas, ella era la única que sabía cómo hacerlo encauzar sus energías hacia algo productivo. Lo salvaba de las grandes decepciones causadas por confiar y esperar demasiado de otras personas. En cambio, a Marcela él había sido capaz de hacerla flotar y olvidar sus preocupaciones, y que no se tomara tan en serio. La había ayudado a alejarse de los pensamientos oscuros que a veces la asaltaban, y también, de vez en cuando, había logrado hacerle ver lo bonito que resulta confiar en la gente. Bueno, en cierta gente. Algunas veces.

La extrañaba.

Podía permitirse el gasto de esas vacaciones para que Marcela descansara, para que regresara de ese estado disperso y helado en el que, a últimas fechas, parecía atrapada. ¿Qué sería si lograba que Marcela durmiera las siete noches y las siete siestas de esa semana? ¿Lograrían llegar juntos al día en que los niños durmieran? ¿Al día en que el destino liberara y le regresara íntegra a su esposa? Tal vez en otros siete años ahí estarían de nuevo, todavía de manita sudada. Para eso había que darse la mano siempre, borrar los abismos. Para eso haría falta dormir. Y vivir. Y Marcela.

Hacía rato que ésta había abierto los ojos. Se hallaba a punto de dormir cuando de súbito sintió el esternón quebrado, el diafragma desinflado, la garganta rasgada, el aire seco, casi ácido. Se sentía extraña. No sabía distinguir la sensación. Quería liberar su mano ociosa de la de Roberto y sacarla de su reposo, sacudirse toda. Sentía los cristales del mar sobre la piel seca y quería restregárselos como una lija. Estaba ahí, pero quería estar en otro lado. Salir corriendo. ¿Se trataría de un virus? ¿Una narcosis por sumersión? Algo la llamaba a llenar un vacío. ¿Se trataba acaso de una premonición maternal? No creo en ellas, se dijo, en un intento por convencerse. No creía, pero no debería estar ahí, tomando el sol. Debería estar con sus hijos. ¿Tendría un presentimiento de mal agüero? Ay. ¿Debería decírselo a Roberto?

Lo miró. Intentó respirar profundo. No. No había nada que hacer en la lancha más que preocuparse juntos. Mejor sola. No lo molestaría. Se veía tranquilo, aunque por ningún motivo creería que estaba dormido o siquiera en reposo. Su cuerpo no se movía, pero su mente iba dando vueltas al mundo y a la vida, estaba segura. Una y mil veces había deseado entrar en su cabeza y por fin entender su proceso mental: cómo o por qué llegaba a las conclusiones a las que llegaba o decía lo que decía. Otras veces —y eso era prueba de que lo conocía muy bien— tenía que pedirle que por favor no pensara tan fuerte porque el ruido la alteraba tanto como si alguien tocara una trompeta en su oído. Antes de conocer a Roberto, ignoraba que una persona fuera capaz de utilizar su cerebro con tanta intensidad. Casi imaginaba oír los engranes y las tuercas de la cabeza de su marido.

—Es que tienes poderes —decía él.

—Es que piensas muy fuerte —contestaba ella.

De alguna manera estaban conectados, tal vez; pero de eso a creer que tenía una percepción extrasensorial había un gran salto. Marcela tenía muy poca tolerancia hacia la cosa mística, como la llamaba Roberto. Que a su instinto él lo llamara *mamá* —por su madre muerta, que él creía velándolo y guiándolo—, a ella le sacaba ámpulas, aunque nunca le decía nada. ¿Qué caso tenía quitarle esa ilusión? También era religiosa; sin embargo, como se había educado en una escuela de monjas, en lo último que quería pensar era en apariciones. Si eres buena, le prometieron en la primaria y la secundaria, serás elegida. Tanto le hablaron de apariciones divinas que creció aterrada de que a la Virgen se le ocurriera aparecérsele a ella. Mucho menos le gustaba la idea de que una suegra incorpórea flotara encima de ellos, susurrándole al hijo al oído y criticando todo lo que su nuera hiciera o vistiera. Así que rechazaba las acusaciones bromistas que Roberto le hacía de ser poseedora de una percepción aguda. Ver muertos le daría escalofríos. Le quitaría el sueño. Comprendía que...

—Roberto...

El llamado del capitán los sacó de su ensimismamiento.

—¿Qué pasó, Miguel?

—Ya vamos a llegar al puerto. ¿Quieren que los dejemos en el muelle de su hotel? Queda de pasada.

—Ah, ¡muy bien! Así nos ahorramos el taxi.

—Cinco minutos entonces.

Marcela se irguió. En cinco minutos estaría lista para saltar de la lancha al muelle y correr a un teléfono para llamar a casa.

—¿Juntamos nuestras cosas?

Tenía prisa.

—Sí. ¿Te dormiste?

—Claro que no. ¿Y tú?

—Estuve a punto, pero me gruñen las tripas. Mira, nos quedaron mal con lo del salpicón de venado, pero ¿qué te parece si llegando al hotel nos metemos a la alberca y nos echamos un ceviche y una cerveza?

—Quiero llamar a los niños primero.

Oyó el suspiro exasperado de Roberto. ¿Acaso él no se preocupaba también por ellos?

—Los niños están bien. Las nanas tienen el número del hotel; tu mamá y tus hermanas también. Además, se saben mi celular. Si algo hubiera pasado ya tendríamos llamadas perdidas —sacó el aparato de la bolsa impermeable para mostrárselo—. Mira: ya tengo señal. Ninguna llamada. Ningún mensaje.

—Okey —concedió, pero a regañadientes.

—¿No tienes hambre?

No hubo necesidad de contestar: sus tripas hablaron por ella e hicieron desparecer también los síntomas que la habían atacado en el trayecto. Ni narcosis ni augurios: tal vez era pura hambre, pensó. Ojalá.

Al arribar al hotel estaban listos para desembarcar. El muelle era pequeño y servía más para que los turistas se tiraran al mar que para embarcarse. Marcela y Roberto no tenían mucho que cargar: una red con aletas, visores y *snorkels,* dos toallas y protector solar. El equipo pesado era rentado, así que lo dejaron en la lancha.

No tenían que tocarla para saber que el agua turquesa de la orilla los esperaba tentadora, tibia entre el sol y la arena blanca, y por un momento desearon quedarse a flotar sin destino en la superficie calma, desechar sus preocupaciones abrazados por el suave vaivén de las leves ondas. El hambre fue más fuerte que el deseo, sin embargo: los esperaba la promesa del ceviche. Se dieron la media vuelta para dirigirse a la alberca.

En el camino, distraída por el hambre y libre del temor inmediato por sus hijos, Marcela sólo pensaba en preparar sus tostadas de ceviche. Hubiera podido caerle el cielo encima y no lo habría notado. Por lo general era muy disciplinada para todo, pero una vez que su estómago se decidía a tener hambre, no podía hacer más que satisfacerlo. No podía pensar con la claridad acostumbrada ni observar ningún detalle del ambiente, que era lo que Roberto, al que nunca se le escapaba nada, hacía en ese momento.

Por el muelle, calzando aletas y con todo el equipo de *snorkel* puesto, una pareja se desplazaba en la dirección contraria. Roberto no pudo evitar notar de un solo vistazo la camiseta de Coors Light, "*The Silver Bullet*", que él llevaba bajo el chaleco salvavidas que apenas le cerraba; el peinado de ella —muy de los ochenta, con copete parado y duro por el fijador—; el gesto de disgusto de él; el traje de baño de ella, y, otra vez, el traje de baño de ella: era al menos dos tallas más pequeño de lo necesario y dejaba a la vista la parte superior del trasero de la mujer y las múltiples llantas que se le formaban desde el pecho hasta las piernas. Gringos. Si fuera europeo, él jamás usaría esa camiseta. Y ella sería delgada pero estaría llena de pelos por todos lados. Uf. Me chocan las mujeres peludas.

Roberto era aficionado a detectar acentos y especialista sobre todo en acentos de Estados Unidos. Cadencias de Alabama, California, Nueva Orleans, Nueva York: las reconocía todas. Por ser regio, todo lo gringo lo encontraba interesante. Si los oyera hablar, tal vez adivinaría su procedencia. ¿De dónde serían? No pudo determinarlo. No hablaban entre ellos: iban concentrados en caminar, y con justa razón: andar con aletas era muy peligroso.

Como eran mayores, imaginó que llevarían muchos años juntos, tendrían hijos casados y hasta nietos. Sintió escalofríos al pensar que Marcela y él estarían igual que ellos en veinte o treinta años. No le importaba envejecer y algún día querría ser abuelo; sin embargo, en ese momento se hizo una promesa: viejo, pero con dignidad. Nunca lo pescarían con un traje de baño como el del señor y menos caminando con aletas. Y si Marcela se ponía gordita como la señora, él se aseguraría de que se cubriera un poco más. La querría de todas maneras, pero tal vez cambiarían el buceo por otro tipo de actividad. Observación de aves nocturnas, por ejemplo.

Al verlos echarse al agua sin gracia alguna pero a salvo, respiró más tranquilo. Por lo menos no le tocaría levantarlos del duro suelo del muelle. Le habría dado mucha flojera perder lo que quedaba del día en buscar ayuda médica, acompañarlos, servir de intérprete y luego visitarlos en su habitación, como se habría sentido obligado a hacer. Lo sabía; no habría podido evitarlo. Nunca hacía las cosas a medias, aun a expensas de sí mismo. Marcela se le adelantó y él la alcanzó. Quería comer, pero le preocupaba el huracán.

—¿Sabes qué? No puedo quedarme así: tengo que averiguar a qué hora calculan que llegará el huracán. Tal vez estamos perdiendo un tiempo que podríamos aprovechar para prepararnos o comprar algo, ¿no? No me tardo nada. Si viene el mesero, ya sabes qué quiero.

Con prisa, Roberto se dirigió a la recepción. Manuel, el conserje, había salido a recoger algo que le habían mandado por ferri, pero una amable señorita le aseguró que podía comer con tranquilidad; tenían tiempo: el Roxanne no llegaría hasta la noche. Todo lo que requerirían durante la tormenta lo proveería el hotel, así que no era necesario comprar nada.

Regresó a la alberca.

—Tenemos tiempo hasta la noche —dijo, mientras se acomodaba en su camastro—. ¿Ya vino el mesero?

No, el mesero no había pasado aún a tomarles la orden. Pero tenían tiempo; ¿cuál era el problema? Disfrutaría lo que quedara de sol, decidió; pero al cabo de un rato se arrepintió de no nadar en el mar. La alberca estaba llena de familias. Niños de todas edades dominaban el paisaje. Corrían por todos lados gritando y lanzando chorros con sus pistolas de agua ultrasofisticadas, de esas que seguro se vendían con advertencias sobre el peligro de perder un ojo con la fuerza del agua. Al menos aún no se veían niños tuertos por ahí, pensó aliviado. No se explicaba a quién podría ocurrírsele inventar y menos comprar un juguete que bien podría servir a la policía del DF para controlar a marchistas, manifestantes, disidentes y demás. Alguien debería pasarle el tip a la policía judicial para que se ahorrara el agua mineral en sus torturas; con esas pistolas podía usarse el agua natural. Mejor aún: ¡agua del caño! Ése sí sería un ahorro. Dos torturas en una. ¡Qué buena onda! Hizo una nota mental: prohibir a Santa Clos traerles a los niños armas de agua de alto poder.

Gracias al camino que había tomado su imaginación no podría relajarse, lo sabía. Un ataque infantil podía venir de cualquier flanco, y más le valía mantener los ojos abiertos para esquivarlo. ¿O sería más seguro mantenerlos cerrados? Marcela ya los tiene cerrados, y no se ve preocupada para nada, pero últimamente se le cierran solos. Ella permanecía a la espera de que el mesero llegara a tomarles la orden, ajena al peligro que los acechaba.

Por lo general se veían divertidos, y sabía que sólo eran lo que podían ser: niños. Pero no faltaba alguno por aquí o por allá que llorara porque se había tropezado o porque no encontraba a su familia. Lo que menos deseaba Roberto en esas vacaciones era escuchar lloriqueos infantiles. Si estaba pagando para no tener que oír los propios, menos los ajenos. Se levantó a recoger a un niño que había caído al pie de su camastro. Boca partida, obviamente. ¿Por qué no aprenden a meter las manos? A falta de otra cosa, le presionó los labios con su toalla. El niño, que ya lloraba como represa con fugas, se puso peor con la aparición de su madre. Ésta, al ver que su niño sangraba, fulminó a Roberto con una mirada acusadora y se alejó con su crío rumbo a la enfermería. Cualquiera diría que yo me ponché al huerco. O que soy un pederasta… O que le iba a pegar el sida con mi cochina toalla. Chin. Vieja histérica. Ni las gracias me dio.

Marcela, por supuesto, estaba alerta: su vocación de madre se lo exigía aunque el niño fuera ajeno. Después de todo, era experta en primeros auxilios y RCP.

—¿Le llevaré hielito para desinflamarle la boquita?

—No: yo creo que la mamá se lo llevó a la clínica del hotel. Cuando lleguemos a Monterrey recuérdame enseñarles a Marce y a Beto a meter las manos al caer.

—Ay, Roberto, si sólo tienen uno y dos años. Se van a caer muchas veces.

—No me importa que se caigan; me molesta que usen la cara para amortiguar el golpe.

Mientras reían, el mesero llegó a tomarles la orden.

—Ceviche —dijo Marcela—. Lo quiero con mucho aguacate y cilantro, sin cátsup: puro pico de gallo. No me traiga galletas saladas: le pido tostadas o totopos, por favor.

Confundido por tanta instrucción, el mesero se volvió hacia Roberto, que se compadeció de él.

—Lo mismo por favor. Ah, ¿tiene cervezas regias?

Notó que el mesero ni siquiera tenía idea de que existiera algo parecido, por la cara que puso.

—Regias —repitió—. De Monterrey: ¿Tecate, Carta Blanca, Bohemia…?

—Tenemos Modelo, Pacífico, Corona…

—Bueno, no importa. Tráigame una Pacífico. ¿Ya pediste de tomar, Marcela?

—Pues si no tienen Carta, quiero una Pacífico también. Gracias.

Los dos eran partidarios de apoyar su economía. La local, la regional, la nacional. Así, en ese orden. Si de dos marcas mexicanas se trataba, preferían comprar la que fuera de Monterrey o del norte. No disfrutarían tanto sus cervezas. No era que fueran malas las de la otra cervecería: era que se sentían traidores con tan sólo pedirlas. Cuestión de orgullo.

La Pacífico llegó bastante rápido, pero el ceviche no. Marcela no dormía, aunque estaba callada, tranquila. Roberto tenía mucho de no verla así: sin listas que escribir o completar, sin llamadas —siempre urgentes— para algún evento del kínder de los niños, sin plastilina ni colores para ayudar a los pequeños en algún proyecto inventado por ella, sin disfraces que coser, calcetines que emparejar (porque las muchachas no saben), sin instrucciones que dar. Sin prisa por irse a otro lado, siempre a otro lado. Con tiempo para sí, como antes. Con tiempo para la nada, para las manos ociosas, para el silencio.

A Roberto siempre le había gustado eso de su mujer. Con ella había aprendido a disfrutar el silencio. Había aprendido que hay mucho que comunicar sin palabras, sin música de fondo, sin nada más que la cercanía. Algunos de los mejores momentos de su vida los habían disfrutado en silencio, sin necesidad de decir que yo sentí, que tú sentiste. Habían descubierto que, entre ellos, las palabras a veces estorbaban y nunca llegaban a desmenuzar el sentimiento; entre ellos, una mirada o una caricia servían para decirlo todo.

En ese momento lo que disfrutaban en silencio era la paz. Marcela estaba en paz, como tenía mucho de no estarlo. La alberca del hotel, llena a toda su capacidad; los niños que corrían por todos lados; el payaso que se presentaba todos los días para entretenerlos con el micrófono a todo volumen, y Marcela ajena a todo. Al menos por un rato.

Roberto se dejó contagiar; tuvo éxito hasta que vio un pedazo de botella de vidrio ámbar tirado a cinco metros de donde él estaba. Se prometió no recogerlo. Después de todo, el vidrio era enorme: no había manera de no verlo. ¿O sí? Lo ignoraría para que alguien más se hiciera responsable. Eso de ser Supermán era una chamba que cansaba. Observar a una pareja de viejos para ayudarlos si acaso se caían y rescatar niños con bocas floreadas era más que suficiente para un día de trabajo, y sus poderes sobrehumanos se habían descargado.

Ahí viene el mesero, de seguro lo recoge. No, no lo vio. ¡Cuidado, niño! Alguien se va a cortar; ¿por qué no lo recogen? Ni siquiera deberían permitir usar envases de vidrio cerca de la alberca; qué ocurrencias… ¡Otro niño! Detuvo la respiración. Por poquito. Tendré que ir a recogerlo, ya sé. Nadie ve nada; todos admiran a la del pecho al aire libre, de seguro. Como el mesero trae zapatos, no le importa lo que haya en el piso; pero ¿por qué la mujer que está enfrente no lo recoge? No ha de tener niños aquí. Tal vez…

—¿Qué?

—¿Qué de qué?

—Ya dime en qué piensas; me pones nerviosa.

—¿Cómo se les ocurre servir cervezas en envases de vidrio? Si todos están descalzos. Mira. ¡Mira! Por poco lo pisa ese niño. Un vidrio así puede llegarle al hueso.

Marcela vio que tenía razón.

—Yo lo recojo. No te preocupes.

—¿Tú? No, no vayas tú; voy yo. Tú estás muy cansada.

—¡Para nada! ¿De qué voy a estar cansada, por favor? Yo voy —dijo, y se levantó—. Aprovecho para ir al baño, a ver si para cuando regrese el mesero nos hizo por fin el favor de traernos el ceviche.

Roberto la admiró mientras se alejaba despacio y se cubría con el pareo que él mismo le había regalado en la luna de miel. No esperó a asegurarse de que Marcela recogiera el vidrio. Asunto olvidado. Decidió acercarse a la cocina-bar para hablar con el mesero sobre el ceviche que tenían pendiente. Como para los huéspedes era la única manera de llegar hasta ahí, se metió a la alberca.

Le parecía muy extraño que la gente comiera dentro del agua. Roberto sabía que no eran más que supersticiones, que era ridículo que alguien del siglo xx se frenara ante tal absurdo, pero no podía

135

evitarlo. Había dejado atrás otras supersticiones, como aquellas que durante toda su infancia le recalcaron con gran vehemencia acerca de que pescados y mariscos sólo pueden comerse durante los meses con erre —de septiembre a abril—, y la gente sólo puede meterse a nadar durante los meses sin erre —de mayo a agosto—.

Quien osara romper esa regla estaba destinado a sufrir un fin terrible, según sus ancestros. Eso ya lo había superado su mente moderna: si no, no se atrevería a comer ceviche en pleno junio, mes sin erre. También, ésa no era la primera vez que nadaba en octubre, mes con erre, y nada le había sucedido.

Ahora entendía que había una razón por completo lógica para la regla de la erre. Ésas eran costumbres de épocas antiguas en una ciudad desértica como Monterrey, donde, lejos del mar y sin refrigeración, comer pescado en verano era en verdad peligroso para la salud. En cambio, en la época en que no existían calderas en las piscinas, nadie debía nadar en los meses de otoño e invierno porque podía pescar una neumonía. Aunque se esté a cuarenta grados en pleno septiembre, no se puede nadar porque septiembre tiene erre, y punto. Pero ya había calefacción y ahora había gente que nadaba aunque nevara. Pero comer dentro del agua era otra cosa.

Debía existir una explicación sensata, lógica y moderna, pero el miedo que todavía le producía nadar después de comer no lo dejaba encontrarla. Te vas a quedar chueco, le decían de niño. Todo mundo sabía que después de comer había que esperar al menos dos horas antes de volver a tocar el agua. Dos horas larguísimas, las más aburridas de todo el día, ya que el único propósito de un niño es nadar. El día en que había pollo con mole era todavía peor. La abuela alargaba la sentencia a dos horas y media, como precaución. Tenía que confesar que hubo días, aun de niño, en que le hubiera gustado rebelarse contra esa ley de la naturaleza y meterse a nadar, pero nunca había podido. Tener un ojo por un lado, el otro desorbitado, la boca a la derecha pero la nariz como si detectara un olor proveniente de la izquierda no era su ideal de fisonomía, y aunque no era vanidoso le gustaba conservar las piezas de su cara donde Dios las había puesto.

Un día, a los doce, había convencido a un primo de desafiar a la abuela. Lo había hecho porque era día de mole. Todos los adultos se habían metido a la casa para refrescarse y esperar a que pasara el tiempo antes de volver al agua. De manera furtiva él y su primo habían escapado del cuarto de tele, donde, sin variar, cada domingo eran sometidos a ver *Tarzán*. Los demás primos se quedaban quietos, pues disfrutaban de las aventuras del hombre mono. A él, una de las nanas le decía siempre lo mismo: tate sosiego, hasta parece que tienes lombrices, niño. Él no quería ver *Tarzán*: quería ser Tarzán. Y lo que más le gustaba de esos episodios eran las luchas acuáticas que el hombre mono tenía con un cocodrilo o una serpiente de proporciones épicas. Así que había convencido al primo de arriesgarse a una luchita, con la condición de que quedara claro el papel de cada cual.

—Tú eres el cocodrilo, ¿eh?

Y como siempre se sabía que el cocodrilo esperaba a Tarzán dentro del agua, pues era lógico que el primo entrara primero. Éste, muy en su papel de feroz cocodrilo hambriento, acechaba a Tarzán, quien lo observaba con interés desde la orilla.

—Oye, ¿por qué no te metes? ¿Te rajas o qué?

—Tú cállate. Los cocodrilos no hablan.

Lo que Tarzán esperaba en realidad eran los entuertos que sufriría el cocodrilo al darle el torzón. Y luego la metamorfosis. Pero nada sucedía. Lo malo fue que, por perder tanto tiempo en la espera, la abuela, cual pantera negra enfurecida de un buen episodio de *Tarzán,* se les había aparecido y los había llevado de las orejas a la casa. Tarzán nunca había sido humillado de esa forma en la tele.

—¿Cuántas veces les he dicho que no pueden meterse al agua antes de las dos horas y media? Se van a quedar chuecos, ¿y quién quiere un niño chueco?

—Pero, Mane, yo me fijé muy bien en Memo dentro del agua, y míralo: no le pasó nada. Sigue derecho.

Una semana castigado sin nadar le había bastado para alejarlo para siempre de las acciones malvadas. Experimentar con el primo no había sido ético, pero ¿qué quería la abuela? ¿Que experimentara con su propia hermana? Era mejor ser el primo del chueco que el hermano de la chueca. Además, había sido un experimento inocente del cual no había resultado nada malo, ¿no? No se justificaba que ese mismo primo, que hasta la fecha era su gran amigo, siguiera cuestionando todos sus motivos.

—Te invito al futbol.

—¿Para qué?

Con los años, el primo, cuyos padres no eran ejemplo de belleza, se había vuelto carita, curricán. Las chavas se derretían por él y los amigos con los que salía lograban una que otra conquista de rebote. Lo mandaban por delante como anzuelo y el éxito estaba garantizado hasta para los más feos del grupo. A Roberto le gustaba decirle que su aspecto se lo debía a él, porque era obvio que a los genes no.

—Tal vez naciste chueco y yo te enderecé por meterte al agua después del mole.

Su abuela aún era el terror de los nietos o todos fingían que lo era, pero ella no estaba ahí para decirle nada; además, en esos tiempos modernos un hombre de treinta no debería sentirse intimidado por la abuela ni por las supersticiones. Ahí están todos esos gringos disfrutando sus hamburguesotas con todo, y tan tranquilos. Es que no han de haber tenido abuela. Al menos no una como la mía.

El único que se veía chueco era el que no comía. Roberto lo observó y concluyó que, a pesar de que tenía los ojos saltones y la nariz de bola, era por herencia y no por el agua. Si a ese señor no le preocupa ponerse más feo, tampoco a mí. El banco contiguo al gringo de la nariz boluda estaba desocupado. Roberto se sentó para hablar con el barman. No le gustaba ser quejumbroso, pero no veía al mesero por ningún lado y se le hacía extraño que hubiera tan

138

mal servicio. El chef, ocupado, ni volteaba a verlo. El gringo de al lado resoplaba y daba tragos a su cerveza; Roberto se impacientaba mientras esperaba, porque quería tener el ceviche de Marcela cuando ella regresara del baño. Por cierto que ya se tardó mucho. ¿Dónde quedará el baño?

—*I've got to admit, Mexican beer is really good.*

Su vecino en el bar no le hablaba a él, pero Roberto ni con desconocidos despreciaba una invitación a conversar. Además, estaba de acuerdo con el gringo.

—Sí, es muy buena; pero debería probar la cerveza del norte: ésa es todavía mejor —dijo Roberto en perfecto inglés.

—¿Ah, sí? ¿De dónde es usted?

—Yo soy de Monterrey. ¿Y usted? Por su acento supongo que es de…

—De Kentucky… ¿Monterey, California?

—No: Monterrey, México.

El gringo se veía contrariado. Roberto ya sabía lo que venía.

—Pero si usted es rubio… No puede ser mexicano. No parece.

Roberto estaba harto de que le dijeran eso dondequiera que fuera. Le molestaban los prejuicios y los estereotipos. Una vez había pasado todo un verano de mochila al hombro por Europa; terminó cansado de dar explicaciones sobre su nacionalidad mexicana y su descolorida —desabrida, diría su primo, el cocodrilo— piel.

Seguro desciendes de rusos, franceses, españoles, adivinaban. ¿Alemanes, tal vez? Al ser de Monterrey y con su apellido, era más seguro que descendiera de judíos sefardíes, pero eso a nadie le importaba. En Monterrey nadie hablaba de los ancestros, no era importante, y el esfuerzo de Roberto al hacerlo sin saber nada en concreto, sin que el asunto le interesara, acabó por desesperarlo. Hubo una temporada de su vida en que contestaba con brusquedad: ¿has oído hablar del descubrimiento de América? ¿De la mezcla de razas? ¿De la globalización? No es nueva, ¿sabes? Ahora, más prudente, más maduro, sólo respondía:

—Sí. Sí parezco.

Sin más explicaciones terminaba con el tema y daba un giro a la conversación. Así lo hizo con el gringo en esa ocasión, y le funcionó como siempre.

—¿Y qué hace usted en Kentucky?

Al gringo le brillaron los ojos con la pregunta, y Roberto se arrepintió de haberla formulado. *De seguro me va a platicar la historia de su vida.*

—Soy Paul Doogan, de Doogan Recycling… No creo que usted haya oído hablar de mí porque, según entiendo, aquí no conocen mucho de eso. Me dedico a reciclar o a ayudar a empresas a deshacerse de sus desperdicios, usted sabe, en beneficio del medioambiente. En Estados Unidos no se puede tirar basura así como así, por eso la procesamos para utilizarla de nuevo.

—Pues sí, sí conozco un poco de eso. Yo mismo tengo una empresa que se dedica a…

—¿Procesar basura? Así empecé yo; no hay nada de malo.

—No, basura no. Desechos industriales.

—Ah. *We should do some business, you and I* —dijo el gringo, sorprendido.

La palabra *business* era una de las favoritas de Roberto Garza. Le gustaban los negocios en el idioma que fuera.

—Podríamos asociarnos —continuó el gringo—. Yo le mandaría todo lo que en *America* es ilegal depositar a menos que se pague una tarifa altísima y usted lo hace desaparecer por aquí. En México todo esto es más fácil.

Lo que el gringo decía era verdad, pero Roberto se molestó. Nada más le faltaba que un extranjero viniera a insultar a su país.

—En Estados Unidos tampoco son unos santos. Sé de por lo menos dos casos de empresas como la suya que, en lugar de depositar los materiales de desecho como se debe, le pagan a un agente para que los entierren en Nevada o los introduzcan de manera ilegal en México.

140

—Sí, yo también conozco algún caso así.

—Imagínese todas esas toneladas de desechos en un tiradero ilegal: las filtraciones, los daños...

—Sí. Terrible.

—Pero lo bueno es que en realidad esos desechos no van a dar a los tiraderos. Al menos no todos.

—¿No?

—No —le dijo Roberto—. Los agentes mexicanos ganan con el soborno que reciben de su país y vuelven a ganar al venderlos, baratos, a una empresa que recicla materiales industriales.

—*How do you know all that?*

—Lo sé porque yo se los compro. Se los compro baratos, casi a nada. Cuando los reciclo los vuelvo a vender para diferentes usos. Casi todo lo exporto a Estados Unidos. Así que ya ve. Todos salimos ganando. Bueno, todos menos las compañías de su país, que piensan sacarle la vuelta a la ley mandándonos sus desechos. Oiga, ¿está usted bien? Se está poniendo rojo. Tal vez necesita refrescarse en la sombra o algo.

El gringo ya se había dado la vuelta para irse. Roberto se quedó sorprendido al descubrir, por el traje de baño y la camiseta de Coors, que se trataba del mismo que había visto hacía un rato tirarse al agua desde el muelle. Esperaba no volver a toparse con él.

Por fin el barman lo atendió.

—Pedimos dos ceviches hace un buen rato y no nos los han llevado. ¿Podría decirle usted a un mesero que los lleve? Estamos en aquella mesa de allá.

Pero el barman le contestó que era imposible: se había terminado el ceviche preparado y ya no harían más. Se había suspendido el servicio a causa del huracán. En cuanto terminaran de recoger todo, el personal de la alberca y los meseros tenían permiso de irse a casa.

—Bueno, ni hablar. ¿Sabe a qué horas empieza el huracán?

—No sé, pero dicen que de seguro va a durar toda la noche.

Hambriento y decepcionado, volvió para encontrar a Marcela de vuelta en la hamaca. Había dejado su Pacífico a medias, pues ya se había calentado.

—Estaba llenísimo el baño. Oye, te vi platicando en la alberca. ¿Quién era ése?

—Un gringo loco… Nos dimos un agarrón.

—¿Por qué?

—Porque me insultó.

—¡Ay, Roberto!

—Pues no me iba a quedar callado.

—Bueno, pero ya. No vas a preocuparte por eso, ¿verdad? Porque tenemos cosas más importantes en que pensar —dijo con una sonrisa—: ¿Dónde está nuestro ceviche?

No había más remedio que ir al pueblo a buscarlo.

Ese día, Cozumel parecía un típico pueblo mexicano y no uno que recibía varios cruceros diarios y miles de turistas. En la calle no había agentes de turismo que ofrecieran todo tipo de servicios y paseos. No había a quién. Los cruceros se habían abstenido de atracar desde que se había anunciado la certeza del huracán, y los que ya se encontraban ahí habían levado anclas con rapidez y se habían ido en busca de aguas tranquilas y sol. Los turistas que se hospedaban en la isla no se aventuraban lejos de sus hoteles.

En el malecón no estaban los altos ni los colorados. No se oía ningún idioma además del español. Todos los habitantes del pueblo se veían ocupados, con prisa, otra cosa poco común en ese lugar que por lo general prefería olvidarse del reloj. Pero ese día cada minuto contaba y todos querían aprovecharlo de la mejor manera.

En los negocios que daban al mar nadie vendía nada. Los comerciantes se ocupaban de mover toda la mercancía lejos de las ventanas. Envolvían los objetos frágiles en periódico lo más rápido posible. En la tienda de las camisetas la dueña daba vueltas sin saber qué hacer. Las empleadas no habían llegado; no las culpaba, pero no tenía quien la ayudara a empacar la mercancía ni a traer la madera que necesitaba para tapar las ventanas. No tenía martillo ni clavos; tampoco quien los usara. Estaba sola esta mujer de la capital, aterrorizada porque no sabía nada de huracanes y porque en esa tienda tenía invertida toda su vida.

La buena vecindad no contaba en ese momento porque, al terminar de proteger sus tiendas, todos corrían a casa para tratar de hacer lo mismo. No había tiempo de ayudar a nadie. La gente de la calle acarreaba cosas y se hablaba de pasada:

—¿Dónde la vas a pasar? —preguntaban.

Como si fuera la Nochebuena.

Se daban recomendaciones, pero en realidad nadie conocía a ciencia cierta las medidas correctas: a pesar de ser una isla ubicada en pleno corredor de huracanes, pocos golpeaban directo. Pasaban años entre uno y otro, los suficientes para que los recuerdos se esfumaran un poco. Confiando en las garantías que brinda el azar climático, las autoridades no tenían un plan de contingencia ideado y menos practicado o publicado para que la población tomara precauciones válidas y prácticas para defenderse de la mejor manera posible. Así que ese día cada quien se rascaba con sus propias uñas. Si a alguien se le ocurría entrar en una tienda a comprar velas, otros se formaban en fila detrás. Si veían que alguien salía del mercado con bolsas de hielo y galones de agua, otros corrían a hacer lo mismo. Los precios subieron, por supuesto. Lo mismo ocurrió con las latas de atún y de sopa. Con tanta cosa encima, todos trataban de contratar taxis —que por lo general eran para uso exclusivo de los turistas—, pero los taxistas tenían problemas y víveres propios y ya no recogían a nadie, ni siquiera al compadre.

Por eso, Roberto y Marcela llegaron al pueblo esa tarde todavía medio soleada en unas motonetas desvencijadas que habían rentado en el hotel después de prometer que no tardarían sino un ratito; al cabo ¿qué puede pasar, si falta tanto para que entre el huracán?

Siempre que iban a Cozumel lo hacían en plan de buceo, por lo que no acostumbraban visitar el centro salvo por la noche, para

143

cenar. Todo les parecía diferente con la luz del día. Las fachadas de los negocios no podían disimular lo gastado de su pintura, y los interiores perdían su atractivo. Se sorprendieron al ver a tantos cozumeleños rondando deprisa por el malecón, porque por lo general sólo los veían en la iglesia los domingos, al frente de tiendas, restaurantes y hoteles, o de paseo dominical en el área de la plaza. En la isla había vida más allá del turismo, comprobaron.

Roberto y Marcela se habían tomado el tiempo para darse un regaderazo rápido antes de salir de su hotel. Ni siquiera se habían tallado con estropajo como hubieran querido para quitarse el sebo negro que les había dejado de recuerdo el humo del yate. Pensaban que así todavía tendrían tiempo de encontrar algún restaurante en servicio, pero, al ver tal actividad de emergencia, imaginaron —y estaban en lo correcto— que ese día ya no habría ceviche para ellos.

Al observar el trajín de los lugareños se contagiaron con mucho de su prisa y un poco de su miedo. Roberto se arrepintió de no haber averiguado sobre lo que se debe hacer en vísperas de un huracán. No debió haberse conformado cuando le aseguraron que faltaba mucho tiempo para que éste llegara y que el hotel los abastecería de todo lo necesario. En ese momento él no sabía nada y se sintió impotente. A Monterrey nada más había llegado un huracán fuerte en lo que él llevaba de vida, y la experiencia no había sido nada grata: la ciudad no estaba preparada para lluvias abundantes y con el Gilberto llovió muchas horas seguidas. No hubo vientos huracanados porque las montañas protegen la ciudad. Sólo cayó agua constante, en cantidad suficiente para causar la muerte de muchas personas.

Ese mismo huracán había provocado destrozos enormes en varias islas del Caribe. Recordaba haber visto en la tele un enorme barco ruso encallado fuera del agua entre dos hoteles de lujo de Cancún, como si hubiera salido del mar para asolearse como un turista más. Cancún se hallaba a sólo unos cuantos kilómetros de Cozumel. Si eso sucedió en un lugar tan sofisticado, pensó Roberto, ¿qué pasará en esta isla, donde no hay ni adónde correr? ¿Qué pasará cuando lleguen los aires huracanados, si no hay nada que actúe como barrera? Decidió seguir el ejemplo de los isleños y comprar provisiones de emergencia, aunque no resultó fácil, pues batallaron para ponerse de acuerdo en lo que necesitaban.

Roberto quería dos paquetes de papel de baño, Marcela lo convenció de llevarse sólo uno. Él hubiera querido llevarse un garrafón de agua de los grandes, ella le dijo que con dos galones tenían. Ella opinaba que no iban a necesitar tantas cosas. Además, ¿cómo llevarían todo en las motonetas? Estuvo de acuerdo, sin embargo, en comprar una linterna para cada quien, e insistió en llevar algo para comer: quería jamón, nieve y pan de caja. Mantequilla de cacahuate, por si acaso.

Roberto era de la opinión de que sólo debían llevar alimentos no perecederos, por si pasaba algún tiempo sin poder conseguir más.

—La nieve y el jamón olvídalos —dijo Roberto mientras los sacaba de la canasta.

En su lugar, Marcela echó unos dulces de chile que le dio mucha alegría encontrar.

—Andas muy antojadiza. Pareces embarazada.

Los dulces de chile habían sido su antojo durante los embarazos. Y más si los combinaba con helado de vainilla.

—¡Ay!, ¿cómo crees? Es sólo que no hemos comido nada desde el desayuno y traigo las tripas retorcidas.

Roberto también tenía hambre, así que decidieron llevar lo que a cada quien se le antojara, perecedero o no. Él todavía era de la opinión de comprar más agua y papel de baño, pero pagó la cuenta, resignado. Marcela tenía razón: no podrían cargar tanto en las motonetas.

Al salir de la tienda, el clima había cambiado. Lo que antes era simple brisa de mar se había convertido en viento, y con éste habían llegado unas nubes grises a cubrir el área. Una que otra gota gorda caía por aquí y por allá. Como lluvia no era gran cosa, pero presagiaba lo que vendría, así que, con cada gota que caía, la gente se movía más rápido. El tiempo para los preparativos se acababa.

Roberto estaba preocupado. El hotel no quedaba lejos, llegarían en diez o quince minutos como máximo, pero cada minuto contaba si se trataba de ganarle la carrera a un huracán. Colgó las bolsas que contenían los envases de agua a cada extremo del manubrio de su motoneta, y las dos bolsas con la carga más ligera de igual manera en la de Marcela. No podía deshacerse de la sensación de que algo les faltaba. Ni modo. Con cada minuto que pasaba aumentaba la lluvia, y primero lo primero: tenían que regresar. De nada les servirían tantas provisiones si el huracán los sorprendía a la intemperie.

Se montaron en sus motos para irse rápido, pero la de Roberto no encendió. Intentó de todo: la empujó, la sacudió, le brincó, le gritó y la maldijo, pero la moto no dio señales de vida.

—Se murió —concluyó.

—Sí.

—Ni modo; tenemos que irnos ya.

—Te llevo en la mía.

—¿Crees que nos aguante?

—¡Ay, claro! Si casi es una Harley Davidson.

—Siempre soñé con andar en una Harley.

—Pues este es tu día de suerte.

—Pero si no nos apuramos hasta con la Harley nos pesca el huracán: ya está más fuerte el viento. Déjame estacionar bien mi moto. Espero encontrarla aquí mañana; si no, me la van a cobrar como nueva. Yo conduzco.

Marcela estuvo a punto de negarse. Por lo general no era partidaria de ningún tipo de motocicleta, pero ese día se sentía temeraria. Libre. La motoneta no corría a más de treinta kilómetros por hora, y eso con el motor muy forzado, pero le parecía algo tan fuera de lo cotidiano que se sentía parte de una gran aventura.

Quería conducir, pero le cedió a Roberto el privilegio porque traía el cabello suelto. Ese era parte del atractivo de andar en moto:

dejar volar el pelo con el aire le parecía despreocupado, alocado, y necesitaba sentirse así aunque fuera por un momento. Si conducía, tendría que sujetárselo para no molestar a Roberto con él. Así que dejó que él se montara adelante y arrancaron: dos adultos en una pequeña moto oxidada y desvencijada cargada con dos bolsas de mandado en cada extremo del manubrio.

El pelo de Marcela volaba, y junto con él se bamboleaban las bolsas de plástico del mandado donde llevaban el pan y el papel. Las de los galones de agua sólo se balanceaban con el movimiento de la motoneta, pero junto con las otras hacían tanto ruido que casi ahogaban el sonido del motor. O se fundían con él, tal vez. Marcela ya no podía distinguirlo, pues también el viento en su oído había empezado a gritar. Las gotas caían a un ritmo cada vez más acelerado, y la velocidad de la moto no ayudaba, pues las convertía en pequeños proyectiles helados. Del Caribe, pero helados.

A Marcela no le importaba: iba abrazada de Roberto y reía como hacía mucho no lo hacía. Imaginaba lo extraño que le parecería a cualquiera verla así: una mujer madura, madre de dos, montada en una moto sobrecargada de gente y de cosas, que huye entre carcajadas mientras un monstruo llamado Roxanne le respira al cuello, le pisa los talones, le moja los miedos. Le parecía un poco estúpido reír así, de la nada, en especial porque llevaba mucho tiempo sin ganas de reír ni de las gracias de sus hijos, siquiera. Sonreía enternecida, tal vez, pero no reía, y no se había percatado de ello hasta ese preciso momento. No se contendría. Ya no. Y, al reír sin restricciones, Marcela atrapaba gotas enormes con la boca abierta: dulce locura que humedecía su espíritu deshidratado. Ahora las mejillas le dolían: duele usar los músculos cuando no se utilizan en mucho tiempo. No le importó. Ni para aliviar su dolor se esforzaría por deshacerse de la amplia y fresca sonrisa. No quería. Hay dolores que valen la pena. Hay dolores que borran otros.

Sorprendida advirtió que, con la premura de ir al pueblo a buscar el ceviche, había olvidado hablar a casa para preguntar por sus hijos antes de salir. ¿Adónde había ido a parar la angustia que la había tomado por asalto en la lancha? ¿Era eso lo esperado de una madre responsable? Bueno, se excusó, es natural: había que pensar en el huracán, había prisa. Empezaba a acomodarse en la tranquilidad que le brindaba el autoengaño, pero se interrumpió. Sé honesta, Marcela: ¿a quién quieres engañar? ¿No sería que llamaste ayer y no te quedó ánimo de volver a hacerlo? ¿No será que la angustia que sentiste no fue premonición, narcosis ni hambre, sino el peso de la culpa? ¿Culpa por estar feliz lejos de ellos?

Había imaginado que al emprender ese viaje la vida en su hogar se detendría, que sería un desastre, que la llamarían, que sus hijos clamarían por ella. Pero no. De hecho, por primera vez sus hijos habían dormido toda la noche como angelitos. La hora de la siesta tampoco la habían dejado pasar.

—Se los vamos a dejar bien educaditos, señora —le dijo la bienintencionada nana.

Si había tenido un momento más humillante que ése, no lo recordaba. Colgó adolorida, determinada a ser mejor madre, pero, si era sincera, no sabía cómo. Al colgar el teléfono se le ocurrió que quizá tendría que enfrentar la culpa de que los niños no durmieran, de que tal vez era ella quien los ponía nerviosos, la que los aceleraba por las noches. El día anterior había desechado rápidamente ese atisbo de una posible verdad, pues pensar en ello la aguijoneaba. Hoy ya no había cómo evadirlo. Estaba en grandes problemas, quizá de su propia creación.

Marcela hacía todo lo que decían los libros, los expertos y sus hermanas mayores, incluso bañar a los niños en agua de lechuga, que de buena fuente sabía que era un remedio seguro contra el insomnio. A veces deseaba bañarse así ella también, pero no imaginaba cuántas lechugas necesitaría para conciliar el sueño. Aunque en realidad no tenía ningún problema para quedarse dormida por las noches. Por el contrario, cada vez batallaba más para llegar despierta a las diez, que era cuando caía rendida. Pero no le duraba la paz: se le iban las horas de descanso en atender las mañas nocturnas de Marce y Beto. Sóbales la pancita, que quizá les duele. Soba con los ojos cerrados, frota callada para que callen. Acaríciales la cabeza para adormecerlos. Calladita, Marce, no despiertes a Beto. Shhh, Beto, Marce está dormida. Horas y horas oscuras, las peores del día, cuando más sola se sentía, a pesar de tener siempre en brazos a un chiquillo. No hagas ruido, no prendas la luz. Horas desperdiciadas de su vida, que había dedicado a tratar de forjar una relación inquebrantable con sus hijos. Tararéales suavecito *La vie en rose,* que les gusta tanto. Más, mami, más. Siempre más. Siempre: regresa, mami. Traidores. Con todo lo que ella se sacrificaba, y todo lo que había sacrificado por ellos, ahora que sólo se ausentaba unos días sus hijos la olvidaban y trataban mejor a la nana, que nunca antes se había desvelado con ellos.

Basta de engaños: los niños tenían sólo uno y dos años, y tal vez la situación no era su culpa. Quizá la culpa era toda de ella por dedicarles demasiado tiempo. ¿O por no dedicarles lo suficiente? La incertidumbre la confundía, aunque no le era fácil admitirlo porque siempre creía saberlo todo, tener todo bajo control. Tenía los mejores libros sobre la crianza de los hijos. Los subrayaba y los citaba de memoria. Sus conocidos coincidirían en describirla como una persona eficiente e informada. La madre perfecta, la madre profesional. Para lo que le servía.

Con la perspectiva que le daba la lejanía de su vida diaria, se daba cuenta de que los últimos años la habían cambiado de una manera que la preocupaba. Antes de que nacieran los niños siempre imaginó que sería una madre creativa y alegre; en cambio, se convirtió en una madre que sólo estaba ahí, un cuerpo sin energía más que para lo necesario. En casa tenía libros que nunca abriría para leerles y juegos que nunca sacaría para jugar con ellos. Le daba flojera encender la cámara de video aunque los niños hicieran sus mejores gracias, y nunca mandaba imprimir las fotos que tomaba. Las canciones de Cri-Cri que había coleccionado para cantarles

149

habían quedado en el olvido. La única que se le venía a la mente era la de *La pobre muñeca fea*, que, escondida por los rincones, teme que alguien la vea. La pobre muñeca fea, maltratada por el uso, irreconocible. Tan irreconocible como ella.

El viento soplaba cada vez más fuerte. Las palmeras ya iban cambiando de peinado, como si también anduvieran en moto y dejaran sus cabellos de hojas verdes a su merced. Los arbustos de la selva parecían querer emigrar en dirección contraria al mar. Roberto empezaba a batallar para controlar la motocicleta, que semejaba haber adquirido vida y voluntad propia bajo la influencia del aire. A Marcela le revoloteaba el pelo para todos lados, pero no le importaba.

Se gustaba más como se sentía en ese momento, despreocupada y alegre, la madre perfecta sacudida por el viento, que ventila por fin sus insuficiencias. Ya vería la forma de guardar ese sentimiento en su memoria y conservar risas en el pecho para regresar a Monterrey con nuevos bríos. Por lo pronto se abrazaría más fuerte a Roberto, no pensaría más en el desaire de sus hijos o de lo contrario llegaría a la conclusión de que en verdad era la peor madre del mundo, y eso era mucho más de lo que podía enfrentar. Además, se le echaría a perder el día. Quizá hasta se esfumara el huracán. Dejaría sus preocupaciones maternales para después. De momento estaba de vacaciones a mil kilómetros de sus hijos, y antes que hacerse más reproches preferiría enfrentar ese huracán. Más aún: ansiaba enfrentarlo.

Sabía que estaba mal, que tal vez era el primer paso hacia la locura, pero la idea del huracán le parecía excitante. Lo único malo de Monterrey era que ofrecía muy pocas oportunidades de ver una lluvia fuerte, emocionante. Por lo general sólo lloviznaba, y poco. Pero, en las dos o tres ocasiones del año en que caía un chubasco, ella prefería dejarlo todo para mirar embelesada la lluvia, oír los truenos y admirar los rayos. Interrumpía lo que fuera, se quedaba en casa a sabiendas de que a pesar de la lluvia, la vida continuaba, de que el resto de los regios continuaban con sus actividades, perdidos en el tráfico pesado, urgidos por llegar a algún destino, si tenían la suerte de no chocar en el camino. Hasta hacía poco desconocía la raíz de su fascinación.

La última vez que había llovido en Monterrey se había sentado con Marce en la terraza para ver la lluvia. La niña de dos años tenía poca experiencia con agua del cielo. No era un evento común. Conocía la luna, el sol, las estrellas y las nubes, pero el agua que dejaban caer éstas, para ella, había sido una fiesta. Era muy diferente hablarle de la existencia de algo llamado lluvia que experimentarla. Y Marcela había recordado ese día cómo, cuando era niña y llovía más en Monterrey, le gustaba salir a jugar en los charcos y poner barquitos de papel en las corrientes que se formaban en la calle. Había tratado de construir esos barcos con su hija, pero, como el drenaje era mejor que cuando ella era pequeña, ahora se acumulaba menos agua en las calles; además, no recordaba cómo de una hoja de papel podía surgir algo tan maravilloso como un barquito.

—Mira, Marce: doblas el papel así. ¿O es así? —pero no pudo dar con la forma exacta.

¿Quién le había enseñado a ella de niña? ¿Cuándo habían dejado de interesarle y por qué? De pequeña creía que los adultos eran los dueños de toda la sabiduría y los conocimientos del mundo. Ahora se daba cuenta de la falsedad de esa creencia: los adultos no recuerdan cómo hacer barquitos de papel. ¿Cómo puede alguien olvidarse de tal cosa?

¿Qué edad tenía entonces? No sabía, ya no importaba. Recordaba las lluvias de verano del Monterrey de su infancia y los juegos interrumpidos. Odiaba las suaves lloviznas que no servían sino para aburrirla. En cambio, siempre había cosas que hacer durante los chubascos: contar los segundos transcurridos entre los rayos y los truenos, por ejemplo, o salir a correr bajo la lluvia si no había tormenta eléctrica. ¡Qué espectáculo habría dado junto a sus hermanas y primas: ocho niñas que corrían en calzones como locas por todo el jardín! En ese entonces no le importaba si se transparentaba, si se le veía. No importaban el lodo ni el pelo enredado. Ni siquiera importaba que su madre le dijera después que hueles a perro mojado, niña.

Su memoria se mojó con los oleajes que se formaban frente a la banqueta de su casa, ideales para hacer zarpar los barcos de papel, y los raros ventarrones que la invitaban a sacar su paraguas verde para tratar de volar como Mary Poppins. Recordaba las danzas de la lluvia que organizaban siempre que en el cielo aparecían nubes negras. Era un ritual que ella tomaba con mucha seriedad, aunque para las otras niñas fuera un juego. Recordaba la certeza de que llovía gracias a sus esfuerzos. Al menos ella se daba todo el crédito en ese entonces.

Amaba la lluvia, los truenos y los relámpagos. Lamentaba que en Monterrey cada vez lloviera menos; que las nubes oscuras no anunciaran lluvias seguras; que a veces las nubes pasaran por la ciudad con prisa, llenas de silencio y desprecio, sin soltar una gota ni un trueno.

En una tierra así cada gota se convierte en motivo de alegría y hasta se les pide a las nubes que se queden, que se vacíen completas, sin importar alguna inundación o alguna fiesta de jardín cancelada. Sin importar que se tenga que cambiar el menú porque bajo un chubasco es imposible asar carne o que se detone una cadena de choques porque en Monterrey no se maneja bien desde la primera gota. Sin importar que la ciudad deba reconstruirse cada vez que las nubes responden a las peticiones de agua con completo abandono. Cuando el suministro anual de agua de una ciudad depende de una buena tormenta o de un lejano huracán, se respira hondo, se plantan bien los pies, se previene en lo posible, pero se les da la bienvenida.

Cuando las nubes se quedaban y le daban el sí a la ciudad, cuando eran generosas, Marcela vibraba por la anticipación. Sentía la adrenalina con tan sólo ver los cúmulos en el horizonte prometiendo un espectáculo de luz y sonido. Era un sentimiento que sólo podía equiparar a subirse a una montaña rusa: sentía cada célula. Se sentía viva.

Monterrey tenía años de padecer sequía, una sequía como la de ella: tierra seca, hojas secas, aroma seco que se levanta de la tierra ante la más mínima ventisca. Tierra seca, sin vida, estéril. Se sentía como la tierra árida de su ciudad —muriendo de sed y al borde del desastre— al presagiar y anticipar, con el cambio dramático en la presión atmosférica, la dulce humedad de la primera gota y del torrente que significaría su salvación y la de todos los seres a los que cobija.

Y aquí estaba ahora, de vacaciones, lejos de todos sus problemas y cerca de un gran placer: un huracán que traería chubascos, rayos y truenos. Seca todavía, pero haciendo buen uso de cada gota. No era tonta. Sabía que existía cierto riesgo en una tormenta de tal magnitud, y no estaba preparada para dejar la vida: quería ver a sus niños crecer —aunque en ese momento tuviera ganas de ahorcarlos—. Sin embargo, disfrutaría del espectáculo que se aproximaba a una velocidad impresionante.

La sorprendió ver que estaban a punto de rebasar a un anciano montado en un burro. Desde la infancia no veía burros. ¿Quién anda todavía en burro, por favor? Se encontraban lejos del pueblo y, por esos rumbos, no había nada para un viejo como él, sólo hoteles. Cabalgaba como si no se hubiera enterado del huracán, como si no sintiera las gotas heladas o como si el intenso viento no lo despeinara. Cabalgaba sin prisas ni apuros para guarecerse. No miraba para un lado ni para el otro; no se veía maravillado ni espantado. No reaccionaba al estruendo del rayo que acababa de caer ni al ruido de la motoneta que pronto lo dejaría atrás. ¿Sordo o senil? Marcela lo ignoraba. Era como si el viejo no comprendiera el peligro o que lo comprendiera muy bien y le diera la bienvenida. Como ella. Puesto que ni el burro ni la moto iban muy rápido, tuvo tiempo, al rebasarlo, de gritarle váyase para su casa que ya viene el huracán. Él no contestó; la miró con ojos dañados de ya sé y déjeme en paz. Marcela notó que le faltaba una pierna. Pobre viejito. Entonces sintió cómo una ráfaga casi los levantaba con todo y moto. Eso la hizo olvidarse del anciano y concentrarse en su propia situación.

153

En su ensimismamiento no había notado cuánto había aumentado la fuerza del viento. Vio que Roberto seguía concentrado en conducir y que entre dientes echaba una que otra maldición por el peso de la responsabilidad de regresar sanos y salvos al hotel. Entonces agradeció no ser ella la conductora, porque lo tendría encima ya, determinado a quitarle el manubrio y el control. Marcela se sintió culpable de que, mientras Roberto parecía preocupado por el bienestar de ambos, ella no pensaba más que en el placer que le daría el huracán. No podía evitarlo. A pesar del sentimiento de culpa, tenía ganas de gritar alborozada. En esta montaña rusa, después de un lento y pronunciado ascenso, se aproximaba lo mejor: la caída.

Al llegar al hotel los esperaba el conserje.

—Qué bueno que llegaron. No debieron rentarles las motos. Ya pensábamos que habían decidido resguardarse en el pueblo.

—No, pero se nos descompuso una moto y la tuvimos que dejar allí.

—Ya veremos mañana. Lo importante es que llegaron. Ahora vayan a su habitación para ponerse a salvo. Les dejamos unos sándwiches y agua en su recámara. También dejamos dos cintas adhesivas para que refuercen el vidrio de la ventana lo mejor que puedan.

—¿Con eso no se quiebra? —preguntó Marcela.

—Se puede romper, pero la cinta evita que los vidrios vuelen por todos lados. Les recomiendo que la coloquen lo antes posible.

El pasillo hacia la habitación tenía grandes ventanales protegidos con persianas de vidrio a todo lo largo. Esas tiras de cristal, que normalmente dejaban que la brisa del mar se filtrara suave y constante al edificio, ahora fallaban en su intento por detener el fuerte viento que se colaba entre ellas con un silbido cada vez más intenso para recorrer alocado los pasillos. El ruido que el viento hacía al pasar y mover la maleza, o al filtrarse por las persianas de cristal, era ensordecedor; aun así, notaron que del cuarto contiguo al suyo se colaban los gritos de una pareja que reñía al tú por tú en inglés.

¿Quién peleaba de ese modo en sus vacaciones? No quisieron enterarse ni entrometerse, a pesar de sentirse intrigados. Tenían mucho que hacer.

Comer, primero que nada. Los sándwiches de jamón y queso que el hotel les había proporcionado se veían buenos, así que lo que habían comprado lo dejaron para un caso de emergencia: de hambre no morirían. Ponerse de acuerdo sobre cómo colocar la cinta en el vidrio del ventanal del balcón fue más difícil de lo que imaginaron. Roberto opinaba que debían formar cuadros pequeños, pero Marcela quería aplicar la cinta en varias hileras en zigzag. Al final, Marcela hizo un diseño que satisfizo a los dos, con unos cuantos cuadros y unos cuantos zigzags. Mientras lo hacía, pegada al vidrio, observó que la lluvia aún no se dejaba caer con intensidad. El viento arreciaba y continuaba empeñado en despeinar y doblar las palmeras, y a Marcela le vinieron unas ganas locas de correr y despeinarse más. Con la fuerza de esa ráfaga sería posible volar a lo Mary Poppins como tanto había deseado de niña. Pero no: imposible sin su paraguas verde.

—¿Me acompañas al muelle a ver el mar? Quiero ver si hay olas de huracán.

En el mar los azules habían desaparecido para dar paso a una gama de grises. Era un mar desconocido, un mar nuevo que no tenía nada en común con el que les había mostrado sus tesoros apenas esa mañana. No había olas: sólo una capa de agua blanca que se levantaba para levitar por un instante sobre la superficie del mar. El espectáculo los mantuvo en trance: la estela flotaba contra las reglas de la física, suspendida por una fuerza invisible, como si esperara alguna señal para dejarse caer y fundirse en la húmeda oscuridad y luego elevarse otra vez al antojo de las ráfagas del viento. Sucedía aquí y luego allá y más allá. Luego cerca de nuevo. Unas veces formaba ondas en el aire; picos, otras. Era magia.

El conserje los encontró en el muelle tomados de la mano, perdidos en su contemplación, como si no sintieran la lluvia en las pestañas, como si no les importara que a la mujer se le transparentaran los pantalones blancos empapados.

—Señores, por favor, métanse. No tarda el huracán.

—¿Qué no es esto el huracán? —dijo Roberto, sorprendido.

—No, es sólo la orilla. El huracán entra dentro de dos horas. Por favor, métanse, puede ser muy peligroso. Esto no es nada.

—Claro —dijo Roberto serio, mientras observaba que Marcela se frotaba los brazos como si tuviera frío o miedo.

—¿Estás nerviosa?

—La verdad, no —dijo con una sonrisa de anticipación, como sonreiría su tierra seca si hasta allá llegara la promesa de esa tormenta.

4

El conserje

Las carcajadas de las dos recamareras hacían eco por el largo pasillo del hotel. Eso era algo extraño, pues todos los que trabajaban ahí se mostraban callados y discretos, en parte a petición expresa de la administración, que deseaba guardar cierta imagen, y también porque la gente que cumplía con ese requisito abundaba en el pueblo. A veces se les tenía que llamar la atención por no hacer sus quehaceres de manera rápida y eficaz, pero nunca por hacer escándalos.

Se acercó despacio, en silencio. Al percatarse de su presencia, las niñas ahogaron sus risas y pusieron cara seria. Una estudió las instrucciones de uso del limpiador que utilizaba todos los días y la otra fingió poner orden donde ya lo había, tras esconder algo debajo de las toallas. Era demasiado tarde para el disimulo. El conserje ya había visto lo necesario desde lejos con esos pequeños ojos que lo captaban todo.

Se sintieron avergonzadas. Más que al administrador del hotel, lo respetaban a él. No sólo porque sentían que era como ellas, del pueblo, sino porque sabían, como todos en el hotel, que era él quien lograba que las cosas funcionaran. Era él quien se encargaba de que el jefe les diera un trato justo y alguno que otro permiso de emergencia. Era él quien conocía a todos por su nombre y sabía de sus vidas: que la madre de quién está enferma, que quién va a tener bebé, que el marido de quién se gasta todo en la tomada, que quién piensa en fugarse con el novio.

A él le tocaba contratarlos, pero también despedirlos. El administrador siempre le delegaba la parte desagradable del trabajo. Sin incumplir las órdenes de su jefe, les daba carta de recomendación a los que despedía. Era un hombre que siempre les hablaba con respeto a todos sin importar el cargo que desempeñaban, la edad ni el sexo. Todos los empleados se dirigían a él cuando necesitaban algo. En las pocas ocasiones en que acudían al administrador, éste de todas maneras les decía:

—Vayan con Manuel.

La expresión del conserje permanecía, como siempre, inmutable, pero ellas sabían que eso no significaba que no hubiera notado su falta. Y ahora las dos muchachas enfrentaban la vergüenza de haberle fallado a Manuel, quien les había conseguido ese trabajo que tanto necesitaban.

Ambas lo conocían desde niñas porque él y su esposa eran sus vecinos y amigos. Los habían invitado como padrinos de iglesia para su baile de quince años el año anterior. Es un buen hombre y buen vecino, les decía su madre siempre que llegaban del trabajo tranquilas y contentas. Su madre tenía mucho que agradecerle. Ellas también: desde que su padre había abandonado a la familia, ellas se habían visto en la necesidad de pedir trabajo en el hotel para ayudar a su madre en la manutención de sus cuatro hermanos pequeños.

Nunca hablaban de eso entre ellas. Nunca maldecían al padre por haberse ido: no era un acontecimiento extraño entre su gente. La madre había tenido que trabajar toda la vida para sostener a la familia porque al padre le daba por la tomada, así que en cierto modo la notaban más tranquila ahora que no tenía a quién reclamarle nada y ahora que ellas tenían edad de aportar a la economía familiar. La madre se dedicaba a preparar ollas de tamales que vendía por docena en los mercados o en su propia casa, lo que ella prefería. Allí llegaban los clientes aunque no hubiera anuncio en la puerta, gracias al aroma de los tamales.

A las cuatro de la mañana del día siguiente, como todos los domingos, su madre prepararía un pedido semanal —el más grande— para el bufet dominical del hotel, otra cosa que agradecerle a Manuel. Aunque a todos les gustaban los tamales que hacía su mamá, ellas habían terminado por aborrecerlos. Todos los días llegaban a casa después de trabajar y ya sabían que debían lidiar con el olor del tamal. El puerco, la manteca, el chile y la masa. El aroma las asqueaba. Su madre les decía que era por tenerlo siempre alrededor, pero les daba lo mismo: tenían años de no probar uno. Odiaban la suciedad que quedaba después de preparar cientos; odiaban el ardor de las manos de tanto pelar chiles rojos. Odiaban que el aroma hubiera impregnado sus almohadas, pues hasta en sueños se veían invadidas por el puerco envuelto en masa de maíz.

Por eso, en cierto modo agradecían que su padre las hubiera dejado: ahora trabajaban lejos de casa y del aroma de los tamales de su madre. Descansaban de los olores que salían de su cocina durante el día. Por ningún motivo querían perder el empleo que Manuel les había dado en el hotel.

—¿Qué hacen?

No hubo respuesta.

—Sus risas se oían por todo el pasillo. Dame eso que escondiste —ante la mirada perpleja de la muchacha, aclaró—: Lo que escondiste entre las toallas, dámelo.

Era el periódico. No había tenido tiempo de leerlo en toda la semana y esa mañana no lo había encontrado donde siempre, lo cual era extraño. Ahora sabía por qué.

—Es mi periódico. ¿Qué hacían con él?

Lo hojeó, seguro de que habían perdido el tiempo buscando información sobre algún artista. Luego sospechó que quizá buscaban otro empleo en los avisos de ocasión. En verdad se enfadaría si

159

descubría que era eso. Los anuncios atractivos estarían señalados, lo sabía. Ya le había pasado en otra ocasión: entrenaba a los empleados en las labores básicas, y ya que por fin conocían la rutina y la manera de hacer las tareas, emigraban a otro hotel. El personal calificado era muy codiciado y peleado entre los hoteles de la isla, y las niñas estaban muy cerca de hallarse en ese caso.

La sección de anuncios estaba intacta. Al menos no es eso, pensó, y se sintió aliviado. Las niñas eran sobrinas del ama de llaves, la empleada más antigua del hotel. Antes que ellas se iría la tía, y eso sí sería demasiado. En especial ese día. Ya había recibido suficientes malas noticias.

—¿Qué buscaban?

—¿Qué es un maniático sexual?

—¿De dónde sacas eso?

Le mostraron la primera plana del periódico: una nota sobre un gringo loco y agresivo. Las miró perplejo.

—Es el del 405.

Tenían razón. Manuel no había reparado antes en el nombre ni en la imagen, pero ahora veía que se trataba de Paul Doogan, cuya fotografía no era muy favorecedora. Le había tocado registrarlo en el hotel. Lo recordaba porque había previsto que sería uno de esos huéspedes que ocasionan problemas. Después de tantos años en el negocio, Manuel nunca se equivocaba en esas cosas. Los huéspedes iban y venían, y cada semana veía llegar al borracho, el necio, el avaro, el prepotente, el sucio, el desesperado, el conquistador, en sus versiones masculina y femenina. En ese negocio nunca faltaba quien causara dificultades, y de un vistazo los distinguía.

Claro, eso no lo salvaba de llevarse alguna sorpresa de vez en cuando. Al gringo lo había catalogado como borracho con sólo verlo y olerlo. Pero, de eso a maniático sexual, había un gran salto. Y un maniático sexual de primera plana no era fácil de ignorar. Ésos no eran temas para muchachas de dieciséis años. No quería juzgar al huésped, pero tendría que tomar providencias por si surgía algún problema. ¿Cómo explicarles a esas niñas que tenía frente a él lo que es un maniático sexual? ¿El peligro? Pues nomás no les explico y ya, pero se van de aquí.

—¿Las vio?

—Sí, acaba de salir de su recámara. Nunca habíamos visto a alguien famoso que saliera en el periódico.

Manuel estaba cada vez más molesto.

—Van con su tía y le dicen que les pedí que por esta semana hicieran el tercer piso, y no el cuarto.

—¿Por qué?

—Nada más díganle eso. Yo después lo aclaro con ella. Y no anden separadas. Tampoco lo comenten con nadie —les dijo para rematar.

Había sido duro con las niñas, pero no había habido opción. Las vio alejarse con su carro de limpieza y sintió lástima. Tenían diez u once años cuando las conoció. Las había visto crecer. Las dos casas compartían la banqueta donde ambas salían a jugar de pequeñas. También compartían la pared —no muy gruesa— que dividía las viviendas de interés social, por lo que Manuel estaba enterado de todo lo que sucedía en la familia Mena. Conocía la razón por la que doña Mati nunca dejaba a sus hijas solas cuando aparecía el padre por la casa. Y sabía que la madre, a la que admiraba mucho por su valentía y sus principios, se la había pasado con la cara partida por no haber dejado que el padre, borracho, hiciera lo que se proponía con sus hijas.

El marido de doña Mati era uno de esos borrachos furiosos y prepotentes que con la cruda cambian de personalidad y a los que el remordimiento invade de manera severa y absoluta. El problema era que se la pasaba tanto tiempo borracho que a veces pasaban días sin que lo alcanzara la resaca. En más de una ocasión Manuel se había visto obligado a intervenir para calmar al bebedor y sacarlo a caminar hasta que se tranquilizara y se le borrara la imagen de sus hijas gemelas con pechos, curvas nacientes y a su alcance. Aunque le hubiera gustado partirle el hocico y dejarlo tirado en el suelo por regresarle algo de lo que él con tanto gusto repartía, sabía que eso en nada hubiera ayudado a la familia. Un vecino sólo se puede meter hasta cierto límite, pero Manuel estaba dispuesto a traspasarlo si no tenía opción.

Nunca hubo necesidad de llegar a los golpes; el problema se arregló solo: según el señor Mena, le habían ofrecido trabajo en una refinería de Pemex allá por Tabasco. Esos de Pemex pagan muy bien y me van a dejar regresar una vez al mes para ver a mi familia. Se fue tranquilo con la idea de que todos creían en su historia. La familia salió a la calle a despedirlo en silencio, sabiendo que sería para siempre. Y Manuel se alegró con ellos. Las golpizas, los insultos y las amenazas se terminaron en el momento en que vieron la espalda del padre por última vez. Nadie conocía su paradero ni tenían interés en saberlo. Si estaba vivo o muerto, a nadie le importaba. Ahora vivían en paz.

Manuel tenía que llegar pronto a la oficina para recibir una llamada del administrador. No era su oficina, pero cada vez pasaba más tiempo allí durante las frecuentes ausencias de su jefe. Odiaba perder el tiempo en ese lugar. Prefería salir a dar vueltas por todo el hotel para tomar nota de cada detalle, bueno o malo, con el fin de arreglarlo o mejorarlo. Le agradaba saber de todos los trabajadores y aún le gustaba llegar a conocer huéspedes.

Era un discreto observador, lejano y ajeno, pero a menudo los huéspedes se acercaban a él por un motivo u otro. Personas que en otras circunstancias no le habrían dado ni los buenos días le contaban, en poco menos de una semana, detalles de su vida en verdad profundos o privados. A él, el conserje del hotel. No sabía a qué se debía eso. Él nunca los cuestionaba: se limitaba a ser servicial y a dejarlos hablar sin interrupciones. En esas cortas sesiones se enteraba de amores, aventuras, engaños y decepciones. Le contaban el qué, el porqué y el cómo. Nunca le preguntaban por su vida, pero la de ellos, en cambio, la exponían sin reservas. No era extraño que al final de la semana, después de pagar su cuenta, hicieran una parada especial para despedirse de él.

—*Thanks so much for everything, Manuel. I had such a great time.*

—No tiene nada que agradecer, señorita.

Esa señorita en particular empezaría su carrera de abogada en alguna universidad de gran renombre en Estados Unidos, justo al terminar el viaje. La joven había hecho ese viaje contra el deseo expreso de sus padres, que deseaban ponerla a trabajar en el despacho de abogados de la familia para que en enero llegara al primer día de clases aventajando a sus compañeros. No le gustaba la idea de estudiar leyes, pero lo haría porque era lo que se esperaba de ella. Para Manuel ésa era una razón muy triste para hacer algo, porque ¿dónde estaría él si se hubiera conformado con hacer lo que todos suponían que haría? Pero no dijo nada.

Una noche, los de El Delfín Azul lo sacaron de la cama: tenía una llamada de emergencia. Ese bar quedaba en contraesquina de su casa, y a Manuel le hacían el favor de recibir sus llamadas porque no tenía teléfono en casa. Le hablaba su amigo Memo del Carlos and Charlie's para decirle que tenían a una gringa pasada de copas.

—Eso no tiene nada de raro, mano, pero llora sin parar y no sabemos qué hacer con ella.

—Mándala a su hotel.

—Por eso. Es de tu hotel.

—Mándala al hotel.

—Lo intentamos, pero no quiere hacer caso. Se me hace que le da miedo que vayamos a hacerle algo, o que el del taxi le haga algo. Quiere que tú vengas por ella.

Y eso hizo. Ni modo.

Encontró a la señorita Mercer inconsolable. Cuando lo reconoció, aceptó que la escoltara al hotel. Su amiga se había ligado a un canadiense y tenía rato de haberse ido. No le había importado quedarse sola —*really, I didn't mind at all*—, pero, como era guapa, los meseros le habían ofrecido muchas rondas de *shots*. Demasiadas.

163

La fortaleza y la seguridad que fingía a diario habían desaparecido con cada trago.

—*What's in a shot, anyway?*

¿Qué había en un *shot*? Dependía de la locura del barman. Tequila, cuando menos. El tequila la había hecho sentir feliz al principio. Pero las bebidas seguían llegando, ella no las rechazaba y, sin saber cómo, la risa se había convertido en llanto.

—*I never cry, Manuel. Never. I swear.*

—No se preocupe, señorita. Yo entiendo.

El llanto continuó de camino al hotel. La joven confesó que deseaba estudiar un *master in arts,* pero como Manuel no sabía qué era eso, se quedó callado. Después entendió que un *master in arts* era, con toda probabilidad, lo opuesto a un *law degree.*

Pensaba dejar a la muchacha en el *lobby* del hotel, pero no sabía cómo cortar la conversación. Así fue como se enteró de que, desde los bisabuelos, los Mercer eran una familia de abogados que tenían un despacho prestigioso llamado Mercer, Mercer and Sons, donde cobraban miles de dólares por hora de consulta. Manuel escuchaba, aliviado al apagarse por fin el llanto. Pero la borrachera continuaba. Si la dejo aquí, no llega a su cuarto.

Manuel no quería ningún malentendido al día siguiente. Eso de escoltar a huéspedes mujeres en estado de ebriedad a altas horas de la noche podría ocasionarle muchos problemas, de modo que le pidió a la única empleada del hotel del turno nocturno que lo acompañara a la habitación de la joven, en el segundo piso, con mucho café y aspirinas.

Regresó a su casa oscura anhelando observar a su hijita de tres meses dormir tranquila. Quería levantarla para sentirla acurrucarse en sus brazos. Pero Cres se pondría furiosa —me la vas a embracilar—, así que se limitó a admirarla. Quería ser el padre perfecto para esa niña. Nunca hacerla llorar. ¿Pero eso cómo se logra? No sabía. Tal vez todos los padres están destinados a hacer sufrir a sus hijos, pensó. No. Él no.

Se topó con la señorita Mercer los días siguientes. Ella lo saludaba con gusto, pero nunca mencionó el incidente de la noche del Carlos and Charlie's; Manuel tampoco, ni en la despedida.

—*I'm sure I'll be back next year.*

—Aquí estaremos esperándola.

—*I should give you…*

—No hay necesidad de propinas, señorita. Gracias.

Ella no insistió. Como sucedía con los demás huéspedes que se acercaban a él, no esperaba volver a verla ni intercambiar números de teléfono para un cómo te va, qué has hecho. Se acababan las vacaciones y se acababa la amistad. Durante una semana un desconocido intimaba con él más de lo que llegaría a hacerlo en el futuro con sus verdaderos amigos, parejas o amantes.

A ese amigo de una semana nunca volvían a verlo, y eso era lo mejor: con él descargaban su conciencia de secretos, anhelos prohibidos o planes peligrosos. Se quitaban un peso de encima y se lo pasaban a alguien que no podría erigirse en juez ni en testigo para incomodarlos en su vida cotidiana al regresar a la realidad. Nunca volverían a verlo. No querían volver a verlo. Y él tampoco.

Entró en la oficina. No había recados. Olfateó con desagrado: olía a puro viejo. Abrió la ventana para dejar entrar la brisa del mar. Manuel sabía que los turistas lo utilizaban para descargar sobre él el peso de su vida, pero no le importaba. Cada semana hacía nuevos amigos a los que nunca veía de nuevo pero que lo enriquecían sin saberlo ni proponérselo, pues le permitían asomarse a un mundo al que no pertenecía. Su curiosidad sólo se extendía a conocer a la gente, no los lugares. Su trabajo era el ideal, porque el mundo venía a él.

Había regresado al pueblo hacía poco más de cinco años, decidido a quedarse. De joven había sentido que se ahogaba a pesar de la brisa del mar. Solía recorrer la isla de norte a sur y de oriente a poniente. Lo único que encontraba era mar. Mar con olas, mar sin olas, sólo mar. Y, en medio, problemas. No había nuevos caminos. Se sentía encerrado, encajonado, y se asfixiaba. Solía sentarse en el malecón a ver partir los ferris con rumbo a Cancún e imaginaba que ahí comenzaba la vida. Sin embargo, no se permitió escapar hasta que la última de sus hermanas se hubo marchado.

Sonó el teléfono: era el administrador que llamaba desde la Ciudad de México.

—Manuel, por lo pronto no iré. No tiene caso. Me quedo aquí por si algo se ofrece.

—¿Están seguros de que el huracán viene hacia Cozumel?

—No alarmen a nadie, pero sí, lo más seguro es que pase directo por ahí durante la noche.

Manuel tomó nota de las órdenes del administrador, entre las que estaba revisar su casa y protegerla, porque Manuel: al cabo tienes tiempo de aquí a la noche.

Tiempo. Lo que haría si tuviera tiempo.

No sabía dónde podría conseguir novecientos paneles de hielo seco de 1.80 por 1.60 para recubrir las ventanas de los cuartos, como el administrador le había pedido. Si había en la isla, no tenía idea de cuánto podrían costar ni cómo podría pagarlos. Se trataba de Cozumel, no del DF, algo que el administrador no había considerado, por lo que Manuel se daría por satisfecho si encontraba cinta adhesiva suficiente para reforzar —aunque fuera un poco— todas las ventanas del hotel.

Llamó a su amigo Nacho, el supervisor de la distribuidora de Cancún. No perdió el tiempo en solicitar paneles; en cambio, consiguió que le mandaran las cintas en el próximo ferri —si es que aún salía—. También consiguió quinientos galones de agua y un gran cargamento de pan de caja, jamón y queso. Aunque el hotel tenía una buena provisión de carnes, embutidos, verduras, pastas y granos, lo más probable era que después del huracán no hubiera gas para cocinar.

Mandó a Jesús, el de mantenimiento, a revisar el generador de emergencia. Éste no se usaba muy seguido, y sólo servía para iluminar las áreas comunes, como los pasillos, de modo que las habitaciones quedarían en la oscuridad. Velas. Necesitaba conseguir al menos dos para cada cuarto. Cerillos también.

Creía que con eso quedaban cubiertas las necesidades básicas. En los próximos días —mínimo dos, ¿quién sabe?—, los huéspedes no podrían secarse el cabello ni bañarse con agua caliente, pero al menos no tendrían hambre ni sed.

Ahora debía ocuparse de las necesidades del hotel. Había que meter los muebles y adornos del *lobby* en la bodega grande, tarea que encomendó a los maleteros. El *lobby* era un gran salón donde los turistas, además de registrarse y pedir informes, se reunían con sus amigos antes de salir a cenar o a alguna discoteca, para tomarse una copa escuchando la música de la marimba. A Manuel le gustaba mucho el lugar: era el corazón del hotel. Le parecía que las plantas y los muebles le daban un ambiente muy acogedor. El techo cónico era alto y estaba recubierto por dentro de *tzalam,* una madera resistente a los elementos —una verdadera joya, decían los visitantes que sabían apreciarla—. Por lo demás, el *lobby* no tenía una sola pared, y así lograba su cometido original: daba la sensación de que se estaba a la intemperie y de que la selva se encontraba a tan sólo un paso. El único problema era que al diseñarlo lo habían hecho teniendo en mente sólo los días hermosos del Caribe, de suerte que todo era muy agradable mientras hubiera buen clima o lluvia suave. Así, aunque a Manuel nunca le había tocado un huracán siendo conserje en ese hotel, no necesitaba que nadie le dijera lo que iba a suceder en el *lobby* en unas horas.

La alberca y la playa eran otro punto de preocupación. Había que desmontar la caseta de toallas, las sillas, los camastros y las mesas. La cocina de la alberca debía cerrarse también, lo mismo que el gas, sólo para prevenir. Todo eso a partir de las dos de la tarde, para no molestar a los huéspedes antes de tiempo. Si en ese momento hubiera pedido a los turistas que despejaran el área de la alberca por la inminencia de un huracán, nadie le hubiera creído: el día no podía ser más hermoso.

De vuelta en la oficina consiguió que Clarita, la de los *tours,* redactara avisos en inglés para los huéspedes. Manuel hablaba inglés gracias a que había trabajado en hoteles y cruceros, pero nunca había aprendido a escribirlo. Alguna vez alguien le había asegurado que esto último era muy difícil, por lo que nunca había hecho el intento. Nunca antes lo había necesitado. Hasta ese día.

Todavía no pensaba poner las advertencias en las habitaciones. Tenía que esperar a que se confirmara la llegada del huracán a la isla. El administrador tenía razón: no debían alarmar sin necesidad. ¿Pero cuándo era el momento correcto para empezar a alarmar? Haría mal si daba el aviso antes de tiempo y todo resultaba una falsa alarma, pero también se equivocaría si no informaba oportunamente para que los huéspedes pudieran tomar las medidas que consideraran convenientes, como tomar el ferri y partir hacia Cancún y de ahí a tierra adentro.

Al pensar en eso, sintió el peso de la responsabilidad que le había caído encima. Debía tomar muchas decisiones que, temía, estaban más allá de su capacidad. Se sentía preparado para tratar con todo el personal. No era su función, en realidad, pero se sabía capaz. Lo hacía con gusto aunque su obligación como conserje sólo era asegurarse de que los huéspedes estuvieran contentos y atendidos, además de resolverles sus dudas, algo en lo que también había probado su habilidad. Sin embargo, el peso de un huracán era mucho para un autodidacta. Sus estudios de primaria no bastaban para guiar a tanta gente frente a una emergencia de tal magnitud. En su casa, con su esposa e hija, habría sabido qué hacer y lo habría hecho sin sentirse inadecuado. Pero un proyecto de esa escala lo intimidaba. Nadie lo notaba, por supuesto: su expresión facial no lo delataba nunca. Al ordenarles vaciar el *lobby,* los maleteros no se contagiaron de su nerviosismo: sólo obedecieron. Confiaban en él. Los de la alberca, lo mismo. Lo que Manuel dice, se hace. Sonaba fácil. Fácil para todos, menos para Manuel. Ahora, con tantas vidas dependiendo del acierto de sus decisiones, tenía miedo de no estar a la altura del reto.

Deseó poder hablar con Cres, su esposa. Ella sabría tranquilizarlo y darle confianza. Cresenciana María de la Luz y del Niño Jesús, un nombre enorme para tan pequeña persona. Manuel sonrió. A ella no le gustaba su nombre y nunca lo usaba sino para los trámites del Seguro Social. Le parecía pretencioso para alguien como ella, una mujer morena con un cuerpo que apenas se distinguía del de una niña. Comparada con todas las mujeres que Manuel veía en el hotel, Cres era diminuta. Pero Manuel no la cambiaría por nada. Él también era de baja estatura en comparación con los europeos, los gringos o los mexicanos de ciudad. Además, en ella había encontrado todo, y de su cuerpo diminuto pero maduro había salido con gran éxito la pequeña María —María a secas—, quien a los tres meses también prometía ser una belleza como su madre: morena, de facciones delicadas, cabello de obsidiana, ojos rasgados, nariz pequeña y unos labios que ya sabían sonreír.

Quería saber de ellas. ¿Cómo la estarían pasando? Esa mañana Manuel había salido como de costumbre: feliz en su ignorancia de lo que vendría más tarde. Se despidió de las dos con la idea de regresar hacia las seis. A más tardar a las siete. Las llevaría a la plaza a comprar un raspado de limón, prometió. Pero ahora sabía que sería imposible volver a casa ese día. En cuanto se enteró del peligro del huracán trató de contactar a Cres, pero, al no tener teléfono en casa, hablar con ella era un proceso complicado. Así, había llamado a El Delfín Azul para que le dijeran que se comunicara con él.

Todavía no lo llamaba, lo cual quería decir que no la habían encontrado. A ella le tocaría la tarea de proteger la casa, lo que a Manuel no le preocupaba: ella era muy capaz. Había trabajado en el hotel como asistente del administrador hasta antes del nacimiento de María. Se ofendía si la llamaban secretaria. Todavía se sentía en el hotel el vacío que había dejado al irse durante su permiso de maternidad. El administrador esperaba que Cres volviera a llenar ese hueco, pero Manuel ya buscaba su reemplazo. Su mujer no tenía intenciones de volver. Por primera vez en su vida permitía que alguien cuidara de ella.

Por primera vez en años se permitía depender de alguien. De él. Manuel se sentía orgulloso de ser el depositario de tanta confianza. Por eso no quería que se encontraran solas durante el huracán. Si estuviera en casa podría ayudarla a proteger las ventanas y a colocar costales de arena para evitar —en vano, lo sabía— una inundación. Esa casa siempre se inundaba con cualquier tormenta de verano. Como todas las casas vecinas, la suya había sido construida por debajo del nivel de la calle y, por lo mismo, era imposible impedir la entrada del agua. La semana anterior había caído una tormenta ligera y la casa seguía húmeda. Y ahora un huracán. No era lo mismo una tormenta que una tempestad. Él lo sabía bien.

Volvió a tomar el teléfono para intentar hablar con Cres porque de seguro para ahorita ya se enteró del huracán. Sonaba ocupado.

Roxanne comenzaba a volverse noticia. Que si sí, que si no. Que qué debemos hacer y qué no. En la radio ya sonaba la señal de alerta. Entre la población permanente de la isla se discutían los mejores métodos para protegerse. Algunos no vivían ahí cuando había pegado el último huracán hacía diez años o no lo recordaban por haber sido muy jóvenes. Manuel lo recordaba muy bien. Recordaba que estaba a punto de sentirse libre. Tenía calculado que en un par de meses —cuando mucho— subiría por fin a su ferri con un boleto sin regreso. Escaparía. Adiós, Cozumel. Sus hermanas habían escapado poco a poco, una por una. Sabía que Socorro se había ido a Chetumal con un sardo que se dedicaba a combatir el narcocultivo. No sabía si seguía con él. Pina se había ido de sirvienta a Mérida, a una casa donde trabajaba la prima de una amiga de la cuñada de una amiga. No sabía si se había casado o no, y nunca había querido averiguar su dirección. De Lola no sabía nada. Ésa se había ido o se la habían robado sin dejar rastro. Nunca había vuelto a verlas ni a saber de ellas, pero estaba seguro de que cualquier vida era mejor de la que habían llevado en la isla, cerca de su padre.

En vísperas de aquel huracán sólo quedaba Luz, la más joven de sus hermanas, y, aunque nunca se lo confió, Manuel sabía que esta-

170

ba a punto de alejarse de lo que quedaba de la familia, de la misma manera en que lo habían hecho las demás: a escondidas, sin avisar. Lo adivinó en el brillo de su mirada. Él no la detendría. Con Luz se desvanecería el último compromiso de Manuel con ese lugar. Se preguntó si en sus ojos también brillaba la esperanza de libertad.

En ese entonces su padre era el encargado del faro de Punta Molas, el cual era muy simple y no muy alto. Su padre lo mantenía muy blanco y parecía surgir, imponente, de entre las rocas carcomidas por el mar. De niño, a Manuel le gustaba sentirse el dueño, en un pueblo donde nadie poseía gran cosa. En San Miguel no había ricos, pero la gente vivía bien gracias al turismo que empezaba a llegar a la isla. Algunos eran comerciantes u ofrecían servicios a los turistas. Otros eran dueños de sus propios negocios. Pero el turismo no llegaba a Cedral, pequeño poblado ubicado al sur de la isla, rodeado de jungla y alejado del mar. En Cedral, Cozumel, todos eran pobres. Sólo había porquerizas, gallineros y algo de cultivo. Algunos hacían tortillas para vender a los restaurantes. Los que no le sabían a los puercos, las gallinas o el cultivo, se iban al pueblo de San Miguel a mendigar, vender chucherías a los turistas u ofrecer sus servicios como maleteros, mandaderos o prostitutas. Su padre era una de dos excepciones. La otra era el viejo que cuidaba el faro de Punta Celaráin. Cualquiera pensaría que por ser los únicos dos guardafaros de la isla serían amigos, pero no. La enemistad entre ambos radicaba en ver quién tenía más antigüedad, quién tenía el mejor faro, la mejor vista, la pintura más blanca. *El Buitre*, como apodaban al viejo, había tenido la suerte de atender el faro más cercano a Cedral y el más grande, pero para Manuel el de su padre era el mejor.

Las olas ahí eran enormes, las más grandes y fuertes de toda la isla. Al golpear contra las rocas rompían con gran estruendo. Era un sonido tan intenso que había que levantar la voz casi hasta los gritos para hacerse oír por encima de los rugidos del mar infinito. De niño solía buscar erizos entre las piedras de la orilla, a salvo, lejos de la fuerza del agua. Con el perro de tres patas que su padre había encontrado moribundo, casi desangrado, un día en su camino al faro y que le había regalado, perseguía a los cangrejos que hacían sus caminos entre las piedras.

—¡Agárralo, Lacho!

De origen lo había nombrado Lassie, por el perro de la tele, pero después algún burlón le informó que Lassie era nombre de hembra, y veloz lo rebautizó como Lacho. Por macho. Sus amigos se burlaban de Lacho por feo y por mocho, pero no había mejor perro cangrejero en toda la isla. A veces, al caminar por la calle se olvidaba de que no tenía pata y se iba de hocico, pero cuando cazaba no había cangrejo que se le escapara ni piedra que lo hiciera tropezar.

A su lado, Manuel recogía cuanto caracol y concha encontraba. Tiraba palos para que Lacho los recogiera. Se sentaba tranquilo, con el intenso viento soplando en sus oídos y formando remolinos en su cabello, el cual terminaba parado, duro como estropajo y blanquecino por la sal. Sólo se retiraba cuando se hartaba de los tábanos que no dejaban de rondarlo, zumbarle y picarlo por más fuerte que soplara el viento de la tarde. O cuando su madre salía a decirle que ¡ya es hora de regresar a casa, se nos va a hacer de noche, Manuel! Él soñaba con el día en que su padre lo invitara a pasar una noche en el faro como vigía del mar: quería ver de primera mano lo único que motivaba a éste a salir de su habitual mutis. Para hablar sobre el mar, sobre su faro, todas las palabras del mundo, de haberlas conocido, habrían sido insuficientes para su padre.

—Cuando se va el sol, el mar se pone más fuerte y los cruceros se miran chiquillos pero llenos de luces —le decía a veces.

Manuel deseaba sentir esa fuerza y ver el espectáculo de luces en la lejanía. Y quería hacerlo a un lado de su padre. Cuando lo invitara se quedaría en vela, solía imaginar, listo para salvar barcos en apuros. Permanecería despierto recordando todas las historias que el viejo Moi le había contado, de cuando los pescadores en verdad

172

sabían pescar y tenían qué pescar. De cuando en el mar aún había misterios y piratas. De cuando las sirenas existían y cantaban sus encantos. De antes, cuando el viejo Moi, ahora el viejo más viejo de la isla, era niño. Pero su padre nunca lo invitaba a pasar la noche. Que si eres el más chico, que si tu mamá te necesita para que la cuides, que si hoy no, nomás no y ya no seas necio.

Invariablemente, cada mañana acompañaba a su madre a recoger a alguna de sus hermanas mayores al faro. A ellas sí las invitaba a quedarse, a ellas sí las mandaba traer aunque durmieran casi todo el día siguiente; a ellas sí, aunque no quisieran. Primero sólo a Socorro, la mayor por ser la mayor. Luego a Pina porque ya había crecido, y luego a Lola, que siempre iba llorando. Manuel se quedaba llorando de ganas de ir a ver los misterios de la noche en el mar. No podía realizar su sueño de ser el señor del faro como su padre.

Luz, que era dos años mayor que Manuel, pero la menor de las hermanas, aún no entendía nada. Y las mayores peleaban por no ir.

—A tu papá no le gusta estar solo, ya sabes.

Y con eso su madre se llevaba a una o a otra.

A los diez años, Manuel seguía esperando la invitación de su padre. No importaba que no fuera tan maduro como sus hermanas: él era hombre. Las mujeres no servían para atender faros. Los hombres tenían que hacer trabajos de hombres, según decía su padre.

—Por eso soy el jefe del faro, porque soy mullombre.

Manuel quería aprender a ser mullombre. Así que, un día después de cenar, hizo lo que cualquier mullombre haría: fue sin esperar invitación ni pedir permiso. No sintió remordimientos por no avisarle a su madre. Ella entendía muy bien el lugar y la labor de un hombre. Salió de casa sin hacer ruido y conteniendo la respiración. De sorprenderlo, su madre lo detendría. Tás muy niño, le diría, o: en el faro sólo hay lugar pa un solo hombre.

Nunca antes había recorrido ese camino solo, ni de día ni de noche. Nunca había experimentado la ceguera de la oscuridad total, la ausencia de todo color, ni sentido que el miedo se apoderaba milímetro a milímetro de su cuerpo como una ola. Mientras pedaleaba duro, Lacho corría a su lado. Creyó que se darían seguridad durante la travesía pero, rodeados de los ruidos nocturnos de la selva, con cada metro que avanzaba Manuel perdía la determinación de ser tan valiente como su padre. La única motivación que le quedaba era saber que, tan avanzado como iba, daría lo mismo completar el viaje que desandar el camino recorrido. También lo ayudaba a avanzar la promesa que se hacía con cada pedaleada: cuando llegues se acaba el miedo; cuando llegues estarás con papá, trabajarás con papá, serás como papá; dale, dale. No mires a los lados, Lacho. No mires para atrás. Pero la selva oscura le pisaba los talones, le susurraba al oído, le robaba el aliento.

Como todos los niños del pueblo, Manuel creía que la selva estaba embrujada: lo decía don Moi, que lo sabía todo, que lo había visto todo. El espíritu de Ikal Ahau, señor de la oscuridad, dios de la muerte de los antiguos —los cuales habían construido las pirámides miniatura para que se resguardara de día—, rondaba la selva por las noches, a la caza de carne humana. Y tal vez también canina, porque el perro se erizaba ante las sombras que salían de la oscuridad.

—Dale, Lacho. Los hombres no tienen miedo. Córrele.

Esa noche, el faro le pareció más lejos que nunca, pero Manuel no se dejó vencer por el terror. Llegó a su destino cubierto de sudor frío, con el corazón dando tumbos y el cabello pegado a la frente. Olía a selva húmeda, a hojas verdes atropelladas y a miedo. Cuando llegó a la meta, cuando por fin vio el faro, se sintió orgulloso, satisfecho de su hombría. Poco le importaban las lágrimas, pues brotaban por su propia voluntad, sin necesidad alguna de que él participara en el llanto, llanto de niño pequeño, niño mimado, niño iluso, niño de miedos. Se obligó a no reconocerlas porque los mullombres no lloran. Tan saladas como el sudor, como el mar, las lágrimas eran sudor y eran mar. Nada más. Se sintió aliviado de nunca más tener que aventurarse así. Después de esa noche seguramente no habría necesidad de probarle nada a su padre: su hijo era mullombre y podía serle de utilidad en los quehaceres del faro. Quedaba comprobado tras la travesía. Nunca más tendría que volver a hacer ese recorrido solo, de noche, en secreto, presa ideal para el señor de la oscuridad. Caminaría hombro con hombro con su padre a la luz del sol y nunca más tendría miedo, pues todos sabían que, en esa lucha eterna, el sol era el gran vencedor de Ikal Ahau y de sus andanzas. Tomó una bocanada de aire para estabilizar su respiración, estacionó su bicicleta y caminó decidido hasta la puerta del faro. Se secó la cara de los mares que la mojaban. Anticipaba ver la sorpresa y el orgullo en la mirada de su padre.

En menos de dos minutos —el tiempo que le tomó comprender lo que sus ojos habían visto— estaba montado de nuevo en su bicicleta. Pedaleó hacia Cedral con todas sus fuerzas. Apretó los dientes para ayudarse a contener las lágrimas y respiró aunque algo le doliera en el centro del cuerpo, sin que supiera qué. Sabía por qué y eso le bastaba. Apretó más los dientes y pedaleó con más fuerza. Los ruidos y la oscuridad de la selva lo dejaron impávido en el trayecto de regreso. La oscuridad le pareció más profunda, pero la enfrentó indiferente. Su cabeza estaba llena de imágenes que nada tenían que ver con la imaginación infantil; ya no valía la pena oír, ver ni temer como niño. No valía la pena dejar correr los mares.

Esa noche murieron para Manuel todos los cuentos del viejo Moi, con sus marineros, sirenas y dioses devoradores de hombres. Había cosas peores que temer, peores que el hechizo de un canto y que la amenaza de un monstruo capaz de arrancar la carne viva de los huesos. Así fue como empezó a sofocarse en la pequeñez de la isla y la vegetación de la selva. Tenía diez años la noche que decidió nunca ser mullombre como su padre. Encontraría otra manera de ser.

Ésa fue la última vez que llegó al faro por voluntad propia. Nunca más acompañó de buena gana a su madre a llevarle la comida a su padre o a dejar a sus hermanas o recogerlas. Ni de día ni de noche. Iba si lo obligaban. Pero nunca más creyó que su madre requiriera su protección. Ella sabía muy bien lo que hacía y no lo necesitaba. Después de un tiempo tuvo edad de negarse a ir al faro. Acompáñame, mijo: no. Lleva esto al faro o llévale el taco o ve y dile, hazme favor: no, no, no. Nunca volvió, hasta la noche de aquel huracán, ocho años después.

A los dieciocho años creía tener trazado el porvenir. Mientras se fuera lejos, tendría futuro. Y éste empezaría cuando cortara su última atadura a la isla, cuando partiera la última de sus hermanas en busca de una vida en otra parte.

Luz escogió esa noche huracanada para huir.

Soplaba fuerte el viento; su madre y él intentaban meter en la casa todas las jaulas de pájaros, las dos gallinas que faltaban y al viejo Lacho, que, nervioso, había ido a refugiarse detrás de unos matorrales. Manuel había tenido que jalarlo de la media pata, pero ni siquiera le pidió disculpas: cuando se acerca un huracán no se deben tener miramientos con nadie, ni siquiera con el mejor amigo.

Luz apareció por la puerta de repente, pálida, mojada y con la respiración entrecortada. La madre soltó la gallina roja.

—Tú estabas en el faro.

— Ya no.

Con esas palabras, la última de las hijas dio la media vuelta para salir de la casa. Nadie la siguió. Sería la última vez que la verían.

—Vete pal faro, Manuel, hazme favor. Ya sabes que a tu papá no le gusta estar solo. Tienes quir.

Manuel tuvo ganas de contestar que no, que no me vengas a mí con eso y qué crees que soy estúpido ¿o qué? Pero fue. Fue porque, tras adivinar la despedida en la mirada de Luz, comprendió que ésa sería la última cosa que haría por su familia. Se había roto el último lazo. Tener un último gesto con su madre, a manera de despedida, le permitiría alejarse con más soltura. Así que decidió ir, pero no nada más por eso: quería ver la cara de su padre cuando le dijera que Luz se largó y conmigo no cuentes de aquí en adelante. Adiós.

Manuel siempre recordaría ese huracán. El ruido, los olores. La adrenalina del último riesgo antes de partir. Esa noche fue la primera y la última que Manuel pasó en el faro. La última larga noche de Cozumel.

Lo sacó de su ensimismamiento el sonido de un trueno. Manuel no sabía si éste había estallado en el presente o era un remanente de sus recuerdos de joven, cuando su única meta había sido irse lo más rápido y lo más lejos posible. Se asomó por la ventana. El día empezaba a descomponerse. Las nubes blancas se habían esfumado: en su lugar, unos oscuros nubarrones presagiaban lo que vendría. Aunque todavía tenía algo de tiempo, a Manuel le quedaba mucho por hacer. Se comunicó con el administrador: el huracán se dirigía hacia Cozumel, no hacia Cancún; nada más hacia Cozumel. ¿Cómo podía ser eso, si Cancún estaba tan cerca de la isla? Quería preguntar, pero no lo hizo. Mejor colgó. Volverían a hablar al menos una vez más. Si se podía.

No entendía cómo se podía predecir con tanta precisión la trayectoria de un huracán. Por lo pronto, la incertidumbre —o la certidumbre, no sabía— lo mataba. Añoraba los tiempos en que vivía feliz y sin angustia, cuando la gente pasaba el día despreocupada hasta que don Moi anunciaba, gracias a un sexto sentido que nadie intentaba comprender, que ya hay que guardar los pollos y las gallinas. Todos obedecían y no andaban con que si sí y que si no; que si a qué distancia, velocidad e intensidad. En aquellos tiempos los niños jugaban afuera hasta que sus madres les decían que ya, que yasta las gallinas están guardadas. En cambio ahora estarían todos en sus casas aburridos, tratando de ser los primeros en ver el famoso huracán. Había cosas que era mejor no saber.

Sonó el teléfono: era su mujer. Por fin. Sabía del huracán y le había encargado a uno de los hijos de la vecina que le trajera los costales de arena con los que impediría que la lluvia se colara por la puerta. Aunque de cualquier manera la humedad se filtraría por las paredes, al menos intentaría contener el río que los visitaba con cada tormenta. Los pocos muebles que tenían se quedarían donde estaban. Sólo podrían proteger la cuna de María, algo de ropa y el colchón de su cama, en el único lugar que con suerte permanecería seco: la escalera que conducía al segundo piso, donde en ese momento no había nada más que ilusiones y aire libre. Algún día tendrían dinero suficiente para construir dos recámaras, pero de momento sólo existían, expuestas, las varillas de acero que soportarían el techo. Los tres habitaban la planta baja, donde sólo estaba la cocina y lo que en un futuro sería la sala. El hueco de la escalera que había quedado en el techo se hallaba cubierto con una lámina y lonas de plástico. Casi nunca entraba agua por ahí.

—Vete a pasar el huracán con doña Mati.

Cres no quería.

—Es un huracán, no cualquier tormenta. ¿Dónde te la vas a pasar toda la noche? ¿Sentada en la escalera? ¿Y con la nena? Allá ya tienen el segundo piso; vete pallá. Así estoy más tranquilo. Y dile a doña Mati que no haga los tamales de esta semana.

Finalmente, Cres aceptó pasar la noche con la vecina. Manuel se encargaría de que las gemelas fueran a casa lo más pronto posible. Las mandaría en cuanto terminaran de asear su piso, y lo mismo haría con el resto del personal. Él se quedaría con unos cuantos voluntarios para atender emergencias. ¿Qué opción tenía?

—Por nosotras no te preocupes, ¿eh?

Claro que no. Por ustedes no. Por todo lo demás, sí. Como si fuera tan fácil. Como si no deseara salir corriendo para estar con ellas. ¿No te preocupes, Manuel? Ni siquiera intentó prometérselo. Sólo colgó.

Estaba harto de la oficina; salió. En el *lobby* empezaba a sentirse la tensión. Los huéspedes querían datos sobre la tormenta: su intensidad, la distancia a la que se encontraba. Querían garantías. Algunos querían irse. Por Manuel, podían tratar si querían, pero dudaba que lo lograran. Decidió que era momento de empezar a repartir los avisos.

Durante las siguientes dos horas todo pareció suceder al mismo tiempo. Paul Doogan apareció confundido y con quemaduras de sol. Manuel le ofreció ayuda, pero Doogan no la aceptó: pasaría muy mala noche, Manuel lo sabía. Lo había visto alejarse y, maniático o no, sintió lástima al verle la espalda. Pero lo olvidó cuando le avisaron que el ferri había llegado con el cargamento que esperaba. Quería instalar las cintas en las ventanas, pero, a falta de tiempo, cada huésped tendría que hacerlo por sí mismo. En la cocina se volvían locos porque, además de atender a la gente que quería comer antes de que cerraran el restaurante, tenían que preparar alrededor de mil sándwiches para que los huéspedes no pasaran hambre durante el huracán. Se turnaban para ir con Manuel a preguntarle que si ya había llegado el pedido especial de jamón y pan porque queremos acabar, queremos irnos ya, que tengo que cubrir las ventanas de mi casa, que tengo quir por mi mamá.

El del negocio de alquiler de motos también quería cerrar, pero le faltaban dos que había rentado a una pareja de Monterrey.

—¿Y por qué se las rentaste si ya sabías del huracán?

—Todavía no era seguro.

—Pues, ahora que sí es seguro, te esperas y ni modo.

Manuel se dio la vuelta sin hacer caso a que tengo que irme, que mi perro, que el tanque de agua, que si algo les pasa a las motos. No quería oír más: también tenía sus propias razones para desear no estar ahí, y ni modo. Ni modo.

Algunos huéspedes que antes del huracán habían intentado escapar de la isla regresaron frustrados. Repleto, el último ferri se había marchado sin ellos. El aeropuerto estaba cerrado. No había opciones. Se registraron de nuevo en el hotel, nada contentos. Buscaban a algún botones que se ofreciera a ayudarlos a cargar las maletas hasta sus recámaras, pero ninguno tuvo suerte: los botones daban vueltas por el *lobby*, pero sólo se dedicaban a vaciarlo y dejarlo irreconocible. Pronto tendrían que pedirle a la gente que se levantara de los equipales de cuero para poder llevárselos también.

179

Los del bar tendrían que ser los últimos, y los meseros no veían cómo convencer a los huéspedes, que se habían acomodado ahí, de levantarse.

—*Please, Sir. Please, Lady. Please, go to your room.*

Los clientes querían ver el espectáculo de la tormenta bien atendidos en el bar, con una cerveza o una margarita en una mano y la cámara de video en la otra. No todos los días se ve un huracán.

Los vientos y la lluvia no eran sino una premonición, la tregua que concede la tormenta antes de azotar; justo el momento que los de Cedral aprovechaban para guardar gallinas y puercos, y cuando cualquier persona sensata debería dedicarse a proteger sus ventanas y escoger un buen sitio para pasar las horas que vendrían. Pero aún había algo de tiempo. Si querían pasarlo contentos con sus bebidas, envueltos en esas ráfagas de viento que confundían con el huracán y embelesados con la lluvia que empezaba a caer, había que dejarlos.

—Déjenlos media hora más —ordenó Manuel.

En las caras de los huéspedes no brillaba el miedo. Durante el tiempo que les concedieron, admiraron las palmeras que se defendían con valentía del viento. Gritaron cuando cayó una pequeña maceta de azáleas. Rieron cuando el dispensador de servilletas de papel emprendió un vuelo involuntario. Resguardados bajo el techo de *tzalam* y detrás de su bebida, la cual ahogaba la sensatez y los sentidos, no temían por su seguridad ni preveían con desasosiego las consecuencias del huracán. El verdadero.

Creyeron que lo que veían era el huracán, pero no: éste llegaría de noche.

5

El huracán

Aunque en una sola moto, la pareja de Monterrey había regresado por fin. Ahora ambos estaban parados en la orilla del muelle observando el mar. El ruido del intenso viento y el movimiento del agua impedían que lo oyeran, así que, muy a su pesar, Manuel se acercó más. Sólo los veía por la espalda; estaban embelesados con la magia del agua que se levantaba y por momentos parecía flotar en el aire. Deseaba no tener que molestarlos, pero no había remedio: oscurecía ya y nadie debía estar fuera de su habitación. Al sentir que se acercaba, voltearon a verlo.

—Señores, por favor, métanse. No tarda el huracán.

Tuvo que subir mucho la voz para ser oído. Con su rugido, el aire ya buscaba dominarlo todo.

—¿Qué no es esto el huracán?

—No, es sólo la orilla. El huracán entra dentro de dos horas. Por favor vayan al hotel; esto puede ser muy peligroso. Esto no es nada.

Batalló menos de lo que hubiera pensado para convencerlos. Bien: estaba cansado. Empapado. Lo siguieron hasta el edificio. Manuel lamentaba haber interrumpido un momento de comunión con la naturaleza, pero la seguridad era primero.

—Cuando entre el huracán se van a dar cuenta. Si se resguardan en su habitación, en el área del baño, lejos de las ventanas, van a estar bien.

Decía eso de memoria. No sabía cuántas veces lo había repetido en el transcurso de la tarde a los huéspedes que creían saberlo todo por haber visto algunos huracanes en la televisión. En el Discovery Channel pasan muy buenos documentales sobre *monster hurricanes,* le había dicho un huésped. Qué interesante, respondió Manuel, quien sin embargo sabía que ninguna imagen de la televisión podía transmitir la fuerza de la experiencia. Frente a la pantalla, el espectador permanece a salvo en todo momento. En cambio, las imágenes sin filtro que recuerda el superviviente de un huracán toman por asalto los sentidos y el instinto. Los aromas, los sonidos intensos y la humedad se graban en la memoria para siempre. La adrenalina insta a moverse, actuar, huir, cuando ya no quedan más posibilidades ni sentido. No hay manera de apagar esos recuerdos con un control remoto, pues son parte de la mente y deben quedarse ahí hasta el final —sea éste cual sea— y lo obligan a preguntarse con cada respiración: ¿estoy a salvo?, ¿me llegará el agua?, ¿me llevará el agua?, ¿quedará algo de lo mío cuando se vaya el monstruo? El superviviente recoge los pedazos de lo que queda cuando llega el silencio, cuando el viento decide mudarse a otra tierra. Recuerda el miedo, que permanece indeleble en las tripas.

Algunos, los nerviosos, los que viajaban con su familia, parecían escuchar y temer; pero otros, los del bar, por ejemplo, estaban excitados con la idea del huracán. Se habían mostrado reacios a levantarse de sus asientos a pesar de que lentes, gorras y sillas vacías habían comenzado a volar; por tanto, Manuel les había repetido las recomendaciones y se había encargado de dárselas por escrito. Otros, como Paul Doogan, creían que la llegada de un huracán significaba un mal servicio.

De vuelta en la seguridad del hotel, la pareja de Monterrey se dirigió a su habitación y Manuel a la oficina. Se cambió la camisa por una seca. La tela mojada del pantalón se le pegaba a las piernas y le impedía el libre movimiento, pero no había remedio: no tenía uno de repuesto y, ya que el aire estaba casi tan húmedo como el agua, tampoco podía esperar que se secara con el paso del tiempo. Debía seguir con lo suyo. El *lobby* y el bar estaban vacíos. Ya era imposible estar ahí. Por el techo de la gran palapa el viento serpenteaba, subía y bajaba, antes de salir por otro lado, sin ton ni son. El viento lo incomodaba, sí, pero más lo incomodaban el vacío y la soledad. Ése era el lugar favorito de Manuel en un día normal. Ese día no.

Siguió haciendo su patrullaje por los pasillos, junto con los encargados que había asignado en cada piso. Éstos se habían ofrecido a quedarse para ayudar a Manuel. Cada uno tenía un radio de frecuencia cerrada para mantenerse en contacto durante la tormenta. Vigilarían mientras pudieran, pero el tiempo se acababa. También ellos tendrían que resguardarse. Manuel estaba sorprendido de que todavía hubiera energía eléctrica; lo agradecía porque sabía que con la oscuridad los huéspedes se pondrían más nerviosos. Mientras hubiera luz, el huracán era un juego. A oscuras, los ruidos parecerían peores y el miedo sería más grande. Manuel no necesitaba la oscuridad para empezar a sentirlo: tenía sus propios recuerdos que le enchinaban la piel.

A causa de la oscuridad del exterior ya no podía calcular la fuerza del viento con la vista, pero no hacía falta: aunque invisible, ya había logrado dominarlo todo. Tampoco la súbita e intensa luz de los rayos lo ayudaba, pues lo cegaba tanto como la oscuridad. Los rayos empezaban a caer sin cesar y cada vez más cerca; no obstante, el sonido del viento era tal que ahogaba hasta el impacto de los truenos. Las persianas de vidrio de los pasillos se agitaban cada vez más. No durarían mucho. Manuel deseaba que, al romperse —porque se romperían—, no sorprendieran a ningún incauto, pues con la fuerza del viento los vidrios se convertirían en navajas voladoras. Él mismo debía seguir su propio consejo y protegerse. Lo haría en cuanto lograra hablar con el administrador, aunque no tenía ganas de volver a la oficina: habían colocado unas tablas de madera que los de mantenimiento sacaron de una bodega; con el encierro y la humedad provocada por el huracán, el olor a puro resaltaba más. Por lo menos así le parecía a él. Se suponía que Manuel pasaría la noche ahí, pero no. No podría. Buscaría otro lugar.

El apagón lo sorprendió al llegar a la oficina de sistemas, detrás del mostrador de la recepción. Por impulso trató de encender la luz sin éxito. Levantó el teléfono por ver si daba tono. Nada. Para él, eso marcó el inicio oficial del Roxanne. A partir de ese momento, no tendrían comunicación con el exterior, aire acondicionado en los cuartos ni agua para lavarse o para los baños. Eso sorprendería a más de uno: la gente que visitaba el hotel nunca había sufrido privaciones semejantes.

Se detuvo un momento para hacer un inventario mental de las medidas que había tomado; ya no había nada que hacer salvo esperar las consecuencias de la tormenta. Tenía la sensación de que algo faltaba. ¿Les dije a los de mantenimiento que cerraran el gas? Estaba casi seguro de que sí, pero no podía sacudirse esa sensación de la boca del estómago. Algo faltaba. Algo lo molestaba. No era el hecho de no haber ido a casa del administrador como éste había ordenado, porque eso había sido una decisión, y no un olvido. Era algo más lo que lo inquietaba. Muchas vidas dependían de él, y tal vez olvidaba algo que podría ser vital. Entonces se dio cuenta de que se había mantenido tan ocupado todo el día en los preparativos para la tormenta que no se había preparado para estar solo. Tenía miedo. Eso era. La sensación era un puñetazo en la boca del estómago. Tenía miedo, pero no de lo que pudiera pasarle a él: estaba en un lugar sin ventanas, lejos de cualquier posible inundación, y tenía a mano una linterna y su radio. Bajo el escritorio del administrador había dejado, junto a un bote de agua potable y comida, un casco de motociclista. Si debía salir a dar alguna vuelta durante la noche, no quería hacerlo con la cabeza descubierta. Fue por sus

184

provisiones, pero regresó a la oficina de sistemas. Su seguridad personal, dentro de lo posible, estaba garantizada, pero temía por toda la gente del hotel, huéspedes y empleados. En especial sentía miedo por su pequeña familia, que pasaría la noche en una casa de construcción dudosa y lejos de él. Tenía miedo de ese rayo y ese trueno, de la visita destructiva del viento en un pueblo tan mal preparado. Tenía miedo de mañana. ¿Qué permanecería de lo suyo? ¿De los suyos? ¿Estarían a salvo? ¿Les llegaría el agua?

Del pasado perdido le llegó la voz de su padre: los mullombres no sienten miedo. Manuel no la apagó —imposible—, mas no escucharía. Tonto. Loco el que no tenga miedo. La experiencia le había enseñado que lo mejor que podía hacerse en un huracán era huir de la tempestad, correr, marcharse lejos. Ésa era la única forma de garantizar la seguridad física. Manuel lo sabía, pero muy a su pesar no hacía caso. No podía. Tanto en éste como en el de años atrás, parecía destinado a correr hacia el huracán. A oscuras, se sentó a esperar y escuchar con los ojos cerrados.

Poco después, sorprendido, se dio cuenta de que se había quedado dormido. No sabía cuánto tiempo había pasado ni qué lo había despertado. Cuál de tantos ruidos. Con el viento, que había escalado en intensidad, competían ahora otros sonidos, grandes o chicos, cortos o largos. Chirridos, truenos, golpes y quebraduras se oían más lejos o más cerca, sin ritmo ni plan. Así era el ataque de las fuerzas naturales: una sinfonía desafinada y a destiempo cuyos intérpretes —agua, viento, cristales, tejas, láminas, fierros, plantas, árboles—, no seguían un orden, sino la dirección demencial que les daba el huracán. Era una sinfonía de caos. Manuel podía imaginar las persianas de vidrio de los pasillos bailando al enloquecido ritmo del viento, despedazándose más y más con cada percusión, hasta quedar convertidas en arena, hasta volver a la esencia. ¿Qué quedará mañana? ¿Qué quedará de ellas, de la isla, de mí? Arena, tal vez. Arena de huesos y nada más. Entonces le habló al huracán como si éste fuera un dios: si te vas a llevar todo, déjame a mi Cres, déjame a mi María.

En los cuartos, los huéspedes se mantenían tranquilos. Siguiendo las recomendaciones del conserje, casi todos habían cubierto las ventanas con cinta adhesiva y luego con las cortinas, para evitar que, de romperse, los cristales volaran en pedazos por la habitación. Además, se habían instalado en el baño, conformado por dos pequeñas áreas separadas. Al entrar por la puerta de la habitación, el lavabo se encontraba a mano izquierda, en una zona flanqueada por un clóset modesto que durante el huracán serviría como escudo contra una posible ventana rota. Al cruzar esa área de un metro y medio, se hallaba la puerta que daba privacidad al sanitario y la tina de baño.

A la luz de las velas, sentados sobre el escusado o acostados en la bañera, algunos huéspedes jugaban cartas o platicaban con sus compañeros de viaje. Otros, para estar más cómodos, habían acercado dos sillas al lavabo, cerca de la puerta principal, para monitorear el avance del huracán. No querían perderse esa experiencia. Algunos planeaban mandar hacer camisetas con la leyenda *I survived the hurricane!,* o algo por el estilo. Otros, como los Miller de Wisconsin, habían dormido a sus niños en la tina, mientras ellos, sentados entre el clóset y el lavabo, tenían su primera cena romántica del viaje: sándwiches y agua a la luz de las velas. Si bien el ruido aumentaba, se sentían seguros en su pequeño universo de cemento y tuberías. Si el señor Miller comenzaba a sofocarse por el encierro, ¿qué tenía de malo que hubiera ampliado la distancia entre silla y silla? Aunque se había instalado casi a la par de la puerta principal de la recámara, sin la protección que ofrecía el clóset, ninguno de los enamorados se preocupó por ello. ¿Qué podía pasar?

Gary Friedman, de San Diego, California, su vecino inmediato, empezaba a aburrirse. Se dedicaba a la venta de equipo de deportes acuáticos como el *windsurf,* el buceo y las motos acuáticas. Ahí había un buen mercado, pero iba tan seguido que ya no le veía el encanto al lugar. Al principio invitaba a alguna que otra amiga, pero ahora iba solo y no se quedaba más de lo necesario. Firmaba el contrato, recibía el pago y se marchaba. En esa ocasión no había tenido tiempo de visitar a sus clientes. Había llegado el día anterior y había programado sus citas para ese día. Nadie lo recibió debido a la inminencia del huracán. En ese momento, con la tempestad encima, estaba aburrido, acalorado. Empezaba a ponérsele pegajosa la piel. La humedad y la presión dentro del cuarto eran insoportables; necesitaba aire. Había colocado su silla en el área del lavabo, cerca de la puerta principal. Sabía que algunas ventanas del pasillo se habían roto, pero imaginaba que, si se asomaba con cuidado, si abría la puerta por un instante y sólo unas pulgadas, estaría a salvo de la lluvia de cristales. Hizo lo que se propuso, pero, al hacerlo, la presión acumulada en el edificio cambió: los ventanales de los cuartos vecinos estallaron a un tiempo; la fuerza de ese fenómeno arrancó las puertas de su nicho original y las disparó contra la pared del pasillo como balas de cañón. Todo sucedió tan rápido que Gary apenas tuvo tiempo de parpadear, mucho menos de disfrutar el aire.

El vecino de la izquierda de Gary Friedman se había resguardado desde un principio tras la puerta del baño, así que la explosión de su puerta principal no lo había afectado. Se alarmó, claro, pero prudente, decidió que por ningún motivo se asomaría a ver la destrucción. Si lo hubiera hecho, habría visto sus calzones sucios bailar al antojo del viento. Desde la seguridad de su cubículo, le pareció que se había desatado la guerra.

Lo mismo sintió el señor Miller, quien, sándwich en mano, había salido disparado como proyectil para estrellarse de cabeza contra el muro con todo y puerta, marco, vidrios y silla. La señora Miller gritaba; los niños lloraban, quizá por despertarse tan de súbito y con tanta violencia, como si el lobo de los cuentos y sus pesadillas tratara de tumbarles la casa, o en ese caso el hotel, como a los tres cerditos. Tom Miller permaneció tumbado en el pasillo, atolondrado por el golpe en la cabeza, que le dejó un chichón de buen tamaño. Aturdido, sólo atinó a tomar el cojín de la silla para cubrirse la cara y el tórax. Debido a que las persianas de vidrio del pasillo se habían vencido hacía mucho, el viento corría tan fuerte que le dolía respirar. Desde la recámara todas sus pertenencias venían volando contra él como proyectiles. No podía levantarse.

—Manuel, adelante —era Felipe, el encargado del segundo piso. Manuel había oído el estruendo y ya se estaba poniendo su equipo para salir.

—Voy para allá. ¿Qué pasó?

—Se rompieron las ventanas de dos cuartos. Tenemos un herido.

Sabía que algo se le había olvidado: un equipo de primeros auxilios. En la oficina del administrador había un botiquín básico. Fue por él.

—¿Qué tan mal está?

—No tan mal, pero los hijos están muy asustados.

En el *lobby*, el huracán era como un grito al oído. El casco le cubría la cabeza, pero Manuel no había pensado en protegerse la cara y casi no podía abrir los ojos. Otro descuido. Fue al armario donde se guardaban los objetos olvidados por los huéspedes y encontró un visor de buzo. Al ponérselo se sintió ridículo, pero así se protegería los ojos y parte del rostro. Prefería cuidar la visión que el estilo. Quería regresar a su cueva, aunque sólo lo acompañaran las computadoras apagadas. No había remedio: debía subir. El aire lo golpeaba y lo lastimaba. Corría espeso llevando agua, arena y pequeños pedazos de hojas del jardín y de la selva que se convertían en navajas diminutas. ¿Los primeros vidrios convertidos en arena? Se tomó un momento para mirar hacia afuera. Con el resplandor de un rayo pudo ver que algunos objetos desafiaban la gravedad; tejas que volaban como confeti. Desviada por el aire, la lluvia no caía: volaba de forma horizontal, aunque por momentos volvía a la verticalidad. Parecía querer regresar a la nube que la había soltado. La gran ceiba, siempre la primera en dar la bienvenida a los viajeros, ya no se erguía en su lugar. Manuel sintió una gran tristeza. Ese árbol había resistido otros huracanes. No quería ni imaginar los estragos de la tempestad en el centro del pueblo o por el rumbo de su casa. En su casa.

Subir por la escalera no fue fácil: se formaba un embudo por donde el aire corría con mayor intensidad. Sintió que, si no se sostenía del barandal, el aire se lo llevaría como a la hoja de un árbol. Barajas, papeles y prendas íntimas se sumaron al ataque; lastimaban lo que quedaba descubierto de su cara y su cuello. Algo sólido lo golpeó en el hombro, aunque no supo qué, porque así como llegó se fue. Llegó al segundo piso con el hombro adolorido.

Llevaron al señor Miller a un lugar seguro. Como su familia y él no cabrían en el baño de la habitación, Gary Friedman le dio asilo en su tina para que se recuperara de la conmoción. Había tenido suerte: aunque tardaría en sacudirse los vidrios que se le habían adherido o se habían alojado en su cabello, ninguno lo había cortado. Sin embargo, nadie lo miraba a la cara porque no soportaban ver el chichón que se le había formado. Sabían que, de verlo, se les aguarían los ojos. Manuel le consiguió una bolsa de hielo y un par de aspirinas para aminorar el dolor y la inflamación. Gary Friedman, que por fin se divertía, se encargaría de acompañar a su vecino toda la noche y de mantenerlo despierto con su charla. Ya más tranquilos, la señora Miller y sus hijos se quedarían encerrados en el baño para protegerse de los embates de la tormenta.

Esa noche se rompieron las ventanas de todos los pasillos y de doce habitaciones. Apenas se acababa el estruendo de una, cuando comenzaba el de otra. Con cada ventana destrozada, Manuel se estremecía. ¿Aguantará mi casa? ¿Aguantará la casa de la señora Mena? La última ventana que se rompió fue la del 405, la habitación de Paul y Lorna Doogan.

Doogan había decidido pasar la noche sumergido en la tina del baño. Sabía que Lorna tenía razón cuando le decía Paulie: sal de ahí. Paulie: estar en el agua no te hará ningún bien. O Paulie: te vas a convertir en ciruela pasa. No tenía humor para oír razones, por más razonables que fueran. Y menos las que vinieran de Lorna. La

189

muy idiota. Por ella estaba metido en el agua, muriendo de dolor. ¿Qué opción tenía? La única manera de engañar su malestar era con agua fría.

—¡Ya déjame en paz!

Cuando la luz se apagó, el agua se secó. *What? No, no, no, no!* ¿Qué haría? Creía haber encontrado la manera ideal de pasar el tiempo durante el huracán: cuando el agua se entibiaba con el calor de su cuerpo quemado, abría el drenaje para dejarla ir y volvía a llenar la tina con agua fría. Todo un sistema que repitió muchas veces. Sin embargo, la última vez que dejó ir el agua tibia, la luz se apagó y no salió más agua del grifo.

—*Fucking shitty country!*

Cuando se quedó sin agua, lloró. Cuando se quedó sin alivio, se concentró en Lorna, a quien había visto orinar más veces esa noche de las que sería necesario en una vida entera. No la había dejado resguardarse en el cubículo de la tina.

—Tráeme una vela. Quédate afuera. No cabemos los dos, Lorna.

—Pero, Paulie... ¡Tengo miedo!

Él quería arrancarse la piel. Hasta entonces se había mantenido ajeno a los embates del huracán. ¿A quién le importaba si destruía el hotel? ¿En qué le afectaba a él si se derrumbaba el pueblo entero? Saldría ileso, como siempre lograba salir de todos los tornados que pasaban por Owsley. Se despediría de los azules marinos, que no habían hecho nada por él, y de los escombros que dejaría el paso del huracán. ¿A él qué? Él tenía la espalda quemada. Había llegado con problemas y regresaría a casa con más. Ya había sufrido suficiente. No deseaba volver a compartir un espacio con nadie. Menos con su mujer, que desechaba tanto amoniaco como agua había en el mar Caribe.

—No mires, Paulie —le decía en cada ocasión.

No miraba, claro, pero el escusado se encontraba a sólo sesenta centímetros del filo de la bañera, donde él reposaba su frente, y tanto el sonido —pssss— como el aroma bastaban para asquearlo.

—*Do you want a sandwich?*

No. No quería un sándwich. Sin suministro de agua el sanitario había dejado de funcionar. Con el paso de las horas y el calor húmedo, el aire del baño se tornó cada vez más espeso por el aroma de la orina acumulada. El espacio en el baño empezaba a ser insuficiente incluso para él solo. Eso, sumado al malestar ocasionado por la espalda quemada, los encierros que había sufrido y el riesgo de perderlo todo, lo había hecho levantarse de la bañera seca y cerrar con llave la puerta del cubículo.

—*Paulie: I gotta go!*

Lorna tocaba la puerta con fuerza. Doogan deseó que el huracán la sepultara bajo los escombros.

—*Paulie:* ¡ábreme la puerta!

Seguía tocando e incluso pateando la puerta. *Lemmeinlemmeinlemmein!* No la dejaría entrar por más que le rogara. Doogan imaginó a Lorna perdida para siempre bajo los escombros, muerta. No por su propia mano, pero muerta. Callada para siempre. Fuera de su camino, y él, fuera de peligro. El mundo al derecho otra vez.

—¡Si no me abres, me hago aquí mismo, verás si no me atrevo, Paul Doogan!

Volvió a levantarse de la tina y abrió, pero no para dejarla entrar, sino para tomarla con firmeza del brazo y conducirla hasta la puerta de la habitación, con la intención de empujarla hacia el pasillo huracanado. Al abrir la puerta, el huracán venció el ventanal, entró violento y Doogan ni siquiera tuvo que empujar a Lorna: el huracán se la llevó como ofrenda. No se detuvo a observar qué era de su mujer. Tuvo que hacer acopio de todas sus fuerzas para sostenerse y mantenerse firme, pues también sentía el empujón del aire en su cuerpo desnudo, adolorido. El huracán parecía querer arrancarle la piel. De haberse descuidado habría salido volando, pero logró cerrar la puerta: no se dejaría empujar por nada ni por nadie nunca más. Al darse la vuelta se tomó un momento para observar y regocijarse por la destrucción que el viento había causado en la habitación. Sin embargo, en ese momento el impulso de la tormenta cambió y Doogan comprendió que, en vez de empujar, ahora succionaba todo. Intentaba llevarse las cortinas que se sostenían apenas por sus aros y vio las almohadas desaparecer como por acto de magia y sin oponer resistencia. ¿A él qué? La ropa que Lorna había dejado sobre la silla desapareció en un parpadeo. Le pareció fascinante hasta que vino también por él con sus garras de aire: quería tragárselo como a todo lo demás, pero Paul ya le había concedido cuanto estaba dispuesto a concederle. Los gritos de Lorna se fundieron con el estruendo del huracán. Cerró los oídos. Pronto estaría muerta y asunto arreglado. Estaba salvado. Se encerró en su cubículo libre de la violencia del aire y se metió en la bañera seca, dura. Entonces lamentó la pérdida de las almohadas: habrían resultado de gran utilidad.

Cuando el conserje subió al cuarto piso, una Lorna muy alterada se había resguardado en el clóset de blancos con el encargado del piso que había salido por ella tan pronto escuchó los gritos.

—Dice la señora que el marido la sacó.

—*He threw me out to die!*

No vio a Doogan. Supuso que estaría encerrado en el baño, lo cual para Manuel era un alivio, pues no quería tener otro encuentro como el de la tarde.

—*My husband is locou.*

Sí, lo vimos en el periódico, lo constaté esta tarde, quiso decirle Manuel, pero se abstuvo. No tenía caso. Le ofreció una habitación de las cinco que estaban vacantes, pero Lorna no quiso aceptarla. Tenía miedo y quería compañía. Le propuso entonces buscarle acomodo con sus vecinos, la pareja de Monterrey. Tampoco accedió.

—*I don't know them, Manuel.*

No podía quedarse donde estaba, pues apenas había lugar para una silla, así que Manuel la llevó a la oficina de sistemas de la recepción, donde él planeaba pasar en paz lo que quedara del huracán. Deseaba que no durara mucho más, que no se quebraran más ventanales y que no hubiera accidentados, porque ya no quería salir. Estaba exhausto; le dolían las piernas, el hombro le punzaba y sentía la cabeza a punto de explotar. Necesitaba quitarse el casco y el visor, que incrementaban el malestar. Al bajar por la escalera sintió que la intensidad del viento disminuía, pero no se atrevió a calcular cuánto tiempo pasaría antes de que acabara la tormenta.

En la oficina sin ventanas se oían los golpes del viento. Caían tejas y ramas vencidas. Sin embargo, Manuel sabía que la estructura del hotel era resistente. Aun así, batalló para tranquilizar a la señora Doogan. Haber tenido que salir de su habitación en medio de la tormenta le había afectado mucho los nervios. Mientras estuvo encerrada en su recámara no se había dado cuenta de la seriedad de la situación, concentrada como estaba en su cistitis. Pero después de sentir la violencia del aire en el cuerpo, de ver los destrozos a su alrededor, no le quedaba la menor duda de que se hallaba en peligro.

¿Qué decirle? Poca cosa. Palabras vacías.

—No se preocupe, Mrs. Doogan.

Según la mujer, en Estados Unidos las casas volaban con vientos menos intensos, por eso sentía tanto miedo. Creía que en cualquier momento el aire arrancaría el techo y el mundo se les vendría encima, o las paredes colapsarían sobre ellos.

—*Don't worry, Mrs. Doogan.*

Manuel sabía que eso no sucedería, porque el hotel estaba construido con ladrillos y cemento. El techo del cuarto piso, que era el último y donde se hospedaba la señora, era una losa de cemento recubierta con tejas que, ésas sí, en ese instante volaban alrededor del hotel y más allá, en busca de nuevos horizontes. Manuel trató de explicarle lo mejor que pudo que era imposible que el techo se desprendiera, pero su inglés era bueno para hablar de temas relacionados con la hotelería, no con la construcción. Sin embargo, Lorna Doogan pareció tranquilizarse con la explicación del conserje. Manuel pensó que lo mejor sería cambiar de tema para que la señora pensara en otras cosas.

—*Do you have children?*

Cuarenta minutos después, el conserje estaba arrepentido de haber hecho esa pregunta; había abierto las compuertas de una presa a punto de desbordarse. Lorna Doogan no paraba de hablar de un tema y de otro sin orden ni lógica. Que era asistente y ahora esposa, pero no tenía hijos. No los habían deseado nunca, confesó. Que debió casarse con algún novio de la juventud. Que su marido era un monstruo, un loco, un maniático y un desequilibrado. Un asesino.

—¿Sabe lo que me dijo cuando me sacó?

—No —dijo Manuel al comprender que ella esperaba una respuesta.

—*Die, bitch.* Me dijo *die, bitch.*

Para calmarla, Manuel le dijo que quizá había malinterpretado las palabras de su marido. Lorna no quiso escuchar ni detener su perorata. Que si la había querido había sido por su cuerpo, o por serle imprescindible en el negocio. Estaba cansada de sus desplantes. Se iba. Y se iba a ir rica, porque Paulie tiene millones de dólares, *believe me, and I know exactly where he keeps 'em.* Además, ella quería ser amada por su interior, aunque se pusiera fea y gorda. ¿Dónde se encuentra un amor así, un amor para toda la vida? ¿Dónde?

—*Where, Manuel?*

Manuel la escuchaba a medias sólo para no parecer grosero. No sabía qué contestarle y a ella no parecía importarle lo que tuviera que decirle. Manuel no estaba interesado en conocer la vida privada del matrimonio Doogan. ¿Por qué no se callaba esa mujer? Casi llegó a compadecer al loco del marido: tal vez por ella estaba como estaba. Quizá por eso la había sacado al pasillo. ¿A morir, como ella aseguraba? ¿En verdad? ¿O son tal para cual, un roto para un descosido, un loco para una loca?

Deseaba hallarse en cualquier otro lado. Pensó que incluso se sentiría más a gusto con el aire del huracán haciéndole explotar los pulmones. Podría volver a ponerse el casco, a pesar del dolor de cabeza, para no oírla tanto. Cerró los ojos para probar si la mujer entendía la indirecta, pero no. La interrumpió para preguntarle:

—Aren't you tired, Mrs. Doogan?

Pero Lorna no sentía cansancio; tenía energía para derrochar, y la adrenalina producida por haber sobrevivido al horror de la intemperie durante el huracán la recorría, así que su monólogo continuó.

Él quería silencio, pero no se atrevió a decírselo a la mujer. Mejor le pidió a Dios paciencia. Sólo paciencia para poder pasar la noche, como había hecho la última vez, en el otro huracán. Una persona decente tenía derecho a pasar un huracán en paz, ¿o no? Bastantes problemas había ya con una tormenta de ese calibre para además tener que lidiar con una señora como ésa, o por órdenes de la mamá tener que cuidar, a los diecisiete años, a un padre borracho, maldiciente y moribundo mientras el mundo se caía encima: vete pal faro. Te chantajea: hazme favor. Te amenaza: a tu padre no le gusta estar solo. Te golpea: voy, mamá. Voy aunque no quiera.

El huracán de su juventud lo había amenazado todo el camino hasta el faro, al hacer volar hojas de palma ante él, al cegarlo con la arena, al golpearlo con las ramas. Todo el camino lo había acompañado la memoria de Luz y su cara pálida. Las palabras de su madre de vete pal faro, ora sí: vete pal faro. En medio de un huracán, vete pal faro. Con pesar había tenido que abandonar su bicicleta porque el camino estaba intransitable. Le hubiera gustado buscarla antes de dejar la isla al día siguiente, pero de nada serviría: nunca más volvería a verla; sabía que el viento se la llevaría y la haría volar como a una hoja de papel. Siguió su camino a pie. Era de día aún, pero se sorprendió apurando el paso no sólo por los embates del viento, sino por el antiguo miedo a que el dios Ikal Ahau lo sorprendiera si se hacía de noche. ¿No que ya habías dejado esas supersticiones atrás?, se preguntó con sarcasmo. ¿Cuando vayas al mundo también te llevarás esas creencias empacadas en la maleta?

Cuando llegó al faro encontró la puerta abierta; por un momento pensó que su padre había ido en busca de Luz. Pero no: su padre nunca abandonaría el faro. Mucho menos dejaría la puerta abierta.

Al asomarse lo vio tendido en el suelo, al pie de la escalera, boca abajo, hundido en un charco de sangre.

Está muerto. ¿Ora qué hago?

Con miedo, sintiendo el corazón en la garganta, en las sienes, Manuel se acercó. Nunca había visto un muerto y éste, para bien o para mal, era su padre. No quería estar ahí, quería correr lejos, pero sabía que había tenido suerte de completar el camino hasta el faro. No se animaba a salir con el huracán en su apogeo. La sensatez venció al impulso. Doblado por la incertidumbre, se sentó a un lado del cadáver, con las piernas abrazadas contra el pecho, el mentón en las rodillas. Tenía años de no tocar a su padre, y ahora no quería ni rozarlo por accidente, así que mantuvo los brazos firmes alrededor de las piernas. Tenía años de no mirarlo a los ojos, y ahora no podía desviar la mirada de su cara. Mire cómo quedó, papá, cómo acabó. Tantos años de estar callado, aguantándome las ganas, planeando crecer pa irme, pa dejarlo solo con sus borracheras, sus vicios y sus remordimientos. Si acaso los tuvo. Tantos años de imaginar que me hacía fuerte pa defender a mis hermanas, pa darle una riatiza, y ora mire, papá, en qué acabamos. Yo me quedo con las ganas y usté…

No habría notado el movimiento casi imperceptible del cadáver si no hubiera estado mirándolo con tanta intensidad. Se le cortó la respiración por un momento. Sí: se movía. Oyó un leve gemido. Se le puso la piel de gallina. Su padre no estaba muerto. Qué sencillo hubiera resultado todo de ser así. Sí, Manuel se hubiera quedado con las ganas de darle una golpiza en honor a sus hermanas, pero no tendría que irse lejos: podría volver a disfrutar de la isla, de su hogar. No tendría que dejar a los amigos, su vida sencilla, su bici ni su perro Lacho. Sólo buscaba alejarse de su padre, no de todo lo demás. Por un instante pensó que era una lástima que su padre no hubiera muerto. Consideró dejarlo morir. ¿Quién se enteraría? ¿Quién preguntaría? ¿Quién lo culparía? Él. No necesitaba a nadie más: él sabría, él se culparía. Cargaría esa culpa por el resto de sus días. No quería empezar su nueva vida anclado a esa carga.

No había tiempo para más: tenía que hacer algo por él, o le remordería la conciencia para siempre. Se apresuró a averiguar de dónde venía tanta sangre. Con la impresión de verlo tirado así, no había notado la posición tan extraña en que estaba acomodado el cuerpo. Con la mirada comenzó a repasar al herido. La cabeza se le veía algo golpeada y herida, pero bien puesta en su lugar. La espalda, hasta donde podía apreciar, estaba alineada con la cabeza. La cadera, igual. Al llegar a las piernas, sintió que se le retorcían las tripas: mientras el muslo derecho seguía su línea natural, al llegar a la rodilla la pierna estaba en pedazos, doblada y volteada en un ángulo imposible. Era como si se la hubieran arrancado y la hubieran vuelto a colocar como una pieza de rompecabezas mal puesta. Era como si su padre quisiera correr para un lado y su pierna para el otro. El pantalón le cubría la herida de la que sangraba tanto. La otra pierna también se veía quebrada, pero no a tal grado.

Al volver en sí, los quejidos tomaron fuerza y Manuel tuvo que actuar. Acercó el colchón, las sábanas y las cobijas que su padre usaba para dormir en el faro. Las acercó tanto como pudo sin que tocaran el charco de sangre. También trajo toallas y una tina llena de agua. Prendió dos quinqués, pues la luz natural que se filtraba a través de los cristales en lo más alto del faro no duraría mucho más. Lo último que hizo fue acercarse a su padre. Hasta ese momento todo había sido fácil. No quería tocarlo ni moverlo, pero era eso o dejarlo morir. No sabía por dónde empezar. ¿Cómo se mueve a un despedazado? ¿Por el pedazo de arriba o por el de abajo? Lo tomó por las axilas para jalarlo hacia el colchón. Quizá por el dolor, su padre eligió ese preciso momento para volver en sí. Gritó. Manuel estuvo a punto de soltarlo por el susto, pero aguantó para voltear a ver la pierna lastimada.

Al jalar el cuerpo, la pierna había quedado rezagada. Manuel seguía sin ver cuál era la situación exacta, pero temía que estuviera casi cercenada. A pesar de los gritos y maldiciones que opacaban el ruido del huracán y que hacían eco en el faro, tenía que continuar con lo que había decidido hacer. Si hubiera contado con ayuda habría obrado con más facilidad y delicadeza, pero, como no había nadie más, tuvo que jalar a su padre poco a poco mientras observaba a la pierna seguir el cuerpo como a su pesar, reacia.

Por fin pudo acomodar sobre el colchón la parte superior del cuerpo del herido. En ese momento éste lo agarró del pelo con una fuerza impropia de quien ha sufrido tan aparatoso accidente.

—¡Mestás matando, *Güero!*

—No fui yo, papá. Usted se cayó por las escaleras. Suéltese. ¡Suélteme! Lo voy a ayudar, pero suélteme.

Manuel se secó las lágrimas. Nadie le había jalado el pelo desde que sus hermanas lo hacían cuando era niño. Sólo para hacerlo llorar. Pensó que el dolor podía quitarle lo hombre a cualquier hombre, pero luego imaginó el dolor que debía sentir su padre, por lo que volvió a concentrarse en lo que debía hacer a continuación: subir sus piernas al colchón. Hasta ese momento había evitado tocarlas, pero ya no podía esquivarlo. Las tomó por los tobillos, que al parecer no estaban dañados. Una pierna se movió con facilidad, pero la otra no, así que tuvo que tomarla por el muslo y la pantorrilla a fin de mover las dos partes al mismo tiempo. La sangre empapó su mano a través del pantalón. La puerta del faro se abrió de repente y dejó entrar aire y agua. Había olvidado correr el cerrojo al ver a su padre inconsciente, por lo que debió levantarse para volver a cerrar la puerta. El huracán Gilberto se encontraba en su apogeo; sin embargo, con la angustia de ver tanta sangre y escuchar tantas maldiciones, casi se había olvidado de él.

Su padre gritaba aún y pareció asustarse al ver que Manuel regresaba. Parecía que su agonía lo cegaba y no le permitía reconocer a su propio hijo.

—Che *Güero,* che *Güero.*

¿Quién será ése?, se preguntó Manuel.

—Soy yo, papá: Manuel. Sé que le duele, pero de nada le sirve gritar. Voy a tratar de ayudarlo; le va a doler porque tengo que ver qué le pasó en la pierna. ¿Me entiende?

Si le entendía o no, Manuel no supo. Fue a la cocineta por un cuchillo para cortar los pantalones del herido. Primero cortó la tela de la pierna izquierda; estaba rota al menos en dos partes. La pierna derecha era el problema. Debajo de la rodilla, un gran trozo de hueso astillado salía por la piel. Sintió náuseas, pero se contuvo. El hueso había cortado músculo y piel, y había causado tal daño que la pierna se mantenía en su lugar sólo por la carne de la pantorrilla. Aún sangraba, y Manuel se preguntó cómo era que su padre no se había desangrado con tal lesión.

Primero debía detener el sangrado. Se quitó el cinturón para usarlo como torniquete arriba de la rodilla. Esperaba no causar más daño apretando de más o de menos; nada en su vida lo había preparado para una situación similar, así que, si algo malo resultaba de sus decisiones de esa noche, tendría que enfrentarlo después. Por los gritos e insultos que lanzaba su padre, supo que pagaría muy caro cualquier error. Por debajo del colchón, pasó un mecate que encontró en la caja de herramientas. Amarró las manos del herido a cada lado de su cuerpo para mantenerlo cómodo pero inmóvil. Mientras vertía licor en la herida, a pesar de los gritos e imprecaciones, pensó que era la primera vez que le veía cierta ventaja a ese vicio de su padre. Con una toalla doblada hizo presión para detener un poco más el flujo de sangre. Debió doler mucho. Después del grito, un bendito silencio: su padre perdió el conocimiento.

Aprovechó ese momento para seguir con el aseo. Le quitó la ropa ensangrentada cortándola con el cuchillo. Ya desnudo, notó que su padre tenía más golpes en el cuerpo, pero ninguno tan serio como el de la pierna. Lo cubrió con una cobija. Le lavó la cara, que también estaba llena de sangre. Con la preocupación de detener la hemorragia de la pierna, no había reparado en eso. Tenía un golpe en el mentón izquierdo, la boca partida y un ojo muy inflamado. Deseó haber tenido hielo para ayudarlo. Cuando terminó de atender a su paciente, Manuel notó que tenía la camisa salpicada de sangre, la cual comenzaba a cristalizarse. Se la quitó y se restregó, horrorizado. Cuando logró borrar de su piel todo rastro rojo de su padre, regresó a su posición original: mirar sin tocar, con una pregunta que recorría un circuito en su cabeza: ¿qué le habrá pasado? Su padre era uno de esos borrachos que nunca perdían el equilibrio ni la destreza. Era un ebrio hábil. Una borrachera nunca lo había tumbado por la escalera. Tampoco ese día, concluyó. Recordó entonces la cara de su hermana Luz al regresar a casa. Tú estabas en el faro, le había dicho su madre. Ya no. No, ya no.

Ya no era un misterio qué había hecho Luz para salir del faro cuando su padre la quería ahí. Ninguna de sus otras hermanas había podido escapársele al padre, aunque estuviera borracho. Hasta ese día. Hasta Luz. Manuel miró a su padre tendido, indefenso, golpeado, despedazado. Le dio gusto saber que nunca más le verían el polvo a Luz por esas arenas y esos mares. Vete lejos, Luz. Vete lejos. Mañana me voy yo. Se habría ido en ese momento si el huracán no lo hubiera tenido prisionero con ese hombre maltrecho. Ojalá hubiera tenido las agallas para dejarlo morir, para hacer que la naturaleza acabara lo que Luz había comenzado. Pero no. Por sus escrúpulos no había podido quedarse sin actuar: habría hecho lo mismo por cualquiera, por un animal, por un humano. ¿En qué categoría entraba su padre? Ya lo juzgaría alguien más: después de esa noche —si sobrevivía— no tendría más hijos que lo hicieran. Sí. Habría sido más sencillo encontrarlo muerto.

Su padre gritaría maldiciones en sus momentos de conciencia, rogaría o lloraría, pero él no lo escucharía. Se negaba a oírlo. Se negaba a verlo. Para reafirmar su convicción, subió con lentitud las escaleras hasta lo más alto del faro para alejarse de la sangre. Prefería la compañía del huracán. Y ahí, lejos de la tierra, rodeado de cristales que ofrecían un pobre escudo contra el viento, envuelto en oscuridad y luz cegadoras por igual, rodeado de viento y agua que hubieran querido entrar para llevárselo lejos a fin de hacerlo pedazos entre las rocas y la arena, pasó las horas más largas de su vida. Las más largas hasta ese día.

Ahora estaba cansado. Extrañaba a su familia. Se sentía preocupado. Si esa noche hubiera estado con Cres la habría abrazado, y ella a él. Se habrían acostado con su bebita en medio de los dos, protegiéndola de todo lo malo, como una perla dentro de su concha. El ruido y los golpes del exterior serían secundarios porque él velaría su sueño toda la noche. Nada malo les pasaría: él estaría allí para protegerlas. Él era su hombre, ése era su trabajo. En cambio, ahora era responsable de un problema que lo hacía sentir pequeño, y encima de todo tenía que entretener a esa mujer que no conocía el silencio. Lo del otro huracán había sido cosa de familia, un último adiós tan terrible como necesario. Pasar por lo mismo ahora era algo que no le correspondía. Que no tenga miedo la señora. Que se siente en mi silla la señora. Que me reviente la cabeza con sus problemas la señora. ¿A mí qué me importan? Calle por fin, duerma y descanse, la señora, que un desconocido vela por usted desinteresado. *Where's your own husband, m'am?* ¿Dónde está el esposo que la quiere muerta, señora? Callado siempre, Manuel. Callado siempre.

Callado aguantó el resto del huracán Roxanne. Disfrutando del silencio que por fin salía de la boca dormida de Lorna Doogan.

Aún había lluvia y viento cuando Manuel abandonó su guarida. El huracán buscaba ya nuevas tierras y nuevas víctimas, pero se negaba a dejarlos por completo. Así que cuando se decidió a salir, lo hizo con cuidado, sin hacer ruido, tratando de bloquear el viento que todavía se colaba por la puerta. Mejor que duerma, la señora.

Habló por radio con los voluntarios de cada piso. Ninguno reportó incidentes entre los huéspedes. Al reunirlos en la recepción, a Manuel le pesó pedirles otro esfuerzo. Todos estaban exhaustos, pero había que hacer una inspección de las diferentes áreas del hotel antes de que los huéspedes salieran con sus dudas y sus necesidades. Manuel esperaba que, como a la señora Doogan, a todos los hubiera vencido el sueño. Esperaba que tardaran mucho en despertar.

A dos de los voluntarios les pidió trabajar en la cocina porque sabía que seguramente ningún empleado se presentaría temprano y los huéspedes despertarían con hambre. Prepararían charolas con carnes frías, cereal y pan dulce. A otro le encargó la revisión de los pasillos para detectar algún posible peligro u obstáculos que impidieran a los huéspedes desplazarse con seguridad. Otro revisaría las conexiones de agua, luz y gas. Si había algún desperfecto en las instalaciones del hotel, les correspondería arreglarlas. Por último, a Juan, el más capaz de sus voluntarios, le pidió ir al pueblo en moto para averiguar cuál era la situación ahí, en el muelle y en el aeropuerto. También le dijo que fuera con el doctor para pedirle que examinara al huésped golpeado lo más pronto posible, y ya que andas por ahí pasas por casa de la señora Mena para preguntar por Cres y María. Todo eso si la carretera hacia el pueblo era transitable.

Él mismo revisaría los jardines y el estado del hotel por fuera, pero para eso tendría que esperar a que amaneciera. Mientras tanto se dirigió a la cocina: necesitaba un café y algo de comer. Tal vez con eso se le quitaría el dolor de cabeza, o al menos podría funcionar hasta que llegara la hora de marcharse a casa. No sabía cuándo ocurriría eso pero, sucediera lo que sucediera, se puso como límite las cuatro de la tarde. Los que inspeccionaban los pasillos reportaron que había vidrios y ramas en todos, pero sólo en dos se complicaba el tránsito. Algunas ramas podrían moverse a mano y otras necesitarían cortarse en pedazos; con eso, los huéspedes podrían pasar. Empezarían a recoger los vidrios y las ramas pequeñas mientras sus compañeros llegaban a ayudarlos.

—Bueno, pero no hagan mucho ruido.

Los encargados del desayuno iban a buen ritmo. Manuel calculaba que para las siete de la mañana tendrían el sencillo bufet dispuesto en el restaurante. Los servicios no tenían ningún daño estructural, lo cual era la primera buena noticia del día, aunque de cualquier modo no había energía eléctrica, gas, agua ni teléfono. Era probable que no hubiera agua por la falta de suministro de energía eléctrica y que de origen hubieran cerrado el gas para evitar una explosión.

Manuel imaginaba que por todo el pueblo habría postes de luz y teléfono tirados, y el cableado trozado por el aire o los árboles caídos. ¿Cuándo se restablecerían esos servicios? Dependería de cuánto daño hubieran sufrido las instalaciones y de qué tan rápido serían capaces de arreglarlas las cuadrillas municipales.

Empezaba a amanecer y, fortalecido por la cafeína y la comida, Manuel salió a inspeccionar el exterior del hotel. El viento continuaba, pero bajaba su intensidad minuto a minuto. Habían cesado la destrucción y el estruendo. Llovía aún, pero en el horizonte se veían partes de cielo descubiertas. Las nubes negras se alejaban y la lluvia no duraría mucho más.

Afuera lo esperaba un desastre. El hotel se enorgullecía más por el lujo de sus jardines que por el de sus habitaciones. Los arquitectos paisajistas habían intentado conservar el ambiente selvático de los alrededores. Muchas plantas no eran nativas de Cozumel, pero armonizaban unas al lado de otras. Habían logrado crear una selva amigable y bonita, con caminos pavimentados para recorrerla y acceder a las diferentes áreas: alberca, tienda de buceo, restaurantes, playa y muelle. Pero ahora los caminos habían desaparecido. Parecía que las secciones que perduraban las hubiera masticado un monstruo. La mayoría de las plantas que permanecían en su lugar semejaban haber sufrido el ataque de un machete. La armonía se había perdido, se la había llevado el aire, y cada hueco entre las plantas, cada tramo de tierra sin cubrir, era un reclamo. Pero se recuperaría rápido, lo sabía: así era la vida en la selva, aunque fuera fingida. Los huecos se llenarían con plantas nuevas traídas de algún vivero, y la vegetación maltratada recuperaría su lozanía en un abrir y cerrar de ojos. Los que no se recobrarían eran los árboles que el viento, en alianza con la humedad de la tierra, había logrado arrancar de raíz o los que habían perdido la mitad de sus ramas. Esos árboles habían ido a la guerra y la habían perdido. Unos morían bajo la mirada triste de Manuel y otros quedarían mutilados de por vida. Aparte del ruido del aire, que todavía era capaz de mover las hojas de las plantas, y el del mar, que se negaba a regresar a su calma habitual, no se oía nada más. Ni un pájaro ni un insecto; tampoco los pequeños reptiles huyendo entre la maleza. Se habían extinguido los sonidos de todos los días, provenientes de la vegetación del hotel y de la selva real de un poco más allá. Manuel los extrañaba. ¿Los habrá matado a todos el huracán? ¿Y María y Cres? ¿Qué habrá encontrado Juan al llegar a mi casa? ¿Un vacío, una devastación como la de la jungla? ¿Puro silencio? No, se dijo Manuel en un intento por convencerse: están bien. Silencio no hay: para estas horas a María ya la despertó el hambre y Cres le da su leche mientras le canta. Una llora, hace sus ruidos al mamar, mientras la otra le canta y la arrulla. Y la repite para que pueda seguir comiendo. Sonidos que existían ayer y que siguen ahí hoy. Están bien, están bien, están bien, se decía con cada paso en esa ruta de devastación.

Esquivando los obstáculos que obstruían el camino llegó a la alberca. El bar había perdido su techo de palma; el aire lo había levantado como platillo volador y lo había dejado caer dentro de la alberca, de donde ya no pudo sacarlo por el peso del agua. Pasarían varios días antes de que la alberca pudiera volver a utilizarse. La playa también se había visto afectada con el huracán. Las pequeñas sombrillas de madera y palma habían desaparecido. La playa misma había perdido terreno y arena ante el mar. El muelle seguía en su lugar pero con serios daños.

Cuando se dio la vuelta para regresar, Manuel tuvo la perspectiva completa del edificio ante su mirada. Parecía zona de guerra. En el techo quedaban pocas tejas y los cristales de todos los pasillos parecían haber recibido la ráfaga de una ametralladora. Un gran árbol se había rendido ante el viento y ahora reposaba contra la fuerte estructura del edificio. Si sus raíces no se habían arrancado por completo, quizá sería posible salvarlo. El resto de la construcción se veía un poco carcomida, pero completa. Algunos huéspedes asomaban ya por los balcones para ver el nuevo día y admirar el paisaje que el huracán les había dejado. Querrían información y Manuel trataría de mantenerlos al tanto, pero necesitaba conocer la situación del pueblo antes de hablar con alguien. Se sentó otra vez en la cocina; no tuvo que esperar mucho.

Juan había podido llegar al pueblo en la moto. Un automóvil no habría pasado, pues había muchos obstáculos en la carretera, aunque las cuadrillas habían comenzado a despejarla para permitir el tránsito hacia los hoteles lo antes posible. Había llegado cuando todos los habitantes empezaban a salir de su refugio para ver los daños. Muchos postes de luz y de teléfono se hallaban en el suelo o tenían los cables trozados. En la plaza no quedaba un solo árbol en pie y las bancas se habían ido con el aire a pesar de haber estado atornilladas al suelo desde que las habían colocado. La campana de la catedral había caído del campanario sin romper la banqueta. El aire había arrancado muchos de los paneles de madera colocados para proteger las tiendas del malecón, y la mercancía se había echado a perder o había volado con el viento; la gente que deambulaba por las calles se repartía la mercancía restante, ofrecida al mejor postor. Por todos lados se veían carros volcados, bicicletas dobladas y atoradas entre las ramas de los árboles caídos, anuncios de lámina arrugados como papel. Se rumoraba que uno de los principales hoteles, construido casi encima de la playa, había tenido que pedir al menos a una tercera parte de sus huéspedes que pasaran la noche en los pasillos de los pisos superiores, lejos del peligro de la inundación.

La clínica se había llenado de pacientes que necesitaban puntadas, analgésicos para los golpes y medicinas para los nervios. Nada grave. Las autoridades estaban satisfechas ya que no había ningún desaparecido y casi todos los accidentados eran personas de la localidad: la mayoría de los turistas habían pasado bien la noche de huracán.

Las cuadrillas trabajaban para restablecer la electricidad y las líneas telefónicas, por lo menos para el área hotelera. Se calculaba que tardarían cuando menos tres días en hacerlo, y luego se dedicarían a arreglar los servicios de la zona donde vivía la población permanente de la isla. Primero lo primero.

Los vuelos se reanudarían ese mismo día, aunque no se precisaba a qué hora porque antes habría que limpiar la pista de ramas y basura, además de reparar una antena derribada. El aeropuerto tenía su propia planta eléctrica, así que cualquier vuelo podría llegar en unas cuantas horas. Los aviones aterrizarían vacíos para irse de inmediato llenos de pasajeros.

En su recorrido, Juan pasó por la casa de varios empleados y les pidió que acudieran al trabajo lo antes posible. Había logrado llegar a la casa de la señora Mota en busca de María y Cres. Ésta le mandaba decir a Manuel que las dos estaban muy bien, que no se preocupara. Manuel se tranquilizó por la buena nueva, aunque el resto de la noticia se le clavó en el pecho. Ya pensaría en eso después. Ahora no había tiempo y nada que pudiera hacer al respecto. Lo más importante era que su mujer y su hija estaban bien.

Los huéspedes se habían congregado en el restaurante. Se servían el desayuno, pero Manuel sabía que en realidad querían información. Gente que un día antes no se conocía y no se hubiera mirado a la cara se reunía para hablar de los detalles, la emoción, la aventura que había sido el huracán: yo ya había estado en terremotos y tornados, y ahora en huracanes, y dicen que éste es el más grande de la historia... No, no creo, yo he visto peores en el Discovery Channel, pero ¿vieron el árbol caer? Claro, si casi se metía por mi ventana.

Siguieron así: que qué había sucedido cuando tal cosa, que quién se había asustado con qué. Que mi susto de seguro fue mayor, que los ruidos se oían más donde yo estaba, que hasta mi vecino salió volando: yo lo vi todo y usaron mis hielos para curarlo.

Viajeros que antes se hubieran sentado uno al lado del otro durante horas sin dirigirse la palabra, quizá en un camastro de la alberca o en el bar del *lobby,* por el resto del día serían amigos, y tal vez hasta se preguntarían sus nombres. Intercambiarían rumores sobre cuándo volvería a haber agua en los cuartos, o cuándo habría transporte para ir al centro, o si habría algún restaurante abierto. Se contarían unos a otros de los maravillosos tesoros que ahora podían encontrarse en la playa y que llevarían a casa gracias al huracán: caracoles gigantes de hermosos colores, trozos de coral de todo tipo tirados por doquier, lejos de la protección de las corrientes marinas, a la espera de que algún avispado los recogiera. Luego se cansarían de hablar. Jugarían baraja o dominó para pasar las horas en esta isla aburridísima donde no había nada que hacer aparte de estar en la alberca, en el mar o en las cantinas del pueblo.

Poco a poco, la fetidez se volvería más difícil de ignorar. La peste de los cuartos, ocasionada por la humedad de las alfombras, los colchones y la ropa de cama, se haría insoportable, lo mismo que el hedor de los baños, al no haber agua corriente para accionarlos después de cada uso. Apestarían las áreas comunes porque la humedad haría que de las telas de los cojines y los sillones emanaran viejos olores. Hederían los cuerpos acostumbrados al baño diario. Y eso sería lo peor: tolerarían el propio mal olor, pero no el ajeno. El sebo en el propio cabello pasaba, pero no había por qué ver a otros individuos con grasa en el suyo. Se harían recomendaciones para salir lo antes posible de la isla. Se alejarían de sus casi amigos de un día sin intercambiar datos personales. Harían sus maletas, donde empacarían los tesoros marinos que el huracán les habría regalado, satisfechos de haber sacado algo bueno de la experiencia. Esperarían horas en el aeropuerto, listos para dirigirse a su destino, contentos de haber sobrevivido, de regresar al primer mundo, donde siempre había luz, agua y teléfono, y donde nada apestaría… Nada hasta que, al llegar a casa, abrieran las maletas y descubrieran que con cada pieza de su tesoro, el mar les habría regalado su fuerte olor a pescado.

Pero faltaba mucho para eso. En ese momento, Manuel los encontró felices y cooperativos. Le palmeaban la espalda, lo felicitaban. Escribirían cartas a los dueños del hotel por el extraordinario servicio y la atención; prometían mencionar a Manuel de modo especial. Él se limitaba a agradecer y se alejaba para acercarse a otra mesa.

Pasó la mañana de mesa en mesa, de pregunta en pregunta. ¿Cuándo llega el agua? ¿Cuándo llega la luz? ¿Cuándo podremos bucear? Manuel no sabía, y sólo podía contestar que pronto.

En el restaurante los niños corrían por todos lados, como si ese día no contaran los buenos modales. Manuel deseaba pedir a los padres que controlaran a sus hijos. Aunque siempre disfrutaba de las ocurrencias infantiles, ese día se había agotado toda su paciencia. Necesitaba un momento a solas, cerrar los ojos, cambiarse de camisa. Después de eso ya tendría humor para pensar en alguna manera de mandar un mensaje al administrador.

Al salir del restaurante se encontró con la pareja de Monterrey. A Manuel le sorprendió que la señora Garza se viera un poco molesta, mientras su marido trataba de contentarla.

Marcela Garza estaba molesta, pero consigo misma. Molesta por haberse perdido el huracán. Poco después de haber regresado a su habitación, habían cenado con tranquilidad a la luz de las velas, rememorando su pasado y haciendo planes para el futuro. Esperaban con ansias, al menos Marcela, la arremetida del huracán, pero entre ellos gradualmente se había hecho un silencio suave. Y en ese silencio oscuro, sólo interrumpido por la flama de la vela, no había más que parpadear, parpadear, parpadear. Y poco a poco se hizo más cómodo para ella no abrir los ojos porque el esfuerzo de abrirlos y cerrarlos para mantenerlos humectados era enorme. Quería permanecer despierta, pero ya no podía más.

—Me tengo que dormir.

—¿Puedes dormir sentada en la silla?

—No creo.

Trató, pero le dolía el cuello. Pensó en acostarse en la tina, pero la habían llenado de agua por si ésta llegaba a escasear. Idea de Roberto. Así que decidieron improvisar un lecho en el suelo con cobijas y sábanas, entre la cama y el muro. La cama los protegería en caso de que se rompiera el ventanal. Para más seguridad, utilizaron la sobrecama como tienda de campaña; colocada sobre la cama, encima del buró y amarrada a una silla, los protegería para salir, en caso de que se rompiera su ventanal.

—Así dormíamos de chiquillos en casa de mis primos —dijo Roberto, contento por no haber olvidado al ingeniero civil que fue cuando niño.

—¿Me despiertas cuando llegue el huracán? Quiero verlo.

Marcela se metió en la covacha de tela, puso la cabeza en la almohada y no supo más. No supo de las horas que Roberto pasó a su lado, listo para actuar o cubrirla con su propio cuerpo en caso de necesidad. No supo de la inmensidad de la fuerza del huracán. No oyó el viento, el estruendo ni los cristales, ni supo de Marcela, despiértate que ya llegó el huracán. No supo del abrazo de su marido, del alboroto de los vecinos, de la mujer desalojada. No supo que su marido había estado a punto de abrir la puerta para dejarla entrar, pero que había decidido no hacerlo porque, como buen ingeniero, sabía que al abrirla cambiaría la presión del cuarto y quizá se rompería su ventana o la del vecino. Marcela era capaz de oír el más leve quejido de sus hijos, pero el ataque del huracán no había sido capaz de despertarla. Su gran aventura la había pasado de largo y estaba molesta, decepcionada. Y asustada. Según Roberto, el huracán había sido como si el mundo se les cayera encima. ¿Y ella, dormida, no lo había oído? ¿Tan cansada estaba? Se dio cuenta de que sí: tan cansada estaba. Por sus hijos.

Para una madre que buscaba la perfección, eso causaba miedo. ¿La maternidad debía ser así? ¿Acaso era normal entregar hasta la última gota de energía a los hijos? ¿Acaso por ellos una madre debía extinguirse? Recordaba el gozo que sintió cuando le confirmaron la noticia de su primer embarazo, y luego habérselo susurrado a Roberto al oído mientras bailaban en una discoteca del Barrio Antiguo. La felicidad los invadió con la sorpresa. Un bebé de los dos.

Por nueve meses, Marcela se dedicó a observar su barriga. Mira cómo crece, cómo se mueve. Salió una estría nueva, qué ombligo más feo. Miraba su barriga siempre, si no con los ojos, al menos con las manos. Y con sus dentros. Lo siento moverse. Lo sentí, siente cómo se mueve, Roberto. Lo siento. Lo siento con cada célula. Una persona dentro de otra: increíble, milagroso. Ahora le parecía que, una vez que había fijado la mirada en esa fértil parte de su anatomía, no había vuelto a levantarla. Su vientre crecido la certificaba como mujer, como parte del mundo secreto de quienes han sido madres. Y con ese cambio de su cuerpo se obligó a cambiar de intereses, de estándares, de perspectiva.

Nació la niña y luego el niño, y aunque su vientre ahora estaba plano y vacío, ella seguía concentrada en él: en lo que por él valía y en los compromisos que había adquirido a través de él. Debía ser la madre perfecta, tener el bebé perfecto, provocar la sonrisa perfecta y utilizar el pañal desechable menos dañino para el medioambiente. Luego, de rigor, la estimulación temprana, para que los bebés se ejercitaran al son de la música clásica con el fin de que gatearan, caminaran o hablaran antes de lo normal. Y es que, en la educación de los bebés ideales, las madres ideales no deben desperdiciar un solo momento, así que Marcela, por empeñarse en leer manuales para la madre perfecta, en algún momento dejó de disfrutar de las miradas y sonrisas de sus hijos y se olvidó de que su vida alguna vez había tenido valor más allá de su útero. Antes ella había sido mucho más que eso. Había sido corazón, mente y espíritu. Había sido sueños propios y compartidos. De todo eso ya no le quedaba gran cosa: se lo había gastado en las eternas noches sin dormir, sentada en la mecedora con un bebé en brazos, y en las recriminaciones que siempre se hacía, pero que no externaba: si no le cantas, eres mala madre. Si no lo bañas tú, fallas. Si no estás presente en cada paso que den o en cada palabra que pronuncien, eres irresponsable. Ahora era sólo un cascarón con cuerpo, cara y voz, pero poco más. Una muñeca seca que, como la de la canción, se escondía por los rincones de su vientre.

No había vuelto a bailar con Roberto. Por no ver más allá de su barriga no había vuelto a buscar su abrazo, sus caricias, sus sonrisas.

Roberto se las brindaba, y ella las recibía si no estaba demasiado cansada. Había noches en que el sueño la vencía y dejaba a su marido hablando solo; luego despertaba incontables veces, resentida con él porque seguía dormido mientras ella recorría infinitas veces los pasillos de la casa y los kilómetros de la noche, dispuesta a fingir que tenía paciencia de santa y la energía de la Mujer Maravilla: una que, a pesar de carecer de superpoderes, siempre lo puede todo, nunca admite que se cansa, que pasa una noche sin dormir y aparenta estar lista para seguir con el nuevo día. ¿Cómo te fue anoche? Bien, muy bien, superbién. Que, antes de engañar al marido, primero se engaña a sí misma y se la cree. Se la cree porque se esconde tras sus propias mentiras y sigue con el nuevo día, y sigue y sigue, pero a un costo muy alto. Ru, ru, ru. Santa Marcela: la que nunca falla a un llamado, a un biberón, a un baño o a limpiar cada moco.

—Yo a ti nunca te arrullé —le decía su madre siempre que tenía oportunidad—, y nunca te despertabas.

Marcela se quedaba sin respuesta, porque el hecho de pertenecer al universo secreto de las que han sido madres no le daba derecho a ofender a la suya. Pero era su madre quien la ofendía al criticar sus métodos de crianza, al decirle sin compunción: Marcela, te veo muy flaca y maltratada. A nadie le gustaría que le dijeran la verdad así, sin medidas, sin filtros. A Marcela tampoco. Pero ahora, con esta nueva claridad adquirida durante la noche del huracán, debía admitir que su madre tenía razón: no sabía qué tan flaca y qué tan mal se veía, pero de que estaba dañada, lo estaba. Era un trapo usado. Dormirse así, en medio del rugido de la tempestad, no podía ser normal. Dejar a su marido a media conversación no era normal. Rehuir a su contacto, tampoco.

Al principio se había negado a tomar esas vacaciones. ¿Para qué? Nunca se había alejado de los niños, algo que una madre perfecta como ella no debía hacer. Sin embargo, Roberto había insistido y había organizado todo: su hermana soltera se quedaría, junto con las nanas, al cuidado de los niños. Ni hablar, ándale, vamos. Pero algo había sucedido desde entonces. Había dormido y dormido de noche y de día, y ahora hasta durante un huracán. El paseo en la moto, los vientos huracanados y el mar salpicándola o envolviéndola le habían servido para reanimarle el corazón, la mente, para humectarle el espíritu. Un poco. Ahora que se sentía mejor, por fin podía distinguir lo que era sentirse cansada, harta. Cansada y harta de los hijos a los que amaba tanto, los que la definían, a los que se dedicaba como una mártir.

¿Y dónde estaba escrito que ser madre equivalía a ser mártir? No en la mirada de su marido. Si acaso, en los ojos de las madres que compartían su mundo y su momento de maternidad, comprendió. Idiotas. Idiotas todas.

La voz resignada de Roberto penetró en su ensimismamiento.

—Si quieres nos vamos a Monterrey.

¿Irse a Monterrey? Ni loca. Tenía mucho que hacer en lo que quedaba de sus vacaciones. Dejar de mirar sólo su vientre, para empezar. Luego fijarse en otras cosas importantes, como en Roberto sonriendo, hablando, tocando. Tocarlo ella también: dejar de evadir la intimidad. Dejar de esconderse. Buscar la intimidad. Buscarla mucho.

Enderezar su mundo.

Tal vez Roberto no se daba cuenta, ya que ella siempre disimulaba su cansancio, pero le hacían falta esas vacaciones. No le importaba si no buceaban; necesitaba más tiempo para equilibrar su vida. Le urgía acabar con la mártir hipócrita en los días que le quedaban lejos del hogar. Debía aprender a decir que no. No puedo, no te arrullo, duérmete como puedas y ni modo, llora si quieres. Tenía que aprender a no juzgarse de manera tan dura y a darse la oportunidad de dormir siestas, de dejar a los niños con sus nanas para visitar a sus amigas alguna tarde o de sentarse a leer.

Como antes, debía salir del rincón y recibir a Roberto al final del día sin más quehacer que estar con él. Debía ser menos madre y más esposa, más amante. Debía ser una mujer con menos pretensiones de perfección, con más ánimos de reír con sus hijos y de bailar con su marido.

—No quiero regresar a Monterrey.

—¿Qué? ¿Por qué? —dijo él, un tanto asustado.

—Todavía no. Estoy cansada; necesito vacaciones.

Su respuesta pareció alegrarlo.

—Okey. ¿Adónde quieres ir?

—Adonde sea, menos a casa.

Manuel los observó mientras se alejaban. No conocía el motivo de su discusión, pero concluyó que la pareja tendría sus problemas, como la mayoría, y pensó con tristeza que tal vez se habían agravado con la incomodidad de la situación, como sucedía con la pareja de gringos de Kentucky.

El señor Doogan había bajado a desayunar con sus maletas en la mano. Se iba, y nadie lo convencería de lo contrario. Nadie lo intentaba siquiera. De hecho, para Manuel fue un alivio pensar en deshacerse de ese huésped en particular. Tenía gran habilidad para tranquilizar huéspedes necios o nerviosos —aunque aquellos como Doogan eran los menos, gracias a Dios—, pero, a diferencia de la víspera, ese día no se sentía capaz de volver a enfrentarlo con amabilidad e inteligencia. Desde el día anterior había transcurrido una eternidad, y con el nuevo día todo había cambiado. Manuel no tenía cabeza para lidiar con alguien tan difícil. Así que le daría trato especial y lo mandaría en el primer ferri que saliera de la isla, y de ser posible a la esposa también, aunque por separado, pues estaba seguro de que, después de la noche anterior, alguno terminaría matando al otro. Manuel apostaba a favor de ella.

Se oyó un teléfono en el pasillo. Roberto Garza contestó la llamada de su secretaria, preocupada por el bienestar del patrón. Manuel no se habría atrevido a pedirle el celular a un huésped por más que lo necesitara, pero, al colgar, él mismo se lo ofreció para que hiciera las llamadas que necesitara.

—Pero tengo que llamar a la Ciudad de México y es larga distancia.

—No importa.

No encontró al administrador en la capital. Según la persona que había contestado, había salido muy temprano en un vuelo hacia Cancún, con la intención de tomar el primer ferri a Cozumel. Manuel se sintió aliviado por la noticia. Esperaba que no tardara mucho porque, al llegar su jefe, él podría irse a casa a solucionar sus propios problemas. Agradeció a los Garza por haberle prestado el teléfono. Gracias a ellos, el día empezaba a parecerle menos eterno.

Entreteniéndose con unos y otros, el conserje tardó más de lo que hubiera deseado en llegar a la oficina del administrador. Ahí usó el baño y se lavó la cara; consiguió agua para dejarlo limpio. Se cambió la camisa y se sentó con la intención de descansar un rato. No lo consiguió. Por todos lados se oían los sonidos de la limpieza. Se levantó de la silla para retirar los paneles de madera de la ventana, que luego abrió para ventilar el espacio. Afuera, los jardineros juntaban las tejas rotas que se habían soltado del techo y habían terminado en el jardín. Aunque todavía les faltaban muchas, ya habían formado un montículo más alto que Manuel. Reparar los daños del edificio y del jardín sería muy costoso, pero preocuparse por eso no era una de sus responsabilidades.

Hacia las tres de la tarde los huéspedes estaban desesperados. Todo apestaba. No había nada que hacer, nada bueno para comer, y en el bar habían limitado las bebidas alcohólicas. Querían saber cuándo les pondrían sábanas limpias en las camas y cuándo podrían volver a bucear, porque a eso habían venido. Al enterarse de que no habría energía eléctrica en dos o tres días, la mayoría se fue a hacer sus maletas. Sin energía no habría cómo llenar los tanques de oxígeno para el buceo, y además no podrían vivir con ese calor y esa humedad sin aire acondicionado. Qué incómodo. Y sin agua. Qué asco.

—Ya les estamos cobrando a la antigüita. Si no, todos éstos se nos iban sin pagar —le dijo la cajera a Manuel.

El administrador llegó por fin, fresco, planchado y perfumado. Durante la noche no había dormido bien imaginando lo mal que encontraría las cosas a su regreso.

—No nos fue tan mal, Manuel.

Lo que para Manuel era devastación, para el administrador resultaba poca cosa. Una visita menor. Caminaron despacio por los caminos destruidos de la selva hasta llegar a la alberca con el techo del bar sumergido en su interior, a la playa reducida, al muelle dañado. Luego observaron los daños en el edificio. Hicieron el mismo recorrido que Manuel había emprendido más temprano. El administrador no parecía preocupado: ya tenía planes para la remodelación. El huracán podría convertirse en una bendición para la empresa, que de cualquier modo tenía meses planeando un costoso pero necesario remozamiento. Ahora, gracias al huracán, el seguro pagaría por todo: tejas, pintura, palapas, jardín, tapetes, sobrecamas y muebles. Tal vez sufrirían algunos meses por la baja en el turismo, pero al volver a abrir lo harían con cara nueva y con más éxito. Manuel habría querido preguntar si el seguro cubriría también la ausencia de vida en la selva, pero se abstuvo. Callado, Manuel. Como siempre, Manuel.

Para el hotel, la crisis del Roxanne duraría dos o tres días. En ese lapso, hasta el último de los huéspedes se habría ido. Para entonces quedarían restablecidos todos los servicios. Llegarían los ajustadores del seguro y echarían a andar los trámites para reparar los daños. Después, todo sería renovación. En cierto modo, el huracán con nombre de mujer había sido un golpe de suerte. Bueno fuera que todos tuviéramos la misma fortuna, pensó el conserje.

Casi todos los huéspedes se iban ese mismo día; sólo quedaban algunos que partirían al día siguiente. Muchos pasarían horas en el aeropuerto, a la espera de encontrar lugar en un avión con destino a cualquier lugar lejos de ahí. Otros sólo cruzarían en ferri hacia Cancún, para seguir con sus vacaciones. El señor Miller y su familia tenían asegurado un lugar en el primer vuelo hacia

Estados Unidos, junto con los pocos turistas lesionados durante el huracán. Ninguno de ellos quería ser atendido en la clínica local. Deseaban irse a sus ciudades para que les dijeran lo mismo que les habrían dicho en Cozumel: tiene usted un chichón o necesita dos puntadas y tómese dos Tylenol. Algunos pensaban demandar al hotel por daños físicos y mentales, lo mismo que al gobierno municipal y a sus propias agencias de viajes por haberles vendido ese lugar del infierno como un paraíso. Las autoridades los querían fuera de la isla lo antes posible para que por lo menos no tuvieran más razones para quejarse.

—*You are* VIP: *you will be the first to leave, Mr. Miller.*

Se suponía que los Doogan tendrían que esperar su turno como todos los demás, aunque sintieran la urgencia de regresar a Kentucky para deshacerse el uno del otro. Pero Manuel, que tenía más prisa por deshacerse de ellos, logró colocarlos en el primer transporte terrestre hacia el aeropuerto. Juntos. Ni modo. Que otros batallaran con la pareja distanciada; él ya no podía más.

Paul Doogan era uno de los huéspedes que más habían protestado por la ausencia de bebidas alcohólicas en el bar, porque ¿así cómo me voy a subir al avión? Además, aprovechaba cualquier oportunidad para quejarse sobre el mal servicio. En un descuido de Manuel, Doogan había dado con el administrador y le había recitado una lista de reclamos. A Manuel le hubiera gustado mostrarle a su jefe el artículo del periódico del día anterior, donde se hablaba del gringo maniático del avión. Pero, como siempre, optó por la discreción. Él mismo se encargó de subir las maletas de la pareja a la camioneta de Chuy, quien los llevaría al aeropuerto.

Roberto y Marcela Garza se irían al muelle a esperar el ferri hacia Cancún, le informaron al despedirse; habían logrado hacer una reservación para continuar con sus vacaciones.

—Adiós, Manuel. ¡Suerte!

Manuel se despedía y observaba sin decir mucho. Se iban ellos, éstos y aquéllos, por esto y por lo otro, para acá o para allá. Ojos azules, verdes, redondos, negros, rasgados, grandes, chicos, saltones, cafés, maquillados, sin maquillar: por el dolor de cabeza, Manuel ya no distinguía fisonomías ni nacionalidades cuando se acercaban a él. Le daban las gracias, aliviados de contar con una salida, otro lugar adonde ir. Eran sus vacaciones y no pensaban quedarse ahí con la inundación, la destrucción, la podredumbre, la pestilencia. Los mosquitos y los tábanos no perturbarían su sueño por las noches, no los picotearían ni los enfermarían. *Goodbye, have a nice trip back. Goodbye, sir. Goodbye, mam. No, please. No tip is necessary. Come back any time. Thank you.* Callado, Manuel. Tranquilo, Manuel. Sonríe, Manuel. Sobre todo, sonríe.

Se despidió de muchos huéspedes. Luego llegó la hora de que él mismo se despidiera del administrador.

—¿Te vas?

—Me tengo que ir.

—¿Cuándo regresas?

—Mañana o pasado.

El administrador no parecía conforme al quedarse sin su brazo derecho. Manuel notó que la incertidumbre de su respuesta —mañana o pasado— no le había parecido nada bien a su jefe. Pero no le importaba. Regresaría en uno o dos días porque necesitaba el dinero. De lo contrario se habría tomado una semana por lo menos, aunque no para descansar. De lo que menos tendría tiempo en casa sería de descansar; sabía lo que le esperaba. Según los informes que había recibido esa madrugada, su mujer y su hija se encontraban en perfecto estado, pero su casa era un desastre. El agua había subido tanto por la calle que ni las bolsas de arena habían podido evitar que el torrente se introdujera por la puerta y hasta por las paredes. La lámina y el plástico que tapaban la abertura del techo —donde algún día afortunado habría un segundo piso— habían volado con los primeros ventarrones. El agua había entrado en cascada por la puerta, las paredes y el techo para luego salir como visitante indeseable por la puerta trasera hacia un pequeño patio que también había quedado saturado. Ahora el agua lo cubría todo, lo pudría todo con cada minuto que pasaba. Sin haber visto la vivienda, Manuel daba por perdidos los pocos muebles que tenía, incluida la cuna de su María. Esperaba que hasta ahí llegaran los daños, pero lo dudaba. Las vigas de acero de lo que sería el segundo piso habían quedado expuestas mientras juntaban dinero para construir, y Manuel imaginaba que el viento las habría doblado como plastilina. Sabía que arreglar todo eso costaría muchísimo dinero y trabajo. Y tiempo.

Inundado todo y sin energía eléctrica. Trataba de ver la situación de manera positiva: al menos no correría el peligro de electrocutarse al entrar a su casa y vadear por la cocina. Le tomaría al menos dos días sacar toda el agua con cubetas: pensar en rentar una bomba eléctrica no era opción pues dudaba que reinstalaran la electricidad pronto en su sector. Primero darían servicio a los hoteles, luego al centro, donde se encontraban las tiendas y restaurantes turísticos, y sólo al final trabajarían en su barrio.

Trató de no sentir rencor. La vida en la isla dependía del turismo. Sin éste, Cozumel regresaría a ser lo que era cuando él era niño: un lugar lleno de gente pobre, ignorante. El turismo era bueno. Sí. Lo sabía. Pero en ese momento no podía evitar sentirse furioso, cuando todo lo que había ahorrado, trabajado, servido y obedecido sin protestar parecía irse por el drenaje, diluirse con el agua, infectarse con la podredumbre que llegaría mañana o pasado.

Sabía que cuanto antes restablecieran la zona de los hoteles más pronto regresarían los viajeros y sus dólares. Pero no dejaba de pensar en lo injusto que resultaba el hecho de que no se dedicaran los primeros esfuerzos a ayudar a la población permanente. Todos en la isla seguían brindando atenciones a un turismo que casi los había abandonado por completo. Los extranjeros regresarían a casa o irían a dejar su dinero en otro paraíso tropical, y ahí se quedarían los cozumeleños, tal vez sin techo, sin agua, sin luz ni teléfono, trabajando duro para que los turistas ausentes no se incomodaran.

Se quedaban con la sola esperanza de que regresaran.

Manuel caminaba por el centro de la carretera, aunque su primer impulso había sido mantenerse en la orilla, al margen, como siempre, como era lo sensato, como le había enseñado la vida, como había aprendido. Sin embargo, tras la locura de la noche de huracán, había querido sorprenderse cometiendo un acto de rebeldía, por más inocuo que éste pareciera, en una carretera desierta y ocupada al mismo tiempo. La ocupaba por completo un conserje de hotel al que un huracán le había exprimido hasta la última gota de fuerza de voluntad, de ánimo, de amabilidad, de paciencia y docilidad. La ocupaba ese hombre pequeño y su desesperación enorme: tan enorme como un huracán.

Apenas dejaba el hotel atrás y ya deseaba tomarse las dos semanas de vacaciones de ese año, no regresar, no necesitar. Pero no habría vacaciones para el conserje. No se atrevería a pedirlas: el patrón capitalino no lo vería con buenos ojos dada la situación del hotel, donde necesitaban su trabajo más que nunca. Pensó en pedirle al administrador que lo dejara quedarse con su familia en uno de los cuartos por unos días, mientras no hubiera huéspedes y sólo en lo que dejaba su casa habitable. Se rio de su propia idea.

Sabía lo que el administrador contestaría: no se puede, Manuel; no puedo hacer ninguna excepción porque al rato se me llena el hotel de empleados que cargan hasta con la bisabuela. El administrador no entendería la situación de Manuel, ya que la casa de éste, blanca, cómoda y enorme, se encontraba en la zona hotelera y con seguridad tendría luz en dos o tres días, a lo sumo. ¿Cuál era el problema? Tendría seguro, además. El conserje estaba seguro de que el administrador esperaba que al día siguiente se presentaran todos los empleados a trabajar, aseados y con ropa limpia.

Manuel estaba cansado; le dolía la cabeza cada vez más, no podía mover el hombro golpeado y las piernas le pesaban. Sabía que hacia el final del día lo resentiría más, pues en casa no lo esperaban su cama, su silla ni la televisión, que aún no terminaban de pagar.

El conserje no se iba a descansar. Lo esperaba un par de cubetas. Sentía de antemano los músculos adoloridos después de acarrear el agua desde la casa hasta la calle. ¿Cuánto tiempo le tomaría recuperar lo perdido? El refrigerador. La estufa. Años de trabajo, de promesas hechas en la oscuridad, entre las sábanas y al pie de la cuna. Poco a poco, Cres. Primero la planta baja y en un año, si ahorramos, la de arriba. Pero ya no sería así. Y los ojos de su mujer, y los ojos de su María, ¿cómo lo mirarían? Tienes que regresar a trabajar, Cres. ¿Con qué cara le diría eso a su esposa?

Había regresado a la isla dispuesto a enfrentar su pasado. A enfrentarlo y a ganarle. Odiaba la ignorancia, la pobreza y la corrupción que lo habían rodeado en su infancia y su juventud. No quiso regresar a Cozumel antes de estar seguro de habérselas sacudido del cuerpo y del alma. Regresó hombre. Había mirado a su pasado directo a los ojos sin amedrentarse y le había dicho para mí estás muerto, te dejé atrás, estoy aquí para quedarme porque quiero, estoy de vuelta en mi isla, en mi lugar, y no me vuelvo a ir aunque quieras.

Pero ese día ya no estaba tan seguro.

Su pasado lo envolvía de nuevo y le pedía un nuevo enfrentamiento. Sentía que, si tuviera que mirarlo de frente, se vería forzado a bajar la mirada. Tal vez debería llevarse a su familia lejos de ese lugar traicionero, volver a empezar donde no hubiera recuerdos ni quien lo observara para ver si triunfaba o fracasaba. Hoy se sentía fracasado, ignorante, pobre, pequeño, inadecuado. Vencido, como los árboles derribados por la tormenta. ¿Cuál de los árboles sería él? ¿Sería de esos que habían perdido sus raíces por completo? ¿Se convertiría, como ellos, en leña mojada? ¿O sería como los otros, vencidos pero con las raíces intactas y bien afianzadas en la profundidad de la tierra y que sólo necesitaban un empujón para levantarse y vivir, aun contra vientos y cicatrices? Deseaba creer que sería de los que sobrevivían. Sobreviviré, determinó. Pero ¿quién le daría a él un empujón, un estirón?

Volvió la vista al mar, y entonces lo vio. Tenía mucho de no sentir náuseas al verlo, pero hoy estaban a punto de dominarlo ahí, en el centro de la carretera, a la vista de cualquiera.

—¿Qué está haciendo ése ahí?

La impaciencia que había ocultado bajo la superficie mientras atendía a los huéspedes, la furia que crecía mientras escuchaba los problemas de la señora Doogan al tiempo que imaginaba con terror los suyos, el resentimiento hacia el administrador y su seguro contra huracanes que cubriría los daños, la angustia que nunca demostró durante el huracán y el miedo, el miedo, lo atacaron de nuevo con sus ráfagas y sus lluvias. Estaba desprotegido: no había casco ni visor con que cubrirse. No había protección para los embates de ese nuevo huracán. La humillación le daba vueltas en la cabeza como miles de tejas desprendiéndose y golpeándolo. *Yes sir, yes mam, no tip is necessary, have a nice trip.* Buen viaje. La desesperación se le quebraba al oído como cristal. Esto no es el huracán. ¿Ah, no? No, métanse, todavía no llega el huracán. Ya llegó el huracán, ya se fue el huracán. Y los mullombres no lloran, los mullombres aguantan. *And look at that poor fallen tree, Manuel. Can you take our picture?* Claro, *mam*. Clic. ¿Le gustó la destrucción, *sir*? *Do you want to see more?* Si quiere tomamos una foto de mi casa. Si quiere salgo yo entre el lodo y los muebles flotantes, *mam*. *Whatever makes you happy.* Estoy para servirle.

Callado, Manuel. Tranquilo, Manuel. No digas nada. Respira, Manuel.

Respiró hondo, más con la esperanza de ahuyentar la náusea que el resentimiento que lo había asaltado como vendaval. El rencor es bueno, del rencor salen fuerzas, fuerzas para volver a empezar. No más miedo. Se fue, se acabó. Se asiría del rencor, de ser necesario. No necesitaría el empujón de nadie. El huracán lo había escuchado: le había dejado a Cres y a María. Lo demás no importaba. Podía volver a empezar. Otra vez. Por Cres y María se levantaría. Sobreviviría.

El huracán había pasado.

Sin pensarlo dejó el pavimento para caminar entre los mato-rrales arrancados y carcomidos durante la noche del huracán. Los zapatos le impedían andar sobre la arena y la maleza. Los dejó a la orilla de la carretera. Tenía que llegar al pequeño muelle medio derribado por el temporal y no le importaba si algo se le clavaba en la planta del pie durante la marcha. Caminó sobre la arena húmeda hasta llegar al muelle de madera.

Descalzo, se dirigió hacia el viejo sentado a la orilla del muelle con la vista perdida en el mar.

—¿Qué hace aquí?

6

El viejo

El tiempo entre huracanes

El mar se negaba a llevárselo.

No podría calcular cuántas horas de contemplación le había dedicado desde niño al agua del Caribe, su fascinación por los azules, los verdes y los blancos, y pensó que lo menos que podía hacer el mar, lo menos que le debía, era arrancarlo de la tierra. Un favor. Un pequeño favor para un amigo. Pero hoy, más que nunca, sentía que el mar lo traicionaba. Lo había planeado todo bien: se acercó mientras todos se alejaban, pero su amigo de años lo esquivó toda la noche. Se llevaba pedazos de tierra, de muelle y, ayudado por el viento, hasta pedazos de techo. Pero a él no.

No tenía las agallas para entrar al agua por su propio impulso. Lo admitía. Si fuera la mitad de hombre de lo que siempre había presumido ser, lo haría. Pero no. Era sólo un pedazo de hombre, y aceptarlo, aunque sólo fuera para sí mismo, le dolía en lo más profundo. Por eso quería acabar consigo mismo, pero hasta el mar lo rechazaba, como si supiera que Aniceto Mora no merecía tal honor. No lo entendía.

Desde que su familia lo había regalado, su único consuelo lo había encontrado a la orilla del mar. Cuando los olores y los ruidos

223

de los puercos eran demasiado y la soledad lo apuñalaba, corría hacia el mar. Habían pasado los años y el niño se había hecho viejo más allá de lo que justificaba el tiempo, pero nunca había encontrado nada que le diera tanta paz como la que sentía al contemplar el mar o al meter los pies en el agua tibia. Nunca se sentía solo frente al mar.

Si su padre no lo hubiera regalado —si lo hubiera querido— le habría enseñado a nadar, a ser marinero tal vez. Su relación con el mar sería aún más intensa. Pero nunca nadie le había enseñado porque era regalado, y aunque su amistad con el mar era profunda, el abrazo del mar sólo le llegaba hasta el tobillo. Tantas horas de contemplación para nada.

Aniceto Mora estaba exhausto. Había salido de Cedral el día anterior, montado en su mula, en busca de un lugar apropiado para acercarse al océano y esperar su húmeda invitación. Pero ésta nunca había llegado. Toda la noche del huracán se había cambiado de una playa a otra y a otra, pero nunca se había sentido conforme con el tamaño de las olas, que siempre se veían más grandes un poco más allá. Debió haber empezado su recorrido del otro lado de la isla, donde las olas sí eran olas, pero quería morir donde alguien encontrara su mula y pudiera decir pobre Aniceto Mora, murió solo, murió regalado.

Eso de bajarse y subirse a la mula tantas veces había acabado con sus fuerzas. La lluvia y el aire lo habían enfriado tanto que llegó a pensar que tal vez moriría de pulmonía antes del amanecer. Pero él siempre había gozado de muy buena salud, fuera de los bichos en la barriga. Si las amibas que habían matado al señor Nayuc no habían acabado con él, menos una remojada.

En todo el camino no recibió ningún golpe. En una ocasión un techo de lámina le rozó el cuello. No tuvo tiempo de pestañear ni de esquivarla. La misma lámina lo esquivó a él, obedeciendo las órdenes del viento, que parecía haberse aliado con el mar para no darle gusto a un viejo acabado.

Si no era su destino morir todavía, Aniceto deseó que el huracán hubiera destruido todo en Cozumel. Deseó que ese techo de lámina fuera uno de tantos, que los hoteles se acabaran ladrillo a ladrillo, que se fueran los gringos para no regresar y que los blanquitos de ciudad que los atendían se fueran por donde vinieron. Deseó que el huracán dejara todo como era antes, como a él le gustaba: cuando con pocos pesos le alcanzaba, cuando se echaba sus tragos en la cantina o sus noches con las viejas, y su nombre era conocido de todos. Aniceto Mora. Míralo. Ahí viene. Dicen que mató a muchos, no te metas con él. Aniceto Mora, ése era antes. Ahora era *Cheto* para los pocos que se tomaban la molestia de recordarlo: medio hombre, medio nombre.

No supo qué día empezó a cambiar todo. No lo vio. Perdió el tiempo mirando sin cansancio hacia el otro lado, hacia el mar. Fue como si hubiera mantenido los ojos cerrados y un buen día los hubiera abierto para darse cuenta de que todo era diferente, menos él. Él era el mismo regalado, el que había huido, matado y regresado. El mismo que había vuelto con los puercos, que había regresado para enterrar al que por tres semanas fue su suegro.

Con el cuerpo de Nayuc tieso y a punto de apestar, Aniceto regresó a San Miguel para reclamarle al doctor que usted nos dijo que en tres semanas taría bueno y ora mírelo cómo está. El doctor revisó al occiso lo mejor que pudo y respondió que era posible que las amibas de Nayuc hubieran estado enquistadas, y para eso no había remedio, y además ¿ya qué?

—No, pos nada.

No le importó la muerte de Nayuc, aunque en el pueblo también se la achacaron. Nayuc estaba bueno, y nomás llegó éste y mira, se decían unos a otros, aunque no sin un ligero tono de admiración por el arrojo del *Regalado*. Aniceto trató de explicarles el asunto ese de los bichos asesinos porque no quería que dijeran que nada más había regresado para matar a su suegro. Nadie lo contradijo, nadie se atrevió. Sabía que los chismes sobre su crimen se habían salido de control, pero no le importaba porque empezaba a darse cuenta de los beneficios de ser famoso: nadie lo ignoraba al pasar, todos cuidaban lo que decían ante Aniceto Mora porque era hombre de respeto. Lo veían acercarse y le abrían paso sin abordarlo, sobre todo al verlo hablar solo y mirar con sigilo y de reojo. Pero al verlo entrar en la cantina todos se sentían a salvo, se acercaban y se sentaban, siempre y cuando estuvieran dispuestos a hacer el gasto para invitarle sus tragos. Y lo mejor era que todos lo escuchaban.

No era que Aniceto hablara mucho. Por lo general, si no era sobre las aventuras de sus amigos pistoleros, no sabía de qué hablar. Pronto se dio cuenta de que al calor del alcohol podía contar las mismas historias revolucionarias una y otra vez. A nadie le importaba la repetición. Ninguno se cansaba de las historias de pistolas, sangre y viejas; menos él. Además, todos se sentían tranquilos cuando Aniceto contaba sus aventuras. Mientras lo hacía, no intimidaba. Mientras contaba sus historias, no miraba a su alrededor, de reojo, como con sospecha, como si buscara a la siguiente víctima. Para mantenerlo tranquilo, siempre querían más.

—Cuéntanos otra, *Regalado*.

No se cansaban de escucharlo y de pagarle una bebida tras otra.

Con tal atención, poco le preocupaba al *Regalado* que no fueran sus historias sino las ajenas las que apasionaban a su auditorio. Sólo le importaba que, por primera vez en su vida, la gente a veces lo miraba a la cara y lo escuchaba. A él. Los niños jugaban a ser pistoleros como él. Hombres y mujeres lo admiraban. A él, al *Regalado*. Ellos, porque era el hombre que todos querían ser: los viejos porque ya no lo fueron, los jóvenes porque sabían que nunca lo serían. Ellas, porque lo veían como al hombre que quisieran tener. Seguro mató por una mujer, por un amor, por una pasión, pensaban.

—Matarías por mí también, Aniceto —le decían.

Todas anhelaban ser la que inspirara el siguiente arrebato de violencia del *Regalado,* a quien le tomó poco tiempo advertir las miradas que recibía de las mujeres del pueblo. Le tomó poco tiempo reconocerlas por lo que significaban. Así, mientras le duró la fidelidad a Aniceto Mora, *la Gorda* Nayuc se convirtió en la mujer más envidiada de toda la isla.

Por más que le insistieron, nunca quiso contar la única historia propia digna de la atención de la gente de Cozumel. Digna de una leyenda. Aún tenía miedo de que lo atraparan por el asesinato del riquillo, su *Pinche Güero*. A tal grado el muertito se había convertido en parte de su vida que a veces, cuando desaparecía de la periferia de su vista, se sentía perdido. Se ponía nervioso si no lo veía o no lo sentía porque no sabía en qué momento se le volvería a aparecer —y esas apariciones, repentinas, lo asustaban—. Además, le gustaba que el muerto se diera cuenta de lo que se perdía:

—Tú me das miedo, *Pinche Güero,* pero yo te doy envidia.

Cada vez que hacía algo que el *Pinche Güero* no podía hacer en su calidad de espíritu, para Aniceto Mora era como volver a dispararle con su 30-30. Necesitaba verlo mientras atendía los puercos, cuando caminaba hacia el pueblo, pero más si se tomaba sus tragos frente a él. *Pum.* Le gustaba saber que su fantasma lo seguía aunque nada más saliera a echar una meada. *Pum.* Pero lo que más le gustaba era saber que el *Pinche Güero* estaba ahí, con un antojo imposible de satisfacer, cada vez que él se metía en la cama de *la Gorda,* que al principio era bastante seguido. A oscuras, con sólo la luz de la luna filtrándose por la ventana sin cortinas, sin mosquitero, con el rechinar de los insectos nocturnos haciendo eco a los resortes de la cama, sobre el cuerpo de su mujer, Aniceto Mora sólo pensaba en su muertito. Mírame. Mírame. *Pum. Pum. Pum. La Gorda* creía que le hablaba a ella y lo obedecía, lo miraba, pero no: a ella qué tendría que decirle. Con ella, como con cualquiera, casi no hablaba. Ella era sólo la vieja que se acostaba con él cada noche. En un principio, Aniceto la había disfrutado. El calor del cuerpo, la novedad. Pero cuando *la Gorda* quedó embarazada, empezó a negarse. Luego le nació la niña y luego se volvió a embarazar. Cada vez se hacía más difícil convencerla de abrir las piernas y cada vez parecía más grande el abismo de sesenta centímetros que dividía las dos camas. Para colmo de males, aún dormían al lado de la suegra, que se resistía a morir. El doctor no se explicaba por qué, si él la había desahuciado de buena fe, la ingrata se negaba a pasar a mejor vida. Después de años de desvelos por la quejumbre de la señora Nayuc, Aniceto deseó mandar a la enferma a dormir con los puercos. A ver si así se nos muere la vieja chillona. Cuanto más la pensaba, mejor idea le parecía; pero, para su desgracia, *la Gorda* no estuvo de acuerdo. En todos los años que pasarían juntos, ésa sería la única vez que *la Gorda* Nayuc encontraría el valor para oponerse a su hombre.

Con dos niñas y otro crío en camino, Aniceto no entendía cómo era que su mujer no proponía, ella misma, deshacerse de su madre. Ella la cuidaba todo el día. Le acercaba la tina para que hiciera sus necesidades, la limpiaba, la alimentaba, la bañaba. La hija se encargaba de la madre como si fuera otro bebé más, y la anciana ni siquiera se lo agradecía. Sólo hablaba para quejarse del dolor, de las niñas, de la comida, de su hija que cada vez estaba peor de gorda. Pero *la Gorda* nunca parecía escucharla. Por más cosas horribles que salieran de la boca de su madre, ella la ignoraba.

La Gorda se negaba a aceptar que Aniceto andaba con muchas, y casi desde el principio de su relación. Su madre se lo decía, su hermana se lo decía, las vecinas se lo decían: ella prefería no pensar en eso. Al verlo regresar tomado o con resaca, lo recibía con el silencio de siempre y le servía la cena. Aniceto la había escogido a ella entre todas, se confortaba. Sí, pero mírate, *Gorda*; mira tus piernas, *Gorda*; mira tus nalgas, *Gorda*; mírate, mírate. Ella se negaba a mirarse.

En cambio, Aniceto Mora sí la miraba, y aunque le gustaban las mujeres con buenas curvas, a su modo de ver a *la Gorda* se le había pasado la mano. Ya no le gustaba caminar ni pararse a su lado, porque lo hacía parecer diminuto y menos hombre. Se lo decía sin tapujos y ella fingía que no lo oía, que no le dolía, que no le importaba. Pero todavía, sobre todo las noches que su fantasma lo aguijoneaba, le gustaba dormir con su mujer en la pequeña cama, lo cual lo obligaba a acostarse casi encima de ella, acomodar su pequeño cuerpo contra el de ella, descansar su cabeza contra su pecho. Así podía olvidarse de todo. Entonces sí le gustaba la sensación del cuerpo de su mujer, pues no había protuberancias duras que lo incomodaran. Ella lo dejaba, mientras fuera para dormir; eso era lo único que quería hacer de noche. Estaba muy cansada de todas las exigencias de su vida. Sabía que había mujeres que usaban métodos anticonceptivos, pero ella no era de ésas: le daba vergüenza preguntar y más vergüenza no entender. *La Gorda* no se explicaba de dónde le había salido lo puta a su hermana, ni cómo aguantaba más de lo mismo cada noche, si el sexo no era la gran cosa: lo único que le había dejado a ella era un ardor que al día siguiente no le permitía ni sentarse tranquila y luego, para colmo, un bebé en la barriga. Un bebé, y otro, y otro. Lo peor era que no sabía cómo decirle a Aniceto que no. Lo único que podía hacer era usar ropa suelta y verse lo menos provocativa posible. Muchas veces se hacía la dormida para no tener que responder a las insinuaciones provenientes de la cama vecina.

Poco a poco, las acometidas de su marido se hicieron más escasas, y a *la Gorda* le dio gusto. Si a Aniceto le daba por buscarla de noche como un niño perdido, no le molestaba; al contrario: así reafirmaba su posición en la vida de su hombre. ¿Ves cómo me necesitas? Pero fuera de esos momentos de vulnerabilidad, de pequeñez, Aniceto dominaba la vida en la antigua propiedad de la familia Nayuc. Se hacía lo que él decía, hasta el sexo cuando lo buscaba entre sueños. Inclusive la suegra aprendió a callarse cuando Aniceto rondaba por la casa. Las niñas aprendieron el silencio desde la cuna. No era que Aniceto las sometiera con violencia: una mirada le bastaba. Su silencio no sólo intimidaba a la gente del pueblo; amedrentaba hasta a su propia familia. *La Gorda* recordaba la autoridad de su padre, el silencio que exigía, el miedo que le transmitía; pero Aniceto era peor que su padre: Aniceto era un matón.

No sabía qué lo había orillado a matar y tampoco quería averiguarlo, así que se dedicaba a hacer la vida de su hombre lo más placentera posible. Aniceto Mora exigía poca cosa: las tortillas y la comida calientes, los frijoles sin piedras, el tomate molido para quitarse el olor a puerco y la cama sacudida a palazos para desalojarla de arañas y otros bichos. Pero en cuanto a exigir silencio, nunca les gritó ya cállense, viejas. No hubo necesidad. El silencio fue cosa de la mujer. Cállese, amá, que si la oye Aniceto la mata. Ya no chille, mija, que viene su papá y se la lleva con los puercos. O todavía peor: a la selva.

El resultado fue una familia a la que Aniceto no pertenecía. Su propia semilla lo miraba con miedo, como si fuera un demonio nacido de la selva. Cuatro pares de ojos femeninos miraban cada uno de sus movimientos. Sabía que respiraban aliviadas cuando se alejaba de la casa, así que cada vez se ausentaba por más tiempo. Si no atendía a los puercos ni andaba de juerga en San Miguel, se escabullía entre los matorrales, se perdía en la selva, por un camino que sólo él conocía y que llevaba al mar. No le avisaba a nadie y jamás invitaba a nadie para que lo acompañara. Le gustaba estar ahí sin que lo observaran. Y es que había resultado emocionante, en un principio, ser el causante de los miedos de otra gente, pero en ocasiones *el Regalado* añoraba volver a pasar inadvertido. No se engañaba. Le gustaba la atención que su fama le proporcionaba, pero el niño acostumbrado a la soledad nunca había desaparecido del todo: de repente surgía del cuerpo maduro de Aniceto y exigía un poco de privacidad. Una privacidad a medias, porque el fantasma nunca lo dejaba ni cuando deseaba estar solo. Siempre se encontraba ahí y lo sentía aunque no pudiera verlo.

A veces Aniceto pensaba que el *Pinche Güero* se sentía más en paz cerca del agua. Aunque ignoraba lo que un fantasma puede llegar a sentir, imaginaba que el olor de los puercos era capaz de llegar hasta el más allá de tan fuerte que era, y, para un fantasma riquillo, eso debía ser un suplicio. Siquiera el aroma no se le impregnaba al

Pinche Güero como a él. También para eso iba al mar: para escapar de la suciedad en la que vivía. El aire ahí siempre olía a limpio y le parecía que la brisa del mar, a base de caricias, borraba la peste de su piel.

Aniceto llegaba a la playa después de deambular por la selva como lo hacía de niño en sus carreras tras La Gorda, la puerca. Se tostaba mientras se dejaba dominar por el efecto hipnótico de las olas. Se remojaba los pies o metía la camisa para volvérsela a poner fresca por el agua de mar. Todavía buscaba conchas y caracoles; los observaba con ojo experto para decidir cuáles le parecerían interesantes, perfectos, vendibles a la señora Carmela, su antigua benefactora. No los recogía porque no quería dañar con sentimentalismos su posición de hombre de respeto en la isla.

Nunca olvidaría el día que vio el faro por primera vez. Había seguido la orilla del mar en busca de caracoles tras una tormenta de otoño. Con la mirada gacha, caminaba sin darse cuenta de cuánto se había alejado de su playa preferida. El ladrido de un perro lo hizo levantar la cabeza y, al hacerlo, vio la estructura más alta que había visto hasta ese día: la más bella, la más blanca. Ni en sus días de aventurero por el sur de México había contemplado un faro parecido. Suponía que, al ir y venir en barco, habría pasado cerca de alguno, pero entonces no estaba en condiciones de observar nada. Se acercó para verlo más de cerca, pero los gruñidos del perro sarnoso del vigilante del faro —que observaba todo desde arriba— le impidieron avanzar. Sin embargo, el viejo del faro, que recibía pocas visitas, amarró a su perro y lo invitó a pasar.

Desde ese día entablaron una extraña amistad en la que ni el viejo ni Aniceto hablaban más de lo necesario. Compartían el silencio y la pasión por el mar. Al viejo la nostalgia lo atacaba al recordar lo que había sido: un pescador con manos y hombros fuertes, al que la artritis le frustró el sueño de morir en alta mar. Aniceto, por su parte, sentía añoranza por lo que nunca fue, por intentar y fallar, por lo que había comprobado en carne propia que nunca sería: pescador, marinero, viajero. Mientras ayudaba a su amigo con las labores del faro, Aniceto admiraba las manos retorcidas del viejo: le parecían cicatrices de guerra. Lo observaba con envidia cuando se aplicaba el ungüento apestoso —que en algo le aliviaría el dolor—, mientras recordaba la humillación que sentía cada vez que se embarraba tomate molido con la esperanza de que desapareciera el olor a puerco. No le importaría terminar su vida con las manos retorcidas, como el viejo guardián del faro. Lo que no quería era morir zurrando, como sabía que sucedería tarde o temprano si seguía con los puercos.

Después de pasar un rato en el faro volvía a casa para que sus mujeres lo hicieran sentirse ajeno. Había nacido la cuarta niña y dondequiera que volteara se encontraba con mujeres que le reventaban los tímpanos con su silencio odioso. Aunque Aniceto disfrutaba el silencio del viejo, el silencio familiar lo ahogaba: estaba lleno de reclamos que no entendía.

—Las viejas sólo sirven pa una cosa, *Pinche Güero,* y si las mías no me sirven ni pa eso, ¿pos pa qué me sirven?

La Gorda le daba asco, la vieja Nayuc parecía cadáver en plena descomposición. A las niñas les faltaba mucho; ni a promesa llegaban. Muchas noches prefería pasarlas lejos, en el pueblo, pues hasta la puta de *la Flor* sabía darle mejor acogida. Para ella era motivo de orgullo mantener contento al hombre de su hermana. Recordaba esas noches en el pueblo con nostalgia; nunca le faltaba quien lo recibiera, lo alimentara, le diera sus tragos o lo abrazara. Aun así, no siempre era conveniente dormir fuera de casa, pues los puercos no perdonaban y había que atenderlos al día siguiente. Aunque le desagradaba recorrer el camino entre San Miguel y Cedral por la noche, se daba valor con las copas con tal de no tener que salir apresurado en la madrugada, agradecido de que el camino no cruzara directo por la selva. Cubierto de sudor frío llegaba a la casa cuando todas dormían. Muchas veces encontraba a alguna de las niñas en la cama de su madre. Devolvía a la invasora a su

232

lugar para poder echarse sobre su mujer y ahuyentar el miedo que le daban la oscuridad de la selva y la persecución constante de su muertito.

El día que por fin murió la señora Nayuc fue el mismo en que Aniceto se enteró de que, en cuatro meses, sería padre por quinta vez. No recordaba cuándo ni cómo había logrado convencer a su mujer de dejarse tocar.

—Fue la vez que llegastes muy tomado, Aniceto.

Que el resultado de esa noche hubiera sido un bebé más lo dejaba indiferente. Lo de la muerte de la suegra, lo admitía ante quien le preguntara, le daba gusto. Para celebrar destazó un puerco e invitó al pueblo entero a comer después del entierro.

La mañana siguiente no pudo levantarse de la cama para atender a los animales. Tenía varios días con leves síntomas que no había querido reconocer. Ahora los retortijones lo paralizaban y venían acompañados de una diarrea continua e imposible de ignorar. Por tercera ocasión desde la muerte de Nayuc, Aniceto Mora era presa de amibas y lombrices. A pesar del epazote que, como preventivo, *la Gorda* agregaba a los frijoles —como les había recomendado el doctor la última vez—, de nuevo lo habían invadido esos bichos del demonio. Tendría que encontrar la forma de ir a ver al médico o hacer que él fuera hasta Cedral.

Después de inspeccionar el hogar de la familia Mora, el doctor concluyó que sería conveniente desparasitar a las hijas también. Les dijo que la porqueriza estaba demasiado cerca de la casa y que era un milagro que las mujeres no presentaran diarrea, aunque estaba seguro de que la barriga distendida de todas se debía a los bichos invisibles. Por visitarlos en su casa, el médico cobró el doble, pero dejó medicina suficiente para toda la familia. Tendido en su cama, Aniceto no hacía otra cosa que recordar la lenta agonía del señor Nayuc; cuando su imaginación lo dominaba, le parecía que la muerte lo rondaba. No quería morir así. Era humillante que su mujer tuviera que acercarle la tina a la cama cada vez que le venía el seguidillo, como a un inválido, como lo hacía con la vieja Nayuc. Ya con fuerza para ir a vaciar el cuerpo por su propio pie, lo hizo, como siempre, acompañado de su muertito.

Después de tantos días de hacer sus necesidades frente a toda la familia, Aniceto quería privacidad. No soportaba que nadie, ni el *Pinche Güero,* lo viera en esas circunstancias. Imaginaba que el fantasma se burlaba, que le daba gusto verlo así. Te lo mereces, Aniceto; te arde, Aniceto, pero necesitas ir otra vez y otra vez. Aniceto deseaba al menos que el olor de cada evacuación, como el de los puercos, viajara al más allá a molestar al *Pinche Güero.*

Pasaron cinco días antes de que se sintiera tan bien como para alejarse de la casa. Necesitaba ir al mar. Necesitaba lavarse la enfermedad del cuerpo y la peste de la conciencia. Al llegar al faro, el viejo guardián no salió a recibirlo. Aniceto lo encontró muerto en su lecho. Por el estado del cuerpo, supuso que tenía varios días de estar ahí. Había muerto en paz mientras dormía. El viejo había muerto con dignidad; si no en el mar, como deseaba, sí rodeado de su oleaje y su aroma. Se deshizo del cuerpo y del colchón donde éste había yacido: había quedado inservible luego de absorber los fluidos del anciano. Después tuvo un momento en el que no supo qué hacer: avisarle a alguien o buscar al perro sarnoso del viejo. ¿Avisarle a quién? Buscó al perro, pero nunca lo encontró. Imaginó que, al no recibir comida del viejo, se habría ido a buscarla en otro lado. Ni modo. Habría sido bueno tenerlo como compañía. Limpió y pulió los vidrios del faro como le había enseñado el viejo guardián.

Le gustaba subir por la escalera de espiral hasta la parte más alta para sentirse rodeado de cristales. Las ventanas de su casa no tenían vidrios, por lo que, en los días más calientes o cuando arreciaban los tábanos, debían cerrar los postigos y quedarse en una negrura casi completa. A Aniceto no le gustaba la oscuridad. En el faro podía sentir los rayos del sol a través de los cristales. Desde arriba veía hacia cualquier lado y a grandes distancias, y se imaginó que eso era lo que los pájaros disfrutaban todos los días. Limpió los cristales con agua, periódico y músculo. Desde ese día, ningún visitante podría dejar sus huellas en los vidrios de su faro.

Como si fuera una joya de su propiedad, se dedicó a pulir el faro por dentro y por fuera. Descubrió que una araña había aprovechado los días de abandono para tejer su tela en los escalones de metal, donde habían caído varios insectos incautos. Aniceto la quitó de inmediato: le pareció un insulto al trabajo del guardián muerto. Trató de matar a la araña, pero se le escapó. Dejó la puerta y las ventanas abiertas para que se extinguiera el olor a muerto, que aún perduraba.

El sonido del mar lo acompañó todo el día en sus labores, así que no se dio cuenta de que alguien había llegado hasta que sintió que le tocaban el hombro.

—¿On ta don Manuel?

—¿Quién?

—¿On ta el que cuida el faro?

—No sabía que se llamaba don Manuel. Lo eché al mar. Se murió.

Fausto Macías era el supervisor de los dos faros de la isla de Cozumel, aunque vivía en la península. Conocía a Aniceto de vista y de fama porque en sus muchas rondas de inspección le habían platicado la truculenta historia del *Regalado*. Mil ideas le pasaron por la cabeza, pero se concentró en una: ojalá que don Manuel haya estado muerto antes de que su cuerpo golpeara contra las rocas. Le había dado el trabajo a don Manuel porque sintió lástima de su vejez, a sabiendas de que no le quedaban muchos años. Siempre supuso que algún día lo encontraría sin vida, pero nunca pensó que moriría con violencia a manos de Aniceto Mora.

Encontrar ahí al *Regalado* lo sorprendió. Se veía que había limpiado todo con esmero, pero supuso que sólo había sido para borrar las huellas de su crimen. No se atrevió a preguntar, así que cambió de tema.

—¿A qué huele?

235

—A muerto.

El supervisor salió a respirar aire fresco y a aclarar sus ideas. La muerte de don Manuel representaba un problema para él: no sería fácil encontrar otro guardián. Algunos faros tenían en la base un área donde podía vivir una familia, lo que abría más las posibilidades, pero éste era muy simple y no tenía espacio. La vida del guardián era casi la de un ermitaño y había pocos dispuestos a vivir así, alejados de todo y de todos. Pero si *el Regalado* había matado por el faro, podía quedarse con él y asunto resuelto. Así pues, lo abordó con cautela, tras reunir el valor para plantear su propuesta.

—Soy el supervisor de los faros. Vine a ver a don Manuel porque me avisaron de la oficina de telégrafos que no había ido a recoger su sueldo. Y bueno, ya ve usted… Necesitamos otro guardián. ¿Le sabe al faro?

—Sí.

—¿Se queda?

—Bueno.

Aniceto Mora no regresó a su casa esa noche ni la siguiente. Eso nunca había sucedido, así que *la Gorda* concluyó que la diarrea había acabado con él. Lo imaginaba tumbado entre los matorrales, por fin en paz, ya medio comido por bestias e insectos. Qué asco.

Acababa de regresar de San Miguel —donde había encargado al padrecito que dijera unas misas por el alma asesina de Aniceto— cuando lo vio salir de la jungla por la vereda que siempre tomaba para alejarse de la casa. Se veía completo y sano. Tendría que pedirle al padre que cancelara las misas y le regresara su dinero. No dijo ni preguntó nada a su marido redivivo. Ni dónde andabas, ni por qué no avisastes, ni con quién andabas. Nada. Mejor lavó los pañales de la chiquita. Eso sí era importante.

Aniceto, en cambio y para variar, sí tenía qué decir. Había meditado mucho sobre lo que deseaba hacer de ahí en adelante y había llegado a la conclusión de que no quería seguir de porquero. Ahora que era el guardián del faro, un empleado con sueldo, había visto un escape a la vida de podredumbre que le daban sus animales. Ni siquiera anhelaba conservar la tierra que había sido de Nayuc y que ahora era suya. No era hombre de tierra, era hombre de mar.

—Vamos a vender todo pa que te vayas con las niñas a San Miguel a una casa sin animales.

Sin embargo, el plan no funcionó por dos razones. La primera: no hubo quien quisiera o pudiera comprar la tierra de Aniceto Mora. No hubo ninguna oferta, pues nadie se atrevía a insultar al *Regalado* con un pago menor del que éste esperaba. La segunda: Aniceto, asesorado por el doctor —porque de eso él no sabía nada—, se acercó al registro para ver si ahí tenían los papeles de la propiedad; descubrió que el terreno nunca había sido escriturado a nombre de nadie. Los Nayuc nunca habían sido los dueños de la tierra. De nuevo asesorado por el doctor —no haga olas, señor Mora, no lo vayan a correr los del gobierno—, desistió de la idea de vender.

No podía deshacerse de la tierra, pero sí de los cerdos. Y lo hizo. No más puercos para Aniceto Mora. Los vendió a un conocido del carnicero en Playa del Carmen. Se los vendió todos: las puercas preñadas, las puercas paridas y los puercos recién nacidos o algo mayores. Que los cuiden ellos, que se apesten ellos. Con el dinero de la venta, se quedó en San Miguel el domingo a festejar su buena fortuna, y se llevó varias botellas para pasar la semana a gusto. Con lo que le quedó compró una cuna de segunda mano para el bebé que pronto nacería y un colchón para reponer el que había sido de don Manuel. A *la Gorda* le compró veinte gallinas ponedoras para que las atendieran ella y las niñas y después vendieran los huevos.

Si los puercos eran trabajo de hombres, las gallinas eran labor de mujeres, y no eran tan sucias, además. Aprovecharían como gallinero lo que antes había sido la choza anexa a la porqueriza, donde él había dormido de niño. Aunque Aniceto no quería más animales, pensó que las gallinas no lo afectarían, ya que viviría lejos, en el faro, y con ellas podrían sacarle alguna ganancia a la tierra.

Sin contar los de su época de bandolero, los que siguieron fueron los mejores años de Aniceto Mora.

Se deshizo de las amibas y de las lombrices, del ruido de los puercos. Con ellos creyó que erradicaría por completo la peste, pero se equivocó: en sus noches de insomnio imaginaba que la piel le olía a puerco, y entonces corría a casa para que su mujer le preparara tomate molido. *La Gorda,* cansada como estaba de esa necedad, trataba de convencerlo de que no olía mal, pero lo único que lograba tranquilizarlo era el baño de tomate.

Por fin *la Gorda* tuvo un hijo varón. Eso renovó el interés de Aniceto para ir, cada domingo que le tocaba descanso, a ver cómo iba el chiquillo, su hijo, un hombre. Lo veía jugar solo o con sus hermanas. Lo observaba mientras perseguía a las gallinas y lo defendía de los regaños de su madre. Luego se despedía de él, contento porque era el único de los Mora que sufría al verlo partir cada semana. Aniceto quería que el niño tuviera todo lo que él no había tenido: un padre con quien hablar, que le enseñara a ser hombre, a pelear, a estar con viejas. Crecería bien su hijo, con la certeza de cuál era su lugar en la vida.

Ese niño no había nacido para ser regalado, se prometía.

Los domingos, después de visitar a su familia, a Aniceto Mora le gustaba ir al pueblo. De algún modo se había esparcido el rumor de que *el Regalado* se había quedado con el faro a la fuerza. Él no lo desmintió, aunque le hubiera gustado aclarar que había estimado a don Manuel, pero no sabía cómo hacerlo sin disminuir su imagen de hombre recio.

Un día su medio hermano, el menor, había ido a decirle que el único que tiene dinero en la familia eres tú, Aniceto, y mamá necesita sus medicinas y sus cosas. Casi todos sus hermanos se habían marchado de la isla, y los que quedaban eran vagos y vividores, por lo que su deseo infantil de sentir que lo necesitaban se había hecho realidad. Su madre dependía de él. Desde entonces se aseguró de llevarle el dinero en persona porque no confiaba en sus hermanos y porque quería sentirse con derecho de entrar en la casa, de que le pidieran una disculpa por haberlo regalado. Quería que su madre se sintiera obligada hacia él, y viera el error que había cometido deshaciéndose de él, y no de alguno de los buenos para nada que vivían con ella. Quería que le dijera mijo.

Pero eso no sucedía.

Cada domingo que iba a verla, le ofrecía un pan dulce, si acaso, muy poca plática y menos calor de hogar. Salía decepcionado de cada visita, pero a la siguiente estaba listo otra vez: tal vez ése sería el día que le pedirían perdón. Por otro lado, los tragos gratis en la cantina seguían y las mujeres lo citaban en esta o aquella playa cerca de San Miguel, donde pasaban buenos ratos bajo las estrellas. Pero luego se iba.

Su lugar estaba en el faro. Era un trabajo serio del cual dependían las vidas de los pescadores nocturnos y algunos barcos mayores de la marina mexicana. También los que luego empezaron a pasar, pero más lejos: barcos enormes con miles de luces que le parecían aún más grandes que su faro.

Nunca había visto uno de ésos de cerca. En el pueblo había oído que eran especiales para vacacionistas que deseaban conocer las islas del Caribe, pero Cozumel no tenía nada que les interesara. Así que Aniceto los veía pasar y a veces le parecía que una música suave flotaba sobre el agua y llegaba a él. Se preguntaba lo que se sentiría viajar así. Por desgracia, cada vez que la imaginación lo llevaba por esos caminos, terminaba recordando los vómitos que lo asaltaban en cuanto abordaba una nave, y con el recuerdo los sentía volver, así que prefería cambiar de idea y conformarse con lo suyo.

Aniceto Mora atendía el faro como nunca atendió a su mujer ni a sus hijas. Le hablaba y le cantaba. Lo aseaba y pulía sus cristales a diario. Lo recorría por dentro y por fuera, cuidando que no se ensuciara. Le sacudía la arena para que no se oxidaran sus partes metálicas. Las batallas con la araña —y luego con su progenie—, que no se daba por vencida, que no se dejaba atrapar, eran frecuentes. Aniceto quitaba la telaraña todos los días, pero al siguiente ya había otra nueva y brillante, siempre en el mismo escalón. No le importaba: en el día, ocupado, era el hombre más feliz.

Pero sin falta llegaba la noche.

En las noches no había quehaceres. Se sentaba en el mirador, donde se entregaba a los tragos sin límite. En ese estado, varias veces le pareció ver y oír a una sirena que le hablaba a él, que lo quería a él. Al pasársele un poco el hechizo, bajaba por la escalerilla, cenaba lo que *la Gorda* le había llevado y se acostaba para tratar de dormir.

Había noches en las que estaba cansado, y al acostarse lo vencía el sueño de inmediato. Pero eran pocas. La mayoría de las veces se quedaba horas despierto con la piel de gallina, mientras el viento le hablaba con la voz que su fantasma no podía emitir. El viento se colaba por los cristales superiores del faro y llegaba hasta la base, donde Aniceto se acostaba con las manos sobre los oídos y los ojos apretados para no tener que ver ni oír al *Pinche Güero*.

Tolerar al muertito de día era una cosa. Entonces podía burlarse de la condición incorpórea del riquillo hacendado. También lo toleraba de noche, pero sólo si tenía compañía. Y es que Aniceto Mora era muy valiente cuando estaba acompañado. Mientras durmiera con *la Gorda*, que ignoraba lo que aflige a su pareja, no había terror que lo tocara; así, las noches en que el agobio por su crimen lo sobrepasaba, se echaba a dormir tranquilo encima de su mujer. Pero ya no podía buscar ese sosiego. No podía abandonar el faro de noche, y ahí no había nadie con quién apretarse en las horas oscuras. Entonces el mar sonaba enojado y su propia respiración parecía resonar en el hueco del edificio. Las luces del reflector daban vueltas y formaban efectos y sombras extrañas en el interior que lo aterraban. Que lo paralizaban.

Ayudado por las luces, el *Pinche Güero* parecía moverse de un lado para otro, como si jugara a las escondidas con la imaginación de su asesino, quien por esa razón prefería mantener los ojos cerrados. Pero a veces eso resultaba peor: sentía que unas manos le revolvían el pelo, le movían la sábana con suavidad, o que el muerto se le subía al pecho y le robaba el aliento. Era cuando oía pasos. Esas noches eran eternas, tortuosas, y sólo quería correr a casa y meterse en la cama con su mujer. Que la luz del faro se apagara sin supervisión no le parecía tan importante cuando el miedo le enchinaba la piel y le robaba el aire. ¿Qué le importaba que un barco encallara si no encontraba las agallas para erguirse siquiera? Esas noches habría mandado al faro al demonio con toda facilidad, sin remordimientos, con tal de hundirse sin miedo en el cuerpo de su mujer; pero no se atrevía a cruzar la selva de noche, ya que, como todos sabían, de noche en la selva espantan.

Por eso había empezado a exigirle a *la Gorda* que se fuera a dormir con él algunas noches. Ella dejaba a los niños encargados con la vecina, lo cual a Aniceto le parecía una exageración: la hija mayor tenía suficiente edad para cuidar a sus hermanos. *La Gorda* no se quedaba tranquila y no lo dejaba dormir bien porque se levantaba a cada rato para ver si ya amaneció, que me quiero ir.

—La vecina los está cuidando, ¿qué les va a pasar?

—La vecina los está cuidando, pero el que me apura es el vecino…, y el hijo también. Se le quedan viendo muy feo a tu hija.

—¿Por qué?

—¿Pos por qué va a ser? Está creciendo, ¿no la has visto?

No, Aniceto no había se había fijado, pero se aseguró de observarla muy bien en su siguiente visita a la familia. Su hija mayor tenía once o doce años, se hacía mujer y él ni siquiera se había dado cuenta. Era pequeña —eso lo había heredado de él—, pero sus curvas empezaban a notarse y a ser notadas por todos.

La Gorda tenía razón: el hijo del vecino no disimulaba las ganas que le traía a la muchacha. Y *el Regalado,* que nunca había tenido gran cosa, al que el deseo ajeno le había arrebatado su objeto más preciado —la cruz de oro—, odiaba que alguien codiciara sus pertenencias. La niña era suya y nadie se la quitaría tan fácilmente.

Ayudaría a *la Gorda* a cuidarla y, al hacerlo, se ayudaría también. Se llevaría a su hija a dormir al faro todas las noches. *La Gorda* podría recogerla temprano cada mañana, cuando le llevara el desayuno, y regresarla cada tarde junto con los tacos de la cena. La niña dormiría segura y él dormiría acompañado, tal vez acurrucado contra ella: si la miraban con deseo, ya tendría suficiente colchón para acomodar a su padre.

La Gorda estuvo de acuerdo con el plan de Aniceto; sintió alivio al no ser ella quien tuviera que ir al faro a dormir sobre el colchón tieso de su marido. Éste pasó varias semanas durmiendo en paz con su hija la mayor, sin fantasmas ni miedos que lo asaltaran. Hasta aquella noche que *la Gorda* llegó con la niña casi a rastras. Según la madre, se había dejado manosear por el hijo del vecino, aunque la muchacha lo negaba. Aniceto se enfureció, pero no supo qué decir, así que fue a buscar las palabras en el licor. Horas después, mientras acariciaba el vidrio de la botella, observó a su hija, quien dormía con las mejillas aún húmedas por las lágrimas. Como ni el alcohol lo había ayudado a encontrar qué decirle a la niña, se recostó a su lado. Estaba cansado.

A medianoche, Aniceto despertó con el cuerpo dispuesto. Un cabello largo le acariciaba su torso desnudo, unas curvas y una piel suave le acariciaban su tacto y un aroma tibio de mujer le enloquecía su olfato. Al día siguiente no recordaba los detalles de la noche que había pasado con su hija, pero sí reconocía la satisfacción en su cuerpo. La vida le sonreía a Aniceto Mora. Ganaba algo de dinero que le alcanzaba para toda la familia, tenía un faro para él solo y dormía bien acompañado. Primero fue una hija y luego la otra, y la otra, y pronto sería la otra hija también, ¿por qué no? Ya que crezca un poco más. ¿Si no sirven pa eso pos entonces pa qué?

Ya no sentía la necesidad de ir al pueblo los domingos. Si iba era sólo por ver a su madre y dejarle dinero. No le interesaba quedarse en la cantina: prefería comprar sus botellas y tomárselas en el faro sin que lo molestaran. Ya no requería la compañía femenina que antes buscaba, que lo buscaba a él. Ignoraba cualquier coquetería: sus hijas le bastaban para satisfacer sus necesidades; con ellas tenía variedad. Y exclusividad. Muchas puercas para un puerco. Que llegaran en pleno llanto a él no le afectaba, pues lo detenían al verlo. Empezaba a ver el beneficio de las amenazas de *la Gorda:* que no la vea su papá llorar, mija, porque la mata. Las niñas se turnaban para ir al faro, obligadas por *la Gorda,* que ignoraba cualquier súplica. En el faro no hablaban, pero no lloraban. Aguantaban en silencio, como debía ser.

Al pueblo ya sólo iba a visitar a su madre porque era su madre y a la puta de *la Flor* por que necesitaba de sus consejos. Aniceto sabía que a veces, en cuestión de cuerpos, de uno más uno resultan tres. Ya tenía a su hijo: no deseaba más. ¿Quién mejor que una puta sin críos para aconsejarle qué hacer para evitarlos? Ella le dio tantas opciones que se confundió. Unas rayaban en lo imposible o en lo ridículo. Las que tenían que ver con métodos masculinos no le gustaron, así que optó por darles a sus hijas un tónico que preparaba la misma *Flor.*

—Tómatelo. Es un tónico para crecer.

Cuando la mayor quedó embarazada después de un par de años de visitar el faro, Aniceto la hizo abortar a base de porrazos en el vientre.

—Y ni chilles, porque nunca nadien se ha muerto de una paliza —golpe—. Y no le digas a nadien —golpe—. Aquí muere —golpe—. Además ni ha de ser mío —golpe—; salistes a tus tías, par de putas —golpe, golpe—.

Nunca más volvió a verla después de eso. Al día siguiente, aprovechando que *la Gorda* había salido a vender huevos, la hija juntó sus cosas y se marchó sin decir adónde ni dejar recado. Aniceto nunca supo más, aunque de vez en vez preguntaba por ella a sus otras hijas. Ellas no le decían nada: tenían miedo tal vez de que, al enterarse del paradero de la muchacha, la trajera de regreso a la fuerza. Pero Aniceto no pensaba hacer nada para recuperar a su hija la traidora, la malagradecida. Tenía más hijas que lo acompañaban y un hijo que lo admiraba, que quería ser como él. Sin embargo, ellas lo abandonaron poco a poco. Como todas las viejas, lo dejaban: su madre lo había regalado, sus hermanas se habían ido y la señora Carmela también. Todas las mujeres se marchaban. Las hijas se le habían ido al señor Nayuc como ahora lo dejaban a él las suyas. Qué se le va a hacer si así son todas, se decía. Pero algo había sucedido con su niño. Su único hombre.

Hubo un tiempo en que el niño lo buscaba y le preguntaba sobre el faro. Quería saberlo todo: qué se ve en el mar cuando se hace de noche, hasta dónde llega la poderosa luz del faro, si se ven las sirenas, cómo se limpia esto o aquello...

—Ya estoy grande. ¿Ora puedo quedarme?

Su hijo nunca se cansaba de hacer esa pregunta, a pesar de que la respuesta de Aniceto siempre era no, regrésate a la casa con tu mamá; después, otro día; no pongas gorro, niño: pareces tábano, niño. Pero ahora el niño ya no venía, y, cuando él iba a la casa, lo evadía o lo miraba con ojos ausentes. Ya no le preguntaba nada. Prefería irse lejos para jugar con el perro y regresaba cuando su padre ya no estaba. Y se fue la primera hermana, y la otra, y la otra. Sólo le quedaba una hija, y el niño se mantenía alejado. No sabía cómo preguntarle ¿qué te pasa, niño? ¿Por qué ya no vas al faro con tu mamá? Callaba el niño y callaba él; pero Aniceto sospechaba que su hijo sabía lo que ocurría en el faro —viejas chismosas—, y aunque tal vez ahora no lo entendía por ser tan pequeño, llegaría el día en que comprendiera el derecho que tenía como hombre. Así somos los hombres, mijo, así es nuestro cuerpo, le diría. Así nacimos los que somos mullombres, así le hacen todos, y así son las viejas, pa eso sirven. Y si no las estrena uno, las estrena alguien más. Cuando su hijo se hiciera hombre como él, dejaría de mirarlo con desconfianza. Hablarían, se acompañarían y ninguno de los dos estaría solo nunca.

Sin hombre en casa y con sus hijas en busca de su propio destino en algún lugar desconocido, empezaron los mejores años de *la*

Gorda Nayuc. Con cada hija que se marchaba, tenía más espacio y más tiempo libre, lo que nunca antes había disfrutado.

—Las hijas se van, Aniceto —decía cuando éste le exigía que cuidara a las muchachas.

Sí pensaba en ellas y le hubiera gustado recibir noticias suyas o incluso que llegaran de visita. Pensaba que se habían marchado por seguir o buscar a un gran amor, como ella nunca tuvo valor de hacer. Tal vez ya era abuela de uno o más. De cualquier modo, no estaba mal quedarse sola. Nunca había tenido tiempo para salir a pasear o platicar con los vecinos. Ahora sí. Vendía los huevos y se compraba alguna blusa y hasta una televisión, pues en Cedral ya había electricidad. Se reía en ocasiones, se divertía a menudo.

Lo que le pesaba eran sus pecados. No había vuelto a misa desde que sus padres habían enfermado, y, ahora que podía, iba los domingos por la mañana. No se había dado cuenta de cuánto extrañaba la ceremonia, el aroma a incienso y confundir su voz entre las demás a la hora de rezar. Iba con sus dos hijos menores, los únicos que le quedaban, aunque la niña siempre se las ingeniaba para quedarse en la plaza y no entrar en la iglesia.

El sacerdote ya no era el mismo que había conocido de chiquilla. Ahora que Cozumel empezaba a ser destino de viajeros que querían explorar el mar, había llegado un sacerdote extranjero que hablaba un español espeso, extraño; sin embargo, a *la Gorda* no le importaba porque le entendía. Al padre de antes nunca le había entendido a pesar de que hablaba como ella. Ahora escuchaba y el sacerdote la escuchaba a ella. Eso era lo que más le gustaba. Lo que odiaba era la culpa que sentía cada domingo al salir de la iglesia y que perduraba el resto de la semana hasta el domingo siguiente.

Para ella no era fácil ser mujer de un hombre, madre de cinco y creyente, sin estar casada. Aniceto nunca le había pedido matrimonio y en cada confesión ella se arrepentía de haber caído en el pecado. *La Gorda* supuso que había muchas mujeres en su situación, porque en su sermón de cada domingo el sacerdote insistía en que no era correcto vivir arrejuntados, había que casarse por la ley de Dios. *La Gorda* Nayuc estaba de acuerdo, pero no sabía cómo hacer que Aniceto se casara con ella.

—Aniceto, el padre dice que andamos mal y que nos cásemos.

—¿Pa qué? ¿Qué sabe él de casados?

Tras esa respuesta, la mujer no dijo más. Sus hijos vivirían para siempre como bastardos y además, las mayores, en pecado, porque nunca las había llevado a bautizar: lo había olvidado.

Con los menores lo había remediado, y hasta harían la primera comunión, lo cual la llenaba de alivio. Al menos dos de cinco se salvarían del infierno. Las mayores tendrían que rascarse con sus propias uñas para salvarse. Todos los días ella rezaba un rosario para que la Virgen de Guadalupe la ayudara a entrar al cielo en su momento. Por Aniceto no valía la pena rezar, aunque el sacerdote se lo sugiriera; era un asesino y eso sí era pecado mortal. Ni modo.

Aniceto no entendía la nueva afición de su mujer por las misas. Él no recordaba haber ido a una ceremonia en una iglesia. No sabía de rezos. Se enteró del bautizo porque su hija le dijo que debía dormirse temprano puesto que la ceremonia tendría lugar al día siguiente. Nadie lo había invitado, pero le daba lo mismo.

—¿Qué gana la gente con eso, *Güero?* Seguro tú también has de haber sido rezandero, y mira on tás.

No le veía el caso a estar en un lugar atestado de gente fervorosa, sin ventilación que lo salvara de tantos aromas encerrados entre cuatro paredes, sin entender las oraciones de un monje parlanchín, pudiendo hallarse muy a gusto en la cantina o en el faro, con la brisa del mar y sus caricias limpias. En eso estaba el día que le avisaron que te vayas pa San Miguel, que tu mamá está mala.

Su madre agonizaba. Aniceto no se movió de su lado hasta que murió. Pasó horas en intensa contemplación. Esperaba el momento en que recuperara el conocimiento, lo viera a su lado y le sonriera por primera vez. Quería eso de su madre: una sonrisa, aunque la primera fuera la última. La observaba con la esperanza de que lo reconociera antes de morir. Pero eso no había sucedido, y Aniceto se había regresado a su guarida más dolido que nunca porque su madre era la última persona que podía compensarlo por todos los años sin familia. Al morir se había llevado la última esperanza de Aniceto de dejar de ser regalado y la última razón que le quedaba para dejar el faro e ir a San Miguel.

Al morir su madre, Aniceto dejó por completo las historias y los tragos en la cantina. Visitaba a su familia los domingos, pero ya no iba a San Miguel. ¿Pa qué? Cuanto más se paseaba *la Gorda,* menos caso le veía Aniceto a dejar su puesto en el faro. Ahora su mujer le compraba todo lo que necesitaba, hasta sus botellas.

Se enteró de la muerte de *la Flor* por medio de *la Gorda.* Al parecer un cliente la había matado a golpes y luego había huido. Pero no supo de la muerte del viejo carnicero, ni que había tal o cual tienda nueva. Tampoco que su cantina había cerrado porque alguien había puesto un bar más elegante, para otro tipo de gente, pues la vieja clientela escaseaba por vieja o por pobre. No supo en qué momento a muchos jóvenes de la isla se les empezó a meter la idea de que estaban aburridos porque ahí nunca pasaba nada, o de que ahí no había futuro para ellos, o de que querían conocer el mundo porque estaban hartos de la pequeñez de la isla, o de que querían estudiar la preparatoria y luego la carrera porque hay que estar preparados para la vida, y que además preferían la ciudad.

No se enteró cuando la isla se hizo famosa en el mundo por sus arrecifes de coral, descubiertos por Jacques Cousteau, ni del día en que empezaron a construir el aeropuerto y varios hoteles. O cuándo fue que empezó el servicio del ferri de ida y vuelta entre la isla y la península de Yucatán. En cambio, supo —porque le avisaron— que Fausto Macías ya no sería su supervisor y que el doctor ya no era el mismo, aunque ignoraba que el médico nuevo se había establecido de manera permanente para vivir y trabajar ahí.

Eso sí, estuvo al tanto cuando los enormes barcos que llamaban cruceros empezaron a visitar la isla. Incluso un día dejó su faro para ir a ver uno de cerca. No podía creer que cada una de las ventanas fuera una recámara, y escuchó escéptico cuando el capitán de puerto le dijo que también tenían varias albercas y salón de baile. Se alejó del muelle. Imposible, me está madreando, pensó. Además, ver tanta gente extraña que se paseaba por ahí lo ponía en extremo nervioso, y pensó que lo mejor sería no dejarse ver, no fuera a ser que entre tanto güero gigante se le apareciera el padre del *Pinche Güero*.

Pero Aniceto Mora, al que dejaron de buscar apenas unos minutos después de haber cometido su crimen, no supo prever la relevancia que tanto crucero, tanto hotel, tanto adelanto y tanta modernidad tendrían en su vida: todos los días llegaban a su pequeña isla miles de extranjeros a tomar el sol, bucear, comprar baratijas y emborracharse. Con ellos llegaron, para atenderlos, gente que sabía hablar inglés, que venía de destinos turísticos moribundos o que huía de la gran ciudad, fastidiada de tanta contaminación y tanta inseguridad. Esos fuereños no sabían nada de los lugareños, que cada vez eran menos. No sabían nada de la selva y de lo que ahí reinaba por las noches. No sabían de sirenas que cantaban en noches de encanto ni de fantasmas rencorosos. No sabían de la vida del *Regalado:* ignorado ex porquero, admirable casi revolucionario fuera de tiempo, temido asesino y respetado señor del faro. La leyenda de Aniceto Mora, *el Regalado,* agonizaba en su tierra mientras él miraba hacia el mar.

Con los extranjeros llegó un alza de precios. Antes, a Aniceto le alcanzaba con lo que ganaba en el faro. Lo que dejaban las gallinas de *la Gorda* sobraba. Pero ahora hasta su hijo debía aportar lo que recibía como maletero de los turistas que llegaban o se iban en el ferri, y la hija menor pedía permiso para trabajar en una miscelánea para al menos comprarse ropa porque ya estoy harta de usar los trapos que dejaron mis hermanas.

—Entiende, Aniceto: la vida es cada vez más cara —le decía *la Gorda.*

Aniceto no entendía: la vida es la misma. ¿Cómo puede hacerse más cara? Sin embargo, para mantener a su hija contenta y que no se le fuera como las otras ingratas, accedió a que trabajara, pero te regresas al faro, porque, si no, al día siguiente te saco de las greñas de donde estés. A su mujer la veía a diario: ella le llevaba la comida; pero, ahora que estaba más entrada en años y en kilos, nada más hacía el recorrido una vez al día. Al hijo lo veía cada vez menos. Al toparse con él trataba de romper el silencio, pero no tenía las palabras. A la hija la veía todas las noches, ahora que ya no tenía más compañía. *La Gorda* estaba muy vieja y cansada para ir tras ella, llevarla y traerla. Llegaba sola y nunca faltaba, pero siempre tarde, ya muy de noche y de mala gana. Esa hija no lloraba, no se quejaba. Pero Aniceto sabía que era diferente, podía verlo en sus ojos negros un poco rasgados que lo miraban directo a los suyos. Las otras hijas esquivaban su mirada. Ésta no. Ésta era rebelde. Ahora era Aniceto el que desviaba la vista, porque los ojos de su hija, que lo miraban sin cuartel en el desnudo, en el placer, en el miedo, en la borrachera, le decían todo lo que no salía de su boca: me das asco, apestas a puerco. Lo incomodaba porque, con esa mirada de bruja, lo hacía sentir pequeño, poca cosa. Lo hacía detener su labor a mitad del día, seguro de percibir el olor de *la Gorda,* la puerca. Lo forzaba a volver a sus viejas manías del tomate. Odiaba a su hija pero la necesitaba para no volverse loco de terror por las noches.

Una noche su hija no llegó. Oscureció y transcurrieron las horas, pero muy despacio. El negro mar estaba agitado y el viento parecía reclamarle más que de costumbre. Aniceto buscaba consuelo en la botella, pero el alcohol sólo lo hacía comprender mejor lo que su fantasma, con voz de viento, le decía.

—Asesino.

—¡Fue tu culpa, *Pinche Güero!* Nosotros nomás queríamos la tierra y una casita. ¿Qué te hacía dejárnola? Pero no: tenías que hacerte el valiente… Y sí, yo disparé, ¡pero fue tu culpa! ¡Yo no quería!

Aniceto veía la cara del muerto una y otra vez en su cabeza, en sus recuerdos, en el disparo que de noche sonaba en sus oídos. Y no sabía qué lo aterraba más: imaginarlo como era antes o como quedó después. Su miedo de que algún día vería al *Pinche Güero* de frente, con los huecos que le habían quedado y la carne quemada a causa del disparo, se agudizaba cada vez más. Sin embargo, imaginar que podría verlo entero, guapo, joven y arrogante lo aterraba más: volvería a sentirse como aquel día. Menos, poca cosa, regalado. Por el rabillo del ojo le parecía ver al *Pinche Güero* moviéndose fuera de su campo de visión, y era cuando más lo asustaba, porque es mejor saber dónde andas, desgraciado.

—¿On tás, cabrón?

Si no lo veía, si se le perdía de sus sentidos, prefería cerrar los ojos porque si el muerto se decidía a mostrársele de frente, él no los tendría abiertos para darle el gusto de lograr que Aniceto Mora se zurrara del susto.

Al día siguiente, cansado de no dormir y de la borrachera que todavía no terminaba, le cumplió a su hija menor: la sacó de las greñas y a maldiciones de la tienda donde trabajaba sin importarle quién lo viera. La muchacha lloraba del dolor, pero más por la humillación, lo cual complació a Aniceto. Después de la noche que había pasado, la traidora de su hija se merecía eso, por lo menos. Antes se había detenido en su casa, donde encontró a su mujer que alimentaba a las gallinas y recogía los huevos. La niña no había dormido en casa tampoco.

—Pensé que estaba contigo, pero es que esa niña salió muy rebelde, Aniceto.

Era la primera vez que Aniceto Mora buscaba a alguna de sus hijas para regresarla a su lugar, y decidió que sería la última. No podía darse el lujo de perder su compañía, así que la llevó al faro, donde se quedaría de día y de noche.

Despertó una semana después en la clínica de la isla. Le faltaba una pierna y en la otra tenía una fractura severa. Para fines prácticos tampoco tenía el ojo derecho, porque ya no servía. Carecía de dientes frontales. Tampoco tenía hija, faro ni hijo. ¿Qué le había pasado?

De aquel día fatal recordaba que el clima se había deteriorado poco a poco y que su mujer había ido hasta el faro para decirle que el viejo del pueblo veía venir un huracán.

—Ten cuidado, Aniceto.

No le había tocado ningún huracán como guardián del faro. Nunca le habían dado instrucciones especiales para enfrentarlo, así que trabajó como de costumbre. Sin éxito: no estaba habituado a tener compañía en el día y la mirada de su hija le pesaba. Para olvidar, decidió irrigar la borrachera aún más. Recordaba que la niña giraba la cabeza para no perderlo de vista; adondequiera que iba, no se liberaba de la pesadez que le producía ser el centro de la atención de su hija. Se movía a la derecha para limpiar la escalerilla de metal, y por el rabillo del ojo la veía mirarlo con intensidad. Se movía a la izquierda y lo mismo. Si se sentaba frente a ella sentía su repulsión, así que prefería encargarse de cualquier quehacer que lo llevara atrás de ella para no sentir sus ojos. Pero de nada le servía, porque la sentía. Le ponía los nervios de punta. Y el clima no ayudaba. Sólo ayudaba seguir con la borrachera.

Recordaba que se habían sentado tarde a comer. La fuerza de la mirada de su hija le aflojó la mano, lo hizo dejar caer su botella, salpicar de salsa su camisa. Recordaba cómo con su silencio rencoroso ella había logrado que antes de morderlo se le desmoronara el taco. Por eso había tenido que comerlo a pedazos con los dedos llenos de salsa, de chile y grasa. Pensó: se va a cansar de mirarme, se va a dormir, va a llorar, me va a gritar, y creyó que, al rendirse, ambos descansarían. Pero no. Ella siguió en su observación aguda e impasible, sin flaquear. Ni los golpes que empezaban a oírse en la selva por la fuerza del viento la hacían parpadear. Recordaba que todavía no era de noche cuando empezó a temblar: no había visto al *Pinche Güero* en mucho tiempo. No podía salir del faro, pero lo recorrió todo para buscarlo. No lo encontró ni de frente ni de reojo.

Enervado por el esfuerzo de librar dos batallas al mismo tiempo, una contra su hija, a la que no lograba perder ni perdérsele de vista, y otra contra ese que nunca se mostraba de frente, detuvo su búsqueda. Se rindió: prefería pasar la noche acompañado, aunque fuera de esa hija que lo odiaba y que seguía sentada donde él le había ordenado. Pero al tomar asiento frente a ella ya no reconoció en ese cuerpo a una hija: era una muñeca morena de porcelana y trapo, de esas con ojos de vidrio que no se mueven pero sí espantan. Aniceto recordaba haber perdido el calor de su cuerpo y el aliento en ese instante. Conocía esa mirada.

¿Qué nos hicistes, papá? ¿Qué tice yo a ti? ¿Qué, Aniceto? ¿Por qué yo? ¿Por qué a mí? ¿Por qué? Esos ojos concentraban los reclamos silenciosos de todas sus hijas juntas, de todos los puercos degollados por su mano y de su puerca, *la Gorda,* al momento de caer muerta. Eran los ojos de su madre, que le decían yo te regalé y a qué volvistes. Era la mirada esquiva de su hijo. Ésos eran los ojos resentidos de su mujer obesa, vieja, cansada y callada. Eran los ojos de su muerto.

Aniceto no recordaba con exactitud cómo fue que llegó hasta donde estaba su hija para sacarla de su silla, ni recordaba qué le hacía con sus manos y piernas mientras le gritaba que le pares, que no me mires, que no fue mi culpa, que no es mi culpa, y ya te vi, *Pinche Güero.* Cómo se le escapó la niña y cómo la volvió a atrapar en las escaleras, no recordaba bien. Cómo hizo ella para hacerlo caer, para huir, no tenía idea. Sólo recordaba la sensación de la caída, el vacío, el estómago que flotaba ingrávido mientras el resto del cuerpo iba veloz al encuentro con el suelo. Ese recuerdo todavía lo despertaba en las noches que podía dormir. No recordaba el impacto.

Recordaba estar solo y pensar que así moriría, pero luego ya no estaba solo: el *Pinche Güero* se le presentó de frente para torturarlo, lo movía, lo jalaba y le tocaba las heridas, lo lastimaba y se reía, le gritaba que de nada le serviría llorar o gritar. Le decía mírame, *Regalado.* Mira lo que me hicistes, *Regalado.*

Y él sacaba fuerzas para cerrar los ojos y no ver, para maldecirlo a gritos, para agarrarlo, para tratar de volver a matarlo, pero el desgraciado muerto se le escurría, y la sangre se le escurría, y la fuerza se le escurría. Y cuando creía que ya todo terminaba, y vaya que se sentía aliviado porque ya todo terminaba, porque por fin dormiría en paz, volvía el espíritu del demonio a picarlo y a torturarlo al ver sobre él y sobre su carne viva el licor que nunca le compartió. Se enteró después de que, alarmada al ver a la niña regresar a casa, *la Gorda* había mandado al hijo al faro. El muchacho se había dado prisa para llegar en medio del huracán y había encontrado a su padre en el suelo, moribundo. Aunque no lo recordara, sabía que su hijo le había salvado la vida: detuvo el sangrado, lo puso cómodo y se apresuró a buscar ayuda en cuanto el huracán se lo permitió. A Aniceto le gustaba pensar que su hijo le había ahuyentado al muerto vengativo, heridor. A la mañana siguiente éste había regresado a casa, exhausto, para avisarle a su madre que papá está en la clínica, que está muy mal, que la pierna, que el ojo. *La Gorda* dejó a su hijo dormido cuando fue a ver al herido, pero al regresar de la clínica no volvió a verlo: se había marchado.

—Mijo se fue desde el accidente.

Aniceto nunca confesó a nadie la culpa de su hija en su accidente. Le dolía más el orgullo que todos los golpes en el cuerpo. ¿Admitir que le había ganado una mujer? Nunca. Al médico le dijo que estaba solo y a su mujer que qué bueno que ya se fue.

—¿Pero qué pasó, Aniceto?

—Nada, que me caí.

Además, no había sido ella la responsable. Una hija no le haría daño a él, claro que no. Él sabía que detrás de todo había estado el *Pinche Güero* con sus vientos y sus ruidos y sus ojos. Con su venganza tras tanta espera.

—Y mira lo que micistes. ¿Tás contento, *Pinche Güero*?

Pero su fantasma había vuelto al silencio. Si había querido matarlo en venganza o para liberarse de las cadenas que lo ataban a su asesino, había fallado. Aniceto Mora seguía vivo. Incompleto, quebrado, a medias, pero vivo. Y su muertito no se iba a escapar tan fácilmente de las cadenas que lo ataban a esa tierra. ¿Y ora qué? Su hijo lo había salvado del ataque del *Pinche Güero,* ¿para qué? ¿Para media vida? ¿Media vista, media boca, medio cuerpo? El médico, que era joven tan sólo un poco más que su hijo, le dijo que no había encontrado la manera de salvarle la pierna. El hueso habría sido casi imposible repararlo incluso en los mejores hospitales, y la infección y la falta de circulación lo llevaron a cortar por debajo de la rodilla sin hacerle la lucha siquiera.

—Estuvo usted con el hueso expuesto más de doce horas. No había nada que hacer, más que amputar, don Agapito.

Que estuviera incompleto no quería decir que Aniceto ya no tuviera derecho a usar su nombre de toda la vida.

—Me llamo Aniceto Mora.

—Discúlpeme, *don Cheto.*

Al salir de la clínica, Aniceto encontró la casa vacía. No más hijos. No más paseos por la selva para él, no más faro. Sólo la casa. Y *la Gorda.*

Como aún existía la posibilidad de una infección, cuando Aniceto regresó a casa continuaron las visitas del médico. Al ver llegar a éste con su maletín negro, la gente del pueblo salía a consultarlo sobre algún grano llorón o una tos que no cesaba.

—Sí, ahorita lo veo. Primero tengo que ver a *don Cheto.*

Así fue como hasta en Cedral le cambiaron el nombre. ¿Cómo le va, *don Cheto*?, era el saludo que le dirigían los vecinos al verlo asomado a la ventana. Él no respondía. Por meses permaneció sentado en una silla, frente a la ventana. Por las noches *la Gorda* lo acostaba en la cama que había sido de él desde que había vuelto con los Nayuc. Tenía años de no dormir en ella.

La Gorda, a su vez, estaba desesperada. Ya no tenía edad ni paciencia para hacerla de enfermera de nadie y menos de ese hombre al que ya casi no conocía. No decía nada. Aguantaba los malos humores, le servía la comida, lo bañaba, le acercaba la tina para que hiciera sus necesidades. Pero nunca parecía darle gusto al lisiado: la comida siempre estaba fría y las tortillas, rancias. La salsa no tenía suficiente chile, los frijoles tenían demasiada sal. Ven rápido, el agua del baño está demasiado caliente, vete que no te quiero ver, llévame pallá, cárgame, rápido, traime, muévete, ya. ¡Ya!

A *la Gorda* Nayuc le parecía que toda la vida la había dedicado a atender a otros: a su madre, a su padre, a sus hijos y ahora a Aniceto. Pero no decía nada. Salía a limpiar el gallinero, a dar de comer a las gallinas, a comprar el mandado y las medicinas de Aniceto, y estaba cansada. Pero no decía nada. Por las noches, cuando tenía que soportar el peso de su marido para llevarlo a la cama porque no podía apoyar la única pierna que le quedaba, sentía que algo se le reventaba por dentro, pero no decía nada. Luego tenía que irse a dormir a la cama con él porque si no él no dormía: alucinaba, gritaba. Sólo se calmaba y dormía abrazado a ella. Pero *la Gorda* no. Tenía años de no compartir la cama con nadie y se había acostumbrado a su espacio. Ahora amanecía torcida. Y no decía nada.

Una noche, en el trayecto de la silla a la cama, algo se reventó en su interior. El dolor en el pecho la hizo trastabillar y asustar al hombre que traía en brazos, que le reclamó. Ella no dijo nada. Alcanzó a acomodar a Aniceto en la cama y a acostarse ella también. Alcanzó a sentir el cuerpo de su hombre cubrir el suyo para dormir. Y alcanzó a decir algo que Aniceto apenas oyó y no quiso escuchar. Estaba cansado: no tenía energía para necedades.

La Gorda Nayuc murió de noche, bajo el cuerpo tibio de su hombre. La vecina la vistió con su mejor ropa y le pintó la cara con rubor rosa, sombra azul en los párpados y lápiz labial rojo. Maquillada así fue como Aniceto se dio cuenta de cuánto se parecía *la Gorda* a la puta de *la Flor*. Otra vecina hizo tacos de gallina desmenuzada y frijoles para después del entierro. Los vecinos le hablaron al padre de acento extranjero para que viniera a bendecirla. El sacerdote dedicó unas palabras al alma de María del Socorro, que Dios la tenga en su eterna Gloria. Hizo llorar a la concurrencia. Asombrado, Aniceto concluyó que el padre hablaba de su mujer. María del Socorro. Con razón le puso así a mija la mayor. Pero *la Gorda* era *la Gorda,* ¿pa qué le cambian? Aniceto ya no quiso escuchar más. Sólo repasaba una y otra vez las palabras que su mujer le había dicho al morir:

—Nunca te casastes conmigo.

Por fallarle en eso, ¿también lo perseguiría para siempre el fantasma de su mujer? Con disimulo miró a su alrededor con el ojo sano. Por ahí andaba el *Pinche Güero,* lo sentía como siempre, pero ¿*la Gorda?* No, ella no. Una vez en el pozo, nunca más la volvería a ver, comprendió con alivio. Tal vez de algo le habían servido tantos rezos.

Al final, ya con la muerta en el pozo, al acabarse los tacos y los tragos, Aniceto Mora se quedó solo. Sentado en su silla como siempre, se dio cuenta de que no había estado solo desde que despertó sobre el cadáver frío de *la Gorda,* desde que gritó hasta que lo oyeron los vecinos, que rápido llegaron a ayudarlo a cambiarse de cama. Luego llegaron el padre, los rezanderos, las lloronas y la comida. Por lo tanto, no había tenido tiempo de pensar en lo que la muerte de su mujer significaría en su vida. Estaba solo de verdad. Solo por completo por primera vez en su vida. Aún en su juventud, mientras vagaba solitario por el sur de México, había tenido la certeza de que tenía una conexión con alguien en el mundo: los Nayuc, la señora Carmela, sus padres y sus hermanos. Después tuvo amigos y luego familia. Incluso durante su estancia solitaria en el faro, había comprendido que su soledad era pura ilusión. Ahora no. Ahora ya no tenía a nadie, ni siquiera a *la Gorda.*

—¿Ora qué voy a hacer?

Horas antes, los invitados se habían ido y lo habían dejado en la casa vestido y sentado en su silla. Ni siquiera se le ocurrió pensar que sin *la Gorda* no podría moverse, hasta que se fue el último invitado. No sabía cómo hacer para llegar a la cama o cambiarse de ropa sin una pierna y con yeso en la otra. Se sentía cansado y le dolía la pierna ausente. Quería orinar, pero no sabía dónde estaba la tina. Quería dormir, pero no sabía cómo lo lograría si *la Gorda* ya no estaba ahí para confortarlo.

Se arrastró por el piso de tierra hasta la cama. Encontró la tina y la usó sin pericia. Trató de quitarse los pantalones mojados pero no pudo y maldijo a *la Gorda* por dejarlo en esas circunstancias, pero rápidamente se contuvo arrepentido, temeroso de que se le apareciera furiosa. Decidió dejarse los pantalones para no batallar al día siguiente. Trató de dormir, pero extrañaba el calor de su mujer y el latido de su corazón, que lo arrullaban. Ahora estaba solo. El *Pinche Güero* sólo contaba como tortura, no como compañía.

Aniceto Mora nunca más volvió a dormir tranquilo. Si dormía, cada ruido, cerca o lejos, lo despertaba. Eso era si lograba conciliar el sueño, porque había noches completas que pasaba en vela, entre recuerdos y presagios de los horrores que todavía podrían sucederle. Los vecinos, que tenían años de no convivir con él, lo oían hablar o gritar enojado y concluyeron que estaba loco el viejo *Cheto*; amenazaban a sus chiquillos que si no te portas bien te regalo con *Cheto el Loco*.

Poco a poco pudo volver a apoyarse en su única pierna, pero había días que no sabía cuál le dolía más: ésa o la que le faltaba. Fue un alivio cuando le quitaron el yeso, porque para entonces la comezón lo atormentaba más que su muertito.

—Es por los hongos —le dijo el doctor.

Se fabricó una muleta con una rama que se encontró tirada y se hizo cargo de la alimentación de las gallinas lo mejor que pudo, pero no logró atrapar ninguna para comer o vender. Éstas se habían hecho viejas de cualquier modo y cada vez ponían menos huevos. Aceptó que no podía cuidarlas. No le quedaba cuerpo suficiente para esa labor. Ahora recordaba con añoranza las veces que persiguió a su puerca favorita por la selva, todas las veces que la atrapó, la ató con una soga y la jaló todo el camino de regreso sin importar que la puerca pesara mucho más que él y que se resistiera con todas sus fuerzas a regresar al encierro. Pero entonces tenía las dos piernas y ahora nada más tenía una que le dolía la mayor parte del tiempo. Ahora no podía ni con gallinas.

Necesitaba ganarse la vida: no podía depender de la buena voluntad de los vecinos, porque ésta ya escaseaba. En los primeros días de viudo desvalido, se acercaron a llevarle un plato de frijoles y tortillas o un pan dulce, pero en los tres últimos días nadie le había traído nada. Tenía hambre. Necesitaba sus tragos. Decidió deshacerse de las gallinas para dedicarse a otra cosa, pero ¿a qué? Lo único que sabía hacer en la vida era cuidar puercos, ser guardián del faro y robar. Ninguna de las tres actividades era opción para él.

Cambió las gallinas por una mula vieja que aprendió a montar usando un banco que le había acercado un vecino. Se dirigió a San Miguel. Se le había acabado la buena voluntad en Cedral, pero allá estaba seguro de encontrar ayuda. Por primera vez desde el accidente se sintió bien. Podía moverse solo sin que lo cargara su vieja y sin dar lástimas mientras renqueaba por ahí. Quería ver si encontraba a alguna de sus antiguas conocidas para que le diera algo de comer, pero no tuvo suerte. Las jóvenes se habían marchado. Las mayores se habían casado, eran abuelas o habían muerto, como la puta de *la Flor*. La única de sus antiguas amantes que encontró se dio la media vuelta al verlo venir.

El doctor lo encontró afuera de la clínica. Al escuchar la triste historia del *Regalado* cojo, tuerto y desdentado, abandonado por padre, madre, hijos y mujer, no pudo más que compadecerse:

—Cuánto lo siento, *don Cheto*.

Le ofreció de comer, le ofreció trabajo.

—¿Qué puedo hacer yo que ni pierna tengo?

El doctor le pidió que pasara todas las tardes a recoger la basura de la clínica para llevarla al tiradero municipal en su mula. A cambio le daría algo de comer y unos cuantos pesos.

—No mucho, *don Cheto*, pero de algo servirá.

Al cabo de varias semanas, Aniceto había ampliado su clientela por recomendación del doctor. El servicio de recolección de basura en la isla era muy malo, así que el viejo solucionaba un grave problema para varias tiendas del malecón. Todo el día iba y venía *don Cheto* con su mula ganándose sus pesos para comer y tomar. Por las noches regresaba a casa, adolorido de las nalgas y apestoso a sudor y desechos. Lo adolorido no le importaba porque se sobaba, pero lo apestoso sí. Siempre. Le parecía que estaba destinado a rodearse de fetidez.

Como ya no tenía quien le moliera los tomates para quitarse la peste y como no tenía dinero para más, se sentaba afuera de su casa en el banco que también le servía para montarse en la mula, y se tallaba el cuerpo con un tomate partido a la mitad. Los vecinos lo miraban atónitos, pero a él no le importaba. Cenaba cualquier cosa y se acostaba con una botella en mano y en boca, con el deseo de conciliar el sueño lo más rápido posible. Extrañaba a *la Gorda*. Sus hijas podían irse al infierno, para lo que le importaba. En especial la menor. Aniceto no perdía el tiempo recordándolas. Pero siempre pensaba en su hijo, que lo había salvado. ¿Dónde estaría y qué haría?

Cuando volvió a verlo había pasado mucho tiempo. Ya no sabía cuánto porque no tenía noción del calendario. Sólo sabía que cada vez se hacía más viejo y enjuto. La mala vida y los años lo habían consumido. Al mirarse en el espejo veía al viejo al que los turistas se sentían obligados a dar caridad, por su aspecto patético. El pelo se le había encanecido de repente y ahora los cabellos negros eran sólo un recuerdo. Había perdido peso y tamaño, pues a veces llegaba tan cansado que ya no tenía energía ni para masticar la poca comida que le alcanzaba con lo que ganaba acarreando basura. Pero su metamorfosis no se había detenido ahí: la ausencia de los dientes frontales modificó su fisonomía: la nariz se le colgó y los labios se le acomodaron hacia adentro de la cavidad bucal. Tenía un ojo negro y el otro nublado, pero ni siquiera el sano tenía la forma ni el brillo que recordaba cuando de niño miraba su reflejo en el mar. Aniceto no se reconocía ante el espejo, y su hijo tampoco lo reconoció al coincidir con él un día afuera de la casa de Cedral.

A pesar de los años transcurridos, Aniceto sí había reconocido a su hijo de inmediato. Se parecía a él cuando tenía su edad. No pudo determinar si era más alto de lo que él había sido en su juventud, pero se le veía fuerte y sano. Lo encontró asomado a la ventana de la casa en la que había vivido hasta que se fue de ahí. Aniceto vio que su hijo estaba contrariado y entendió el motivo.

Como su dueño, la casa tampoco era la de antes. Nunca había sido gran cosa, pero *la Gorda* siempre la había mantenido limpia y cuidada. Ahora parecía que los puercos se habían mudado a vivir ahí. Aniceto se sintió avergonzado de haberla descuidado de esa manera y de no haberse percatado de eso hasta que la miró a través de los ojos de su hijo. Siempre mantuvo el faro bien aseado, pero eso era motivo de orgullo para él: el faro blanco, el faro grande, mi faro. En cambio, la casa se caía, pero el quehacer y el mantenimiento no le interesaban. No estaba en condiciones de barrer, cambiar y lavar sábanas, apalear y orear los colchones. Mucho menos de arreglar el techo o el agujero que habían hecho los tlacuaches para compartir la vivienda con Aniceto Mora. Después de pasar el día entero sobre la mula, sólo deseaba dormir, y ni siquiera eso podía hacer bien.

—¿Dónde está la señora que vivía en esta casa?

—¿Por qué te fuistes?

Su hijo lo recorrió con la mirada de abajo hacia arriba, hasta detenerse en la cara. Le tomó unos momentos, pero por fin lo reconoció. ¿Por la voz? ¿Por su ojo bueno? ¿Por su fetidez?

—¿Dónde está mi mamá?

—Se murió de un dolor.

Silencio.

—¿Ya te regresastes?

—Sí.

Su hijo no aceptó regresar a vivir a la casa familiar. Tampoco quería restablecer la relación con su padre, ni presentarle a su mujer, ni recibirlo en su casa. Anicéto averiguó después que su hijo había subido en la vida: que ahora era un hombre importante en un hotel más blanco y más grande que su faro. Que era un hombre respetado en el pueblo, que se había comprado una buena casa. Nadie le creía a Aniceto cuando, en cualquier oportunidad que se le presentaba, declaraba ser el padre de Manuel Mora.

—¿Cómo va a ser, *don Cheto*?

Aniceto lo buscaba en ocasiones. No podía soportar que su hijo estuviera cerca y no quisiera verlo. ¿Sería que se avergonzaba de su aspecto y de lo poco hombre que ahora era? Quería saber por qué se había ido y dónde había estado. Pero Manuel no lo dejaba acercarse, y, si lo encontraba acompañado de su esposa, se daba la media vuelta para que sus caminos no se cruzaran.

Pasaron años así, años de ver a su hijo siempre de lejos. Hacía unos meses se había enterado de que su nuera había tenido su primer bebé. Ni siquiera la había visto embarazada. Aniceto quería ver al crío. Tenía derecho. Él era el abuelo, ¿no? Había aprovechado que Manuel no estaba para llegar por sorpresa. No traía regalo ni nada, pero algún día le daría algo. Su nuera abrió la puerta confiada, con el bebé en brazos y cubierto por una sábana rosa. Al ver que se trataba de él, su actitud cambió:

—¿Qué quiere?

—Ver al bebé. ¿Qué es?

—Es niña.

Recordó a sus propias hijas de bebés, de chiquillas, después con pechos y luego perdidas. ¿Qué les pasaba a los Mora que tenían tanta niña? La decepción le ganó y no pudo contenerla.

—Las niñas sólo sirven pa una cosa y luego se van.

La mujer de su hijo le cerró la puerta en la cara.

Esa tarde, entre vuelta y vuelta sobre su mula, había recibido recado de que su hijo lo buscaba, que le urgía hablar con él, que lo vería en la casa de Cedral a tal hora. Le pareció extraño que su hijo necesitara hablar con él, pero al mismo tiempo lo alegraba, porque ahora el mismo Manuel, el conserje de un gran hotel, había confirmado en público que el pobre viejo de la mula era su padre, como él clamaba

261

desde hacía tiempo. Tal vez lo invitarían a visitarlos en su casa, su hijo enojado con su mujer por tratar a su padre como basura. Con esa esperanza pasó la tarde hasta la hora que su hijo había señalado en los recados que le había dejado por todo el pueblo. Al llegar, Manuel ya estaba ahí, pero no le dio tiempo de bajarse de la mula.

Ése fue el día que Aniceto Mora supo por qué su hijo se había ido y cuánto lo despreciaba. Ese día se enteró de que su hijo no había regresado a la isla para una reunión familiar: le daría algo de dinero para que se mantuviera lejos. No quería que lo buscara más, no quería siquiera que hablara con su mujer.

Le daba miedo la respuesta, porque le vino la idea de que tal vez su hijo lo había salvado sólo para que fuera miserable lo que le quedaba de vida —porque miseria había sido lo único que conocía desde aquel día *el Regalado*—, pero igual se atrevió a preguntar:

—¿Entonces por qué me salvastes?

Lo que lo había mantenido con vida tantos años era la imagen de su hijo que recorría la selva durante el huracán, que arriesgaba la vida con tal de llegar a su lado para salvarlo. Ahora, por la respuesta de su hijo, sabía que había ido al faro encomendado por *la Gorda*. Nada más. Por hacer un último favor.

—Fui a sabiendas de que sería la última vez que lo vería, de que al día siguiente me largaría adonde fuera.

El accidente no le había importado.

—Lo mismo que hizo usted por mi perro, hice yo por usted. No pude abandonarlo a morir así nomás. Estuve tentado, pero no pude.

Además, Manuel se había ido mucho antes, le dijo: a los diez años, cuando dejó de hacerle preguntas a su padre, cuando dejó de pedirle que lo llevara al faro a él y no a sus hermanas. Se fue el día que comprendió por qué a él no lo invitaba.

La noche en que, acompañado de su perro cojo Lacho, recorrió la selva para llegar al faro, sudado y acosado por sus miedos infantiles, abrió la puerta con cuidado, con miedo de alertarlo de su presencia antes de pensar en alguna buena excusa. Sin embargo la puerta bien aceitada se abrió sin el más leve rechinido. Lo que Manuel vio y comprendió al asomarse le heló la sangre y lo cambió para siempre. Había llegado hasta el faro para encontrar a su padre vociferando y golpeando el vientre desnudo de su hermana mayor.

—Eso mientras se le metía al cuerpo.

Aniceto perdió a su hijo desde ese momento. Tantos años sin saberlo.

Miubieras dicho, le dijo Aniceto en su propia defensa, que lo tuve que hacer por su bien, que soy hombre y tenía mis necesidades, que si miubieras dicho tiubiera explicado cómo son las cosas, cómo somos los hombres y cómo son las mujeres, pa qué sirven las mujeres. Y no paró ahí: que tú eres como yo, te pareces a mí y ya entenderás cuando tu hija sea mayor.

Su hijo lo dejó terminar. Lo dejó gastarse las palabras y el aliento. En sus ojos vibraban lágrimas que nunca dejó rodar, que hizo desaparecer en un parpadeo. Hijo de su padre, pensó Aniceto Mora, orgulloso: los mullombres no lloran. Cuando por fin habló, Manuel lo hizo en voz baja pero firme. Voz de amenaza, voz de declaración.

—No me hable de mi hija ni se acerque a ella, por que lo mato. Y óigame bien: yo no me parezco a usted en nada.

Habían pasado dos semanas desde aquel encuentro. Desde entonces, Aniceto se había dedicado a vagar por todos lados. Dejó de ir a recoger la basura; en vez de eso se detenía frente a la plaza montado en su mula.

—*Don Cheto*, yo ya lo hacía muerto —le decían sus clientes abandonados cuando lo encontraban por ahí.

A veces los turistas se detenían para tomarse fotografías a su lado: el viejito pequeño, moreno, mocho y medio ciego, con cuerpo de niño flaco. Una curiosidad turística. Él no entendía lo que le decían y tampoco le importaba.

Desde su mula miraba a las güeras que pasaban casi desnudas. No importaba si eran viejas, jóvenes, gordas o flacas. Se dio

263

cuenta de que el cuerpo ya no le respondía: también de ahí se le había hecho viejo. De todas maneras las deseaba a todas, deseaba a cualquier mujer, una que lo abrazara por las noches, que lo dejara acurrucarse, que lo ayudara a dormir. Sabía que ya no había nadie para él. De algún modo, junto con la pierna le habían amputado el derecho a disfrutar de una mujer, de un abrazo. La última vez que había intentado conquistar a una, se había reído de él:

—Ay, *don Cheto*, ¿cómo se le ocurre?

Estaba cansado; quería comer, pero no tenía hambre. Quería hablar, pero no le salían las palabras. Quería perder el olfato para no olerse y la media vista que le quedaba para no ver su reflejo al pasar por los escaparates del malecón y para perder el miedo a ver al *Pinche Güero*. Sobre todo quería dormir, y no podía.

Por las noches Aniceto no dormía más que a ratos. Ahora que hasta él se decía *Cheto*, reconocía que ya no era nada más su muerto el que le robaba el sueño: recordaba al pobre niño regalado, lo que había querido y no había tenido, lo que había tenido y no había conservado. Sus amigos, su trabajo, su faro, su cuerpo, la compañía. En las noches lo atacaban la soledad, la nostalgia y el miedo de que todavía lo encontrara el padre del *Pinche Güero,* a pesar de que ya habían transcurrido tantos años. En las noches le salían los olores de la piel y le invadían las fosas nasales —a pesar de que las apretaba entre dos dedos— y le hacían arder tanto los ojos que no podía mantenerlos cerrados. De día seguía su rutina de vagancia, pero las noches eran tiempo del *hubiera:* si hubiera hecho esto, si hubiera dicho aquello, si hubiera, si hubiera. Estaba cansado. Ahora ya nadie lo quería ni regalado.

Había salido a buscar el huracán y había dejado su casa abierta para que se la llevara el viento desatado. Quizá algunas de las láminas que había visto pasar en libre vuelo eran parte de lo que había sido su hogar. No pensaba regresar, así que qué importancia tenía. Tal vez era necesario un huracán que lo destruyera todo para que el mundo regresara al derecho, pensó, deseó cuando se enteró que se acercaba uno. Que se acercaba otro. El anterior casi lo había matado. Quizá éste acabaría con la vida que había vivido desde el anterior. Quizá lo borraría todo, como si nada hubiera sucedido, como si el tiempo no hubiera pasado, como si él no lo hubiera perdido todo, hasta el nombre.

En ese momento vio un avión que volaba encima de él, alejándose de la isla. Los viajeros. Adiós. Tuvo un momento de aliento, un momento en que olvidó el cansancio acumulado en toda la noche de tormenta y en toda la vida de tormento. Se fueron los extraños: ojalá nunca regresen, pensó. Ojalá dejen la isla para los que le conocemos hasta el espíritu. Como yo, que conozco todos los caminos y todos sus secretos. Pero el momento fue fugaz: una punzada en la pierna que le quedaba se encargó de recordarle que ya no había más caminos para él. El huracán ya había pasado: se había ido como todos los turistas, y ahora hasta la mula se le había escapado. Ahí seguía él, vivo y con los mismos problemas, la misma soledad y la misma compañía. Nada. El huracán no le había servido para nada. Ni siquiera para llevarse con sus vientos y para siempre a su muertito. Ahí seguía en la periferia. Lo sentía.

—Ya nos llevó la chingada, *Pinche Güero*. Aquí seguimos aunque no quiéramos.

El mar lo desdeñaba, se negaba una vez más a darle cobijo, a arrancarlo de la tierra. No lo dejaba avanzar más allá de ese derruido muelle. No le permitía introducir el pie o mirar su reflejo en ella, siquiera. Hoy no había azules ni verdes para él. El agua se veía negra, enojada. Ominosa.

¿Sería por celos?

Desde su accidente se había visto obligado a convertirse más en hombre de tierra que de mar. Pero no había sido por decisión propia. Si por él hubiera sido, habría preferido que lo encontraran al pie de la escalera del faro, muerto, como él encontró al viejo don Manuel, y que luego lo hubieran aventado al agua azul desde lo alto. Pero no había sido así: su hijo lo había salvado aquella noche de huracán, de oportunidad, y *el Regalado* no había podido volver a hacer lo que más deseaba: vivir y morir a un lado del océano, terminar sus días viejo y artrítico, pero con dignidad, como hombre de mar. Con el olor del mar en la piel. Si regresara su mula, tal vez, sólo tal vez, encontraría el valor de montarse en ella para guiarla hasta el faro, de treparse hasta arriba aunque fuera a rastras, de aventarse.

Pero ahorita no está la mula canija, y al rato pa qué me hago: segurito me rajo. ¿Y ora qué hacemos? Pos ni modo: aquí nos estamos hasta que alguien nos levante.

Volteó al oír que alguien se acercaba por el muelle medio derribado por el temporal.

Míralo, *Pinche Güero*. Ése es mijo. Se parece a mí. Se parece a mí cuando te maté.

Su hijo se acercaba a grandes zancadas con pies descalzos. Traía los puños cerrados y la cara colorada. Sí. Se parecía a su padre de joven, de aventurero, de matón. Pero Aniceto Mora no le tenía miedo a ningún hijo. El Aniceto Mora de leyenda, el de muchas mujeres, el amigo de pistoleros, de grandes aventuras y matanzas, el hábil y letal con una 30-30, no le tenía miedo a nada ni a nadie.

—¿Qué hace aquí?

Hubiera querido contestar ¿tú qué crees? Que ya no puedo más, que soy regalado y que estoy solo y cansado, que ya no soy hombre como antes, que soy sólo la mitad y mejor hubiera sido que me mataran los bichos de la barriga o que miubiera encontrado el padre del *Pinche Güero*. Que fue noche de huracán y que me quise matar cercas pa que tú tal vez me vieras morirme o que te encontraras mi mula y supieras. Que como todas las viejas de mi vida, me dejó tirado la canija. Que tengo miedo todo el tiempo, hambre y sed todo el tiempo, que huelo a puerco y pior. Que me quiero morir, pero ya ni el mar me quiso. Que si me quiero mover de aquí voy a tener que arrastrarme como animal.

Pero Aniceto Mora nunca admitiría tal debilidad ante nadie.

—Estoy esperando que regrese el huracán.

266

Agradecimientos

La vida no da garantías, pero sí da oportunidades. En esta ocasión a mí me dio una gran segunda oportunidad con mi primera novela. El reto fue grande: ver una vieja historia con nuevos, aunque más viejos, ojos. El proceso ha sido un gozo. Quiero agradecer a Wendolín Perla por ser una editora exigente con una autora enamorada de sus personajes; la distancia que dan los años me sirvió para apreciarlos aún más y, por lo tanto, darles más espacio para ser lo que debían en este Huracán.

Agradezco a la constructora STIVA por su apoyo incondicional a la creación artística; por creer que una ciudad no sólo se construye a base de ladrillos, cemento y acero, sino que también se construye y se embellece a base de papel y tinta.

Índice

Huracán de Sofía Segovia
se terminó de imprimir en marzo de 2024
en los talleres de
Impresora Tauro, S.A. de C.V.
Av. Año de Juárez 343, col. Granjas San Antonio,
Ciudad de México